독자들의 소통공간으로
여러분을 초대합니다.
QR코드 혹은 링크
(https://fb.me/i2i1hana)를
통해 들어오셔서
자유롭게 책의 내용과 관련한 의견을
주고 받으시길 바랍니다.

이공계의 눈으로 보다: 남북관계와 국제개발협력

이공계의 눈으로 보다: 남북관계와 국제개발협력

초판 1쇄 발행 2021년 9월 17일

지은이	김영지·김민지·김석일·김재천·류경호·이아인·이형덕·전용중·주상현·
	최찬용·황예찬
펴낸이	윤관백
펴낸곳	돌선출판 선인
등 록	제5-77호(1998.11.4)
주 소	서울시 마포구 마포대로 4다길 4 곳마루빌딩 1층
전 화	02)718-6252/6257
팩 스	02)718-6253
E-mail	sunin72@chol.com

정가 21,000원
ISBN 979-11-6068-612-8 93300

강원대학교 다학제 융합 에너지자원 신산업 핵심인력 양성사업단 연구총서 1

이공계의 눈으로 보다

남북관계와 국제개발협력

김영지·김민지·김석일·김재천
류경호·이아인·이형덕·전용중
주상현·최찬용·황예찬   지음

도서출판 선인

＼ 발간사

 '남북관계와 국제개발협력'이라는 주제로 2021년 상반기 강원대학교 신산업 T-EMS 융합학과 대학원 강의를 맡게 되었다. 이런 주제의 강의에 이공계 대학원생들이 참여하는 것도 특이한 경험이었겠지만, 교수자인 본인에게 있어서도 각별하였다. 문과 출신의 학생들도 아닌 이공계 대학원생들이 대학원 과정에서 이런 주제의 강의를 듣는다는 것이 희소한 측면이 있었기 때문이다.

 학생들이 과연 잘 참여할까? 어떠한 방식으로 학생들에게 다가가야 할까? 고민한 것도 잠시, 우려는 기대감으로 바뀌었다. 학생들은 첫 시간부터 종강 때까지 강의에 적극적으로 참여하였고 자신의 생각을 예의 바르면서도 솔직하게 잘 표현하였다. 그리고 그러한 생각들은 나와 학우들간의 활발한 피드백으로 이어지면서 새롭게 발전될 수 있었다.

 강의를 진행하며 중간고사 기간이 다가오자 점점 확신이 들었다. 이 강의가 촉매가 되어 발현된 학생들의 참신한 아이디어를 어떻게든 기록의 형태로 남겨보겠다는 확신이었다. 또한 앞서 언급한 학생과 교수자 모두에게 특이했던 한 학기의 경험은 훌륭한 컨텐츠가 될 수 있다고 생각하였다. 이에 따라, 학생들이 중간고사 문제로 고군분투할 때 나는 70% 정도의 가능성을 언급하며 약속하였다. 출판사에 출간기획서를 제출하여 나와 여러분들의 이름이 저자명으로 들어간 단행본을 내겠다는 확약을 맺어보겠노라고 말이다.

다행스럽게도 선인출판사는 본인의 의지를 신속히 행동에 옮길 수 있도록 출간기획서를 수락해 주었고 학생들과 협의 하에 주제에 해당하는 원고를 모을 수 있었다. 학생들의 아이디어가 생각지도 못한 멋진 단행본으로 만들어질 수 있도록 도움을 주신 선인출판사에 다시 한번 감사의 말씀을 드리고 싶다.

이와 더불어, 제한된 시간 내에 원고를 확보하기 위해 도움을 받은 사람들을 기억하고 싶다. 우선 저자로 참여한 열명의 학우들 모두의 열정과 수고에 다시 한 번 격려의 말을 전하고 싶다. 학우들은 내가 기대한 수준보다도 훨씬 훌륭하게 맡은 바 최선을 다 해 주었다. 교학상장이라는 말을 실감하게 해 준 학우들에게 감사를 전한다.

또한 이 책이 출판되기 위해 물심양면으로 지원해 주신 강원대학교 다학제 융합 에너지자원 신산업 핵심인력 양성사업단장 오석훈 교수님께도 감사드린다. 오석훈 교수님의 응원과 지지, 조언이 아니었다면 이 책은 결코 빛을 보지 못했을 것이다. BK 사업단의 모든 참여교수님들께도 감사의 말씀을 드리고 싶다. 그 중에서도 특히 본 수업에 참여한 학우들의 지도교수님이신 백인수 교수님, 문지호 교수님, 고명수 교수님의 협조에 감사드린다. 또한 기획처장이시자 통일강원연구원 전 원장이셨던 송영훈 교수님의 다양한 아이디어와 진심어린 조언에도 감사드린다.

이 책이 만들어지는 데 있어서 시간이 남을 때 여러 책들을 참고하며 어떻게 단행본이 만들어지면 좋을지 목차나 문체 등에 대해 자신의 생각을 공유해 준 박소현 학우에게도 감사의 말을 전하고 싶다.

개인적으로, 이렇게 학생들의 아이디어를 책으로 만들겠다는 생각을 하게 해 주신 두 교수님께 큰 감사를 드리고 싶다. 먼저, 본인의 박사 지도교수님이신 최대석 교수님께 감사드린다. 최대석 교수님께서는 선배학자들이 이룩해 놓은 학문적 성과를 공부하는 것도 중요하지만 본인만의 독창적인 아이디어를 피력할 수 있는 학자로 성장할 수 있도록 늘 힘을 북돋아 주셨다. 좌절할 수 있는 순간에도 포기하지 않고 끝까지 완주할 수 있도록 늘 지켜봐 주신 교수님은 본인의 롤모델 그 자체이시다. 박사과정의 시간 동안 교수님을 통해 좋은 연구를 하는 학자로, 학생들에게 힘이 되어 줄 수 있는 교육자로 성장하고자 하는 꿈을 키울 수 있었다.

다음으로 故 이민화 카이스트 교수님께 큰 감사를 드리고 싶다. 본인은 석사과정 졸업 전에 '창업의 정석: 카이스트 CEO 특강'이라는 책을 총괄 기획하여 만든 바 있다. 원고를 모으고 출판사와 컨택하며 퍼실리테이터의 역할을 해서 만들어졌던 그 책은 지금도 여전히 서점에서 팔리고 있다. 故 이민화 카이스트 교수님은 책을 만드는 것이 마음만 먹으면 얼마든지 할 수 있을 뿐 아니라 학생들의 창의적인 생각이 존중받아야 되는 것을 알려주신 멋진 멘토였다. 그때 몸소 체험한 모든 과정이 이 책을 만드는데 큰 영향을 미친 것은 주지의 사실이다.

아무쪼록, 이 책이 이공계 학생들을 이해하고 남북관계와 국제개발협력과 관련된 여러 주제들에 대하여 융합적 관점에서 학술적 관심을 제고하는데 기여하길 간절히 바란다. 앞으로 더 많은 학우들의 관심과 참여를 이끌어 내는 마중물 역할을 할 수 있기를 기대한다.

2021년 9월
저자들을 대표하여
강원대학교 다학제 융합 에너지자원 신산업 핵심인력 양성사업단
연구교수 김영지

목 차

Step 5. 나오며 ·· 299

Step 1

들어가며

이런 문제는 시험에 안 나와

"이런 문제는 시험에 안 나와."

시험 기간, 공대 건물에서 열심히 공부하는 친구들이 주고 받는 대화 속에 이런 이야기가 들렸다. 멀찍이서 듣자니, 몇 가지 생각이 떠오른다. 첫째는, 이 말을 언급한 학우가 해당과목의 시험출제 패턴을 꿰뚫고 있어 어떤 시험문제가 출제될지 아닐지에 대한 감을 잡고 있다는 뜻이고 둘째는 시험에 나오는 것만 효율적으로 공부하라는 의도를 주변 학우에게 전달했다는 것이다. 이러한 사고는 한마디로 '정답 맞추기'라고 할 수 있다. 이러한 정답 맞추기식 사고는 일장일단이 있는데 효율이 강조되었던 fast follower시대에는 훌륭하게 취급받았다. 그러나 최근 화두는 fast follower가 아닌 first moover에 초점이 맞춰진다. first mover가 대두되는 시대에는 효율보다는 혁신이 강조되고(여기서 주의할 점은 효율이 중요하지 않다는 뜻이 아니다.), 따라서 정답맞추기에 익숙한 인재들은 정답이 없는 문제에 직면했을 때 당황하게 된다. 새로운 것을 접하고 스스로 응용하여 해답을 구하는 사고패턴이 아니기 때문이다.

이러한 현실을 상기해 볼 때, 남북관계와 국제개발협력이란 수업에서 시도될 수업내용, 교수자가 취할 자세, 특강 및 견학, 피드백 내용,

단행본 저술 작업 등을 과연 이공계 학우들이 받아들이고 소화 가능할까, 처음에는 의문이 들었던 게 사실이다. 그럼에도 불구하고 강의계획서에 제시한 내용을 이과출신 학우들을 상대로 그대로 시도해 본 이유는 첫째, 전공과목을 통해 전문성을 훈련받고 있는 이공계 친구들이 융합적 인재로 성장하기 위해서는 교수자가 다양한 화두를 던져 학우들이 새로운 발상을 하는데 어려움이 없게 해 주는 것이 바람직하다고 생각했으며 둘째, 남북관계 및 국제개발협력이라는 주제 자체가 다양한 구성원들로부터 나오는 창의적 해답이 필요한 분야라고 생각했기 때문이다.

한 학기동안 이 강의를 통해서 학우들에게 교수자는 다음의 활동들을 체험해 보게 하였다.

- 국제개발협력 프로젝트를 수행한 탈북민과의 교류
- 이공계 출신 신북방,신남방 국제개발협력 프로젝트 관련 종사자와의 교류
- UN 등 국제개발협력 관련 프로젝트를 수행중인 외국인과의 교류
- 대학교 도서관 속 북한자료가 있는 특수자료실 방문
- 호모모빌리언스 관점(검색역량을 중요시)에서 수행된 중간고사 해결
- 3번의 발제와 피드백
- 학생 본인 연구에 대한 다학제 융합관점의 교수자 및 피어 리뷰
- 본 단행본 저술 작업

국내·외학술지 작업 등에 매진해야 하고 본 강의가 상당히 빡빡한 스케줄 속에서 진행되었음에도 불구하고 학우들은 대체로 제시된 과제에 기꺼이 적극적으로 참여하였고 교수자가 숨겨놓았던(?) 유인구조에 만족스런 반응을 보였다. 결과적으로 애초에 융합형 인재를 양성하겠다는 취지와 목표에 90% 정도 접근한 한 학기였다고 판단한다.

남북관계와 국제개발협력 강의에서는 북한, 통일, 평화에 대한 이슈, 국제개발협력과 관련된 주요 내용, 신북방 신남방과 관련된 상상 펼치기 등이 포괄적으로 다루어졌다. 여기서 교수자가 전략적으로 취한 태도는 단 한가지, '정답이 없다' 였다. 정답 맞추기를 집중 훈련받은 친구들에게 '정답이 없다'라고 다가갔을 때 어떠한 반응이 나왔을까? 다행스럽게도(?) 심각한 갈등이나 반항 등의 반응은 없었다. 예컨대 학생들이 남쪽이라고 확신에 차서 얘기하면 교수자는 북쪽, 동쪽, 서쪽을 더 얘기해 주면서 다른 방향으로 생각해 보는 것이 어떨까라고 사고의 확장과 역발상을 유도했으며 유화적 피드백을 제공하였다.

우리의 소원은 무엇인가라고 질문하였을 때 '통일'이 가장 먼저 떠오른다. 이것도 정답맞추기식 접근의 폐해이다. '통일'만을 외치지 않고 다양한 생각들이 자연스럽게 표출될 수 있을 때 일차원적 생각으로 귀결되는 게 아니라 다양하면서도 입체적인 한반도 미래전략이 도출될 수 있다고 판단한다. 그리고 그 다양한 미래전략이 다양한 시나리오에 대한 훌륭한 대비책으로 연결될 수 있을 것이다.

서두에 언급하였듯 이미 시대적 요구는 fast follower에서 first moover로의 전환이다. 북한/통일/남북관계 및 인접분야와 관련한 우리의 사고패턴도 이에 걸맞게 1.0시대에서 2.0시대로 발전해야 되는 것이 마땅하다. 이러한 변화의 흐름을 강의에 적용하였고 바로 그 결과물이 본문에 제시될 학우들의 글이다.

이 책은 누구나 가벼운 마음으로 읽을 수 있는 콘텐츠를 제공하고 있다. 그것은 북한, 통일, 남북관계를 비롯하여 신북방, 신남방 문제에 이르는 다양한 내용을 대중이 어렵게 생각하지 않길 바라는 취지로 시작하였기 때문이다. 비유하건대, 김치로 따지면 숙성된 김치가 아니라 겉절이 같은 맛을 내는 콘텐츠이다. 이 단행본을 통해 이공계 친구들이 생각하는 솔직한 아이디어를 엿볼 수 있는 계기가 될 수 있을 것이다. 그 정제되지 않은 상상력과 발상의 원천을 날 것 그대로 주목해 보자.

Step 2

발제를
통한
기본 다지기

국제개발협력의 주요 이슈 |

'남북관계와 국제개발협력'이라는 강의명에서 알 수 있듯 국제개발협력은 본 강의에서도 중요한 키워드일 뿐 아니라 남북관계에서부터 신북방·신남방 관련 문제를 해결할 수 있는 단초라고 할 수 있다. 국제개발협력을 이해하기 위해서는 철학적 기초에서부터 현황, 향후 우리가 함께 생각해 볼 미래과제에 이르기까지 다양한 내용들을 학습해야 한다. 이를 위해 학생들은 빈곤과 불평등이란 무엇인가에 대한 질문에서 시작하여 한반도 국제개발협력의 미래에 대한 아이디어 제시까지 다양한 주제에 대하여 발제를 진행하였다.

1. 빈곤과 불평등

| 황예찬 |

빈곤이란 무엇일까? 사전[1]에서는 다음과 같이 정의되어 있다.

> 가난하여 살기가 어려움, 내용 따위가 충실하지 못하거나 모자라서 텅 빔, 기본적 욕구가 충족되지 않은 상태.

그리고 이러한 빈곤을 절대적, 상대적, 주관적인 빈곤, 이 세 가지로 나눌 수 있다고 한다. 먼저, 절대적 빈곤이란 말 그대로 의식주 등 기본적 욕구를 해결하지 못한 상태를 뜻한다. 두 번째로 상대적 빈곤은 타인과 비교하였을 때 적게 자원을 갖는 것이고, 이것은 사회 전반적인 생활 수준과 밀접한 관련이 있다. 마지막으로 주관적인 빈곤은 개인의 판단에 의해 결정되는 것을 말한다. 이 글에서는 절대적 빈곤을 주로 이야기하려고 한다.

이렇게 빈곤을 정의해 보았는데, 이러한 빈곤을 해결할 수 없을 때, 아니면 하지 않았을 때 어떤 일이 발생될까? 어떤 사회적 현상들이 나타나게 될까? 먼저 생각이 드는 것은 단순히 밥을 못 먹고, 잠을 잘 수 있는 공간이 없어지는 등... 이런 것이 떠오르게 된다. 하지만, 단순히 빈곤은 소득이나 욕구가 충족되지 못한다는 문제만 의미하는 것이 아니다. 자신의 자원을 생계비 이외의 다른 곳에 투자할 수 없다. 교육의 기회는 사라지고, 병원비를 마련하지 못해 건강의 문제도 해결되지 않고, 결과적으로 빈곤이 대물림되게 된다. 그리고 이러한 빈곤이 불평등을 유발하게 된다.

---

1) 두산백과사전

자, 그렇다면 이러한 빈곤을 해결하기 위해선 어떻게 해야할까? 그리고 어떠한 노력들을 우린 해왔을까? 일단 빈곤을 해결하면, 빈곤국에 대한 후원이 필요하다. 그리고 이런 후원을 생각하면 먼저 ODA와 NGO가 떠오른다. ODA란 Official Development Assistance의 약어로 공적개발원조를 뜻한다. 즉 국가 정부를 포함한 공공기관 등을 말한다. 또한, NGO(Non-Governmental Oragnization)로 말 그대로 비정부 조직, 민간단체를 말한다. OECD 홈페이지에 따르면 ODA가 2019년 빈곤을 위해 투자된 금액은 151721.9백만 달러이다. 한화로 따지면 170조 원 정도된다. 어마어마한 금액이다.

한국 예산이 2020년 기준 약 514조 원임을 감안했을 때, 예산의 삼분의 일의 금액이 빈곤퇴치를 위한 금액으로 쓰여졌다는 것이 놀라웠다. 이러한 노력이 있었기 때문에 아래 그래프처럼 빈곤인구비율이 코로나 이전까진 매년 줄어들고 있었다.

그래프는 세계은행에서 발표한 그래프로 하루 1.9 달러 미만의 수입(빈곤선)을 갖는 인구비율을 매년 조사하여 보여준다.

〈그림 1〉 연도별 세계 빈곤율

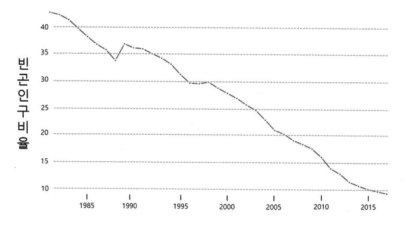

이처럼 빈곤퇴치를 위한 노력을 세계 각국이 진행하고 있는 가운데 단순히 원조의 개념이 아닌 선진국과 개발도상국간의 협력이 강조되면서 국제개발협력이란 말도 함께 사용하게 된 것이다.

하지만, 본인은 국제개발협력이라는 단어가 참 어색했다. 생각해보면 어쨌든 선진국에게 개발도상국들이 도움을 받는 것이기 때문에 협력이라는 단어가 어울리지 않다고 생각했다. 과연 선진국에는 협력을 통해 얻는 것이 무엇일까? 여러분은 어떻게 생각하는가? 단순히 인권 향상을 위해, 인도적 가치 이외에 선진국이 국제개발협력을 통해 다른 것을 얻을 수 있다고 생각하는가?

여기서 우리나라를 예로 들고 싶다. 우리나라는 원조 수원국에서 원조 공여국으로 바뀐 나라이다. 물론 위에 빈곤의 3가지 중 상대적빈곤이라는 문제를 갖고 있지만 절대적빈곤에서 비교적 자유로운 나라이며, 세계 8위의 경제 대국이다. 그말인즉, 더 큰 시장이 국제개발협력을 통해 생긴다라는 이야기이다. 국제개발협력을 단기적으로 봤을 때는 많은 비용이 들고 선진국에 큰 이득이 없을지라도 후에 개발도상국이 점차 경제성장을 통해 산업화를 이루고 선진국과의 교류를 통해 얻을 수 있는 이득이 더 크다고 생각한다.

여러분들의 생각은 어떠한가?

2. 지구촌 빈곤의 현황 | 김재천 |

2020년 1월, 전 세계를 공포에 빠트릴 어마무시한 질병이 처음으로 세상에 모습을 드러냈다. 중국 우한에서 처음 발생하여 어마어마한 속도로 전 세계로 퍼져나간 코로나 19 바이러스가 바로 그것이다. 코로나 19 바이러스는 기존의 질병과는 차원이 다른 전염력을 뽐내며 수많은 생명을 앗아가고 그와 더불어 생산활동과 소비활동을 마비시킴으로써 전 세계의 경제수준을 악화시켰다. 우리 주변에서만 찾아 보더라도 식당을 비롯한 많은 자영업자들이 더 이상의 영업을 포기하고 가게 문을 닫는 것을 쉽게 볼 수 있었다. 심지어 코로나 19 바이러스로 인해 1989년 이후 꾸준하게 감소하는 추세를 보이던 세계 극빈층 인구가 31년만에 처음으로 증가했다고 한다.

〈표 1〉 Changes in poverty due to COVID-19 and the policy response(absolute numbers and percentage of world population)

Poverty	2019	2020	2021	2030
Pre-COVID	650,433,712	621,931,609	598,347,067	536,923,904
	8.4%	8.0%	7.6%	6.3%
October 2020	646,806,659	766,032,180	726,524,822	597,902,578
	8.4%	9.9%	9.3%	7.0%

출처: BROOKINGS, "The impact of COVID-19 on global extreme poverty", Oct. 21. 2020.

그렇다면 여기서 극빈층이란 어느정도 수준의 삶을 살고 있는 사람들을 의미하는 것일까? 극빈층의 기준에 대하여 설명하기 위해서는 기본적인 정의와 개념을 몇 가지 알고가야 한다. 일단 첫 번째로 빈곤선이라는 단어가 있다. 빈곤선(poverty threshold, 빈곤소득선)이란 해당 국가에서 적절한 생활수준을 수행하는데 필요한 최소소득수준을 의미한다. 각 국가에서의 상대적 빈곤층을 구분하기 위해 주로 쓰는 단어이다. 두 번째로는 국제적 빈곤선이다. 국제적 빈곤선이란 세계은행(World Bank)에서 정해준 소득선으로 국가에 관계없이 극단적 빈곤상태에 놓여있는가에 대한 여부를 판정해주는 소득 수준을 의미한다. 국제적 빈곤선은 미화로 1일 1.9$, 한화로는 약 2,200원에 해당하며 앞에서 언급한 극빈층을 구분하는데 쓰이는 소득수준이다. 즉, 국제적 빈곤선보다 소득수준이 낮은 인구를 극빈층이라고 부르는 것이다. 덧붙이자면, 극빈층은 2021년을 기준으로 7억명이 넘어 전 세계 인구의 약 9%이상에 해당할 것으로 예상하며 특히 브라질을 비롯한 남미와 아프리카, 인도 그리고 일부 동남아시아에 많은 수가 거주하고 있다고 한다.

이외에도 빈곤을 판정하기 위하여, 소득 수준 뿐만이 아니라 의료, 교육, 생활 표준을 기준으로 총 10개 지표인 글로벌 다차원적 빈곤 지수(Global Multidimensional Poverty Index)를 이용해 판정하는 방법도 있다고 한다. MPI는 OPHI(Oxford Poverty &Human Development Initiative)와 UNDP(United Nations Development Programme, 유엔개발계획)에서 개발한 지수로, 지속가능발전목표를 달성하기 위해 개발했다고 한다. 2020년에 발표한 MPI 2020보고서에 따르면 107개 개발도상국에서 세계 총 인구의 약 22%에 해당하는 13억명이 이러한 다차원적 빈곤에 시달리고 있다고 한다.

그렇다면 이런 빈곤을 해결하기 위해 어떠한 해결법이 있을까? 일단 우선적으로 이루어져야 하는 것은 빈곤층의 수와 정도를 심화시키는 원인을 제거해야 한다고 생각한다. 너무나 당연할지 모르는 이야기지만, 여기서 빈곤을 악화시키는 원인으로 본인은 코로나 19 바이러스를 생각하고 있다. 이 외에도 많은 빈곤의 원인이 있겠지만 코로나 19 바이러스를 제외하고 이렇게 급격하게 경제를 악화시키고 빈곤을 심화시킨 원인은 존재하지 않는다고 생각한다. 따라서, 빠르게 백신의 보급이 이루어지고 치료제가 개발되어 더 이상 코로나 19 바이러스로 인한 경제 침체가 이루어지지 않도록 하는 것이 가장 중요하다고 생각한다.

이와 동시에 기존에 빈곤을 해결하기 위해 진행하고 있던 개발협력들이 꾸준히 이루어져야 한다고 생각한다. 코로나 19 바이러스로 인하여 개발협력의 주체가 되던 나라나 단체들이 경제적 어려움을 겪게 되고 이러한 이유로 빈곤층이 많이 거주하고 있는 나라에 대한 개발협력이 중단된다면, 그 동안 이루어졌단 개발협력과 그에 따른 노력들의 일부가 무용지물이 될 수 있다고 생각한다. 물론, 개발협력 주체 국가역시 매우 힘든 상황일 수 있기 때문에 너무 무리하지 않는 선에서 조절하면서 개발협력을 유지해 나가는 것이 필요하다고 생각한다.

3. 왜 국제개발협력인가? | 김민지 |

'국제개발'의 '개발'은 단어적 차원으로 살펴보면 '물질의 풍요'라는 사전적 의미와 '경제 발전'의 궁극적인 목표를 뜻한다 할 수 있겠다. 산업 사회에서는 산업혁명의 성공으로 국제사회의 경제 침체 위기 극복을 위해 산업화가 곧 한 국가의 개발을 결정 짓는다고 생각하기도 하였으며, 산업화 정도에 따른 국력을 내세워 치열한 식민지 쟁탈전을 벌였다. 동시에 이 시기에 '근대화'라는 단어가 등장하며 미개발 지역의 국민 문명화가 문명 국민의 책임이라는 개발 패러다임이 유행하며 빈곤율, 실업률, 국민총생산 등과 같은 개발 측정 척도를 지정하고 이를 통해 국가는 개발 공여국과 수원국으로 나뉘었다.[2]

자본주의 사회 속에서 산업화가 지속적으로 진행됨에 따라 물질 만

---

2) 서울특별시 사회적경제지원센터, 『2016 서울 사회적경제 아카데미 국제개발협력 교안』(서울: 서울특별시 사회적경제지원센터, 2016), pp. 11~12.

능주의, 환경오염, 인간 소외가 인간의 복지와 자유를 침해하는 등 지역별, 국가별로 불평등이 심화되면서 개발의 목적은 물질의 풍요에서 인간이 향유할 자유의 증진, 즉 사람 중심의 개발에 주목하였다. 경제, 사회뿐만 아니라 환경까지 고려한 '지속가능한 개발'을 지향하기 시작하며 인류의 빈곤과 불평등을 해소, 평등한 기회 제공, 인류의 역량 강화, 인류의 복지 증진을 위한 노력이 지속되어 왔다.[3]

　이러한 개발의 과정을 기반으로 선진국과 개발도상국 간, 개발도상국 상호 간 또는 개발도상국 내 개발격차로 인한 국가 간 불평등을 감소시키기 위한 국제사회의 노력인 '국제개발협력'이 행해졌다. 국제개발협력은 개발도상국이 개발원조가 필요없는 상태에 이르도록 도움을 주어 단순한 경제성장에 국한되지 않은 전반적인 삶의 질 향상을 목표로, 경제적·인간적·정치적·사회적·보호적 능력의 함양을 지향해왔다. 국제연합(United nations, UN)은 '동서문제(평화공존)' 및 '남북문제(개발)'을 해결 과제로 내세우며 1960년대를 '개발의 10년'으로 규정하여 유엔개발계획(United nations development programme, UNDP), 유엔산업개발기구(United nations industrial development organization, UNIDO), 경제협력개발기구(Organization for economic cooperation and development, OECD) 및 개발원조위원회(Development assistance committee, DAC) 등 국제 전문기구를 설립하고 빈곤 캠페인을 통한 비정부 기구(Non-governmental organization, NGO)들과의 협력도 이루어졌다.[4]

---

3) 서울특별시 사회적경제지원센터, 『2016 서울 사회적경제 아카데미 국제개발협력 교안』(서울: 서울특별시 사회적경제지원센터, 2016), pp. 11~12.
4) 서울특별시 사회적경제지원센터, 『2016 서울 사회적경제 아카데미 국제개발협력 교안』(서울: 서울특별시 사회적경제지원센터, 2016), pp. 18.

1970년~1990년대에는 석유 파동 및 세계 경제 하락에 따른 국제개발협력의 정체 및 위기의 시기도 있었으나, 2000년대에는 국제개발협력의 재도약을 위해 전 세계의 극심한 빈곤을 반으로 줄이기 위한 구체적인 목표로서, UN총회에서 189개국이 채택한 새천년개발목표(Millennium Development Goals, MDGs)를 발표하였다. 특히 극심한 빈곤 및 기아, 교육, 보건, 환경, 개발협력 등을 포괄하는 8가지 목표와 60여 개의 측정 가능한 지표를 사용하고 달성 기한이 구체화되었다는 점에서 큰 의의가 있었다. 하지만 불평등, 인권, 평화, 환경, 기후변화, 테러 등과 같이 글로벌 이슈를 위한 성과가 미흡하며, 국가별로 정치적·경제적·사회적·문화적 맥락을 고려하지 않았다는 한계점이 존재한다.[5] 이후 2015년 9월 UN총회에서 MDGs의 후속 의제로 채택된 지속가능발전목표(Sustainable development goals, SDGs)는 '단 한 사람도 소외되지 않는 것(Leave no one behind)'이라는 슬로건과 함께 2016년~2030년까지 인간, 지구, 번영, 평화, 파트너십이라는 5개 영역에서 인류가 나아가야 할 방향성을 〈그림 2〉의 17개 목표와 169개 세부 목표로 제시하고 있다.

세계적 흐름과 함께 우리나라는 "국가 지속가능발전목표(K-SDGs)"라는 공식 명칭을 정하고 '모두를 포용하는 지속가능국가'라는 비전을 내세우며, 모두가 사람답게 살 수 있는 포용사회 구현, 모든 세대가 누리는 깨끗한 환경 보전, 삶의 질을 향상시키는 경제성장, 인권보호와 남북평화구축, 지구촌협력과 같은 5대 전략을 세웠다. 또한 이를 실천하기 위한 17개 목표와 119개 세부목표, 236개의 지표들(제 4차

---

5) 서울특별시 사회적경제지원센터, 『2016 서울 사회적경제 아카데미 국제개발협력 교안』(서울: 서울특별시 사회적경제지원센터, 2016), pp. 18~19.

〈그림 2〉 지속가능개발목표의 17개 목표

출처: 대한민국 ODA 통합홈페이지 그림 인용[6]

기본계획 기준)을 설정하여 정부기관은 물론 지자체와 시민단체, 전문
가, 이해관계자그룹 등 다양한 집단에서 노력하고 있다.[7] 우리나라는
그동안 외형적으로 높은 경제성장에도 불구하고 소득의 양극화, 미세
먼지 등 환경악화, 양질의 일자리 부족 등 국민 삶의 질은 실질적으로
나아지지 않는 모순이 지속되어 왔다. 2017년 기준 OECD 삶의 질 지
수는 38개국 중 29위로 2014년 25위에 비하여 오히려 후퇴하고 있으
며, 이러한 배경 하에서 정부는 지속가능발전 강화를 2018년도 국정
과제로 설정하고, '제3차 지속가능발전 기본계획'을 보완하는 국가 지

---

6) 대한민국 ODA 통합홈페이지, 『국제개발협력이란』(세종: 국무조정실 개발
   협력본부, 2021).
7) 환경부 지속가능발전포털, 『국가지속가능발전목표 K-SDGs』(세종: 환경
   부, 2021).

속가능발전목표(Korean sustainable development goals, K-SDGs)를 수립하였다. K-SDGs는 '체감할 수 있는 국민 삶의 변화'와 포용국가로의 전진을 위한 토대 제공 의지를 밝혔다.[8]

이처럼 사람답게 살 수 있는 사회, 삶의 질과 건강 증진을 위한 성장, 인권보호 및 성평등의 확립, 기후변화 대응을 위한 환경보호 등을 위해 국내뿐만 아니라 이웃 나라, 전 세계가 함께하는 국제개발협력을 위해 이전부터 끊임없이 노력했지만, 앞으로는 좀 더 포용적인 협력의 자세를 가져야 할 필요가 있다고 생각한다.

4. 환경 및 기후변화와 빈곤 | 김석일 |

대한민국은 1991년부터 유엔에 가입하였다. 본인은 대한민국이 유엔회원국으로서 유엔이 나아가고자하는 방향에 대해서 고민해 볼 필요가 있다고 생각한다. 현재 유엔은 MDGs를 종료하고 새롭게 SDGs(Sustainable Devlelopment Goals: 지속가능개발목표)를 발표하였고 지속가능개발목표는 인류의 보편적 문제, 지구환경 문제, 경제사회 문제를 다루고 있다.

여기서 환경 및 기후변화와 빈곤이라는 주제는 인류의 보편적인 문제인 빈곤과 지구환경 문제인 기후변화가 엮여있어 충분히 고민해 볼 만 한 문제라고 생각한다. 그런데 본인은 환경 및 기후변화와 빈곤에는 어떠한 상관관계가 있는지 궁금하였고 이에 대해 한 번 알아보았다. 기후 변화라는 단어를 보았을 때 제일 먼저 지구의 온도 상승이 가

---

8) 환경부 지속가능발전포털, 『국가지속가능발전목표 K-SDGs』(세종: 환경부, 2021),

〈그림 3〉 UN Nations, SDGS

출처: UN Nations,SDGs Knowledge, Sustainable Development Goals

장 먼저 떠올랐다. 지구 온도 상승은 여러 가지 요인이 있겠지만 보통 화석연료 사용으로 인한 온실가스의 농도 상승이 원인이라고 한다. 인간이 본격적으로 탄광을 개발하고 화석연료를 사용하기 시작한 시기는 1차 산업혁명 시기라고 생각한다. 이때부터 온도 상승이 시작되고 20세기 들면서 급격하게 온도가 상승하게 되었다. 상승한 온도는 기후변화를 의미하고 이것은 곧 농경지 감소를 야기하고 물부족을 불러일으키게 되었다. 농경지의 감소와 물의 부족은 곧 먹을 것이 없고 마실 것이 없는 빈곤을 의미한다. 따라서 기후변화와 빈곤에는 아주 밀접한 연관성이 있다고 생각한다.

사실 빈곤의 문제는 고대 시대부터 항상 있어 왔던 문제이다. 고대 시대부터 인류는 물이 흐르고 비옥한 땅을 찾고 강줄기 주변으로 문명을 형상하게 되었다. 한반도 역시 삼국시대부터 백제, 고구려 그 다음으로 신라 순으로 한강유역을 차지하고 전성기를 이루었다. 이 한강유역을 차지하려 여러 차례의 전쟁과 분쟁을 하게 되었던 것이다. 이처럼 빈곤은 곧 분쟁과 전쟁으로 이어진다고 생각한다.

〈그림 4〉 사헬지대의 위치와 수단 다르푸르 분쟁 지역

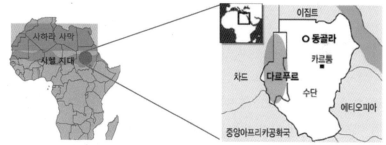

출처: [위키백과, 아프리카], [경향신문, 다르푸르 내전은 종족간 갈등 아닌 잘못된 정치 때문]

　현대에 들어서 실제로 이러한 분쟁이 일어나게 된다. 2003년 아프리카 수단에서 다르푸르 분쟁이라는 참담한 사건이 발생하였다. 다르푸르 분쟁은 아프리카 다르푸르 지역에서 발생하였는데 그림에서 보듯 북쪽에 사하라 사막 지대가 있고 그 아래 30년간 가뭄상태인 사헬지대가 있다. 그 사헬지대 안에 수단이 위치하고 있다. 본디 수단의 기후는 7월부터 9월까지 몬순기후를 받아 우기성 기후를 보여주었는데 기후변화로 인해 인도양의 몬순기후 패턴에 변화가 생겨 1980년대 이후 강우량이 40% 감소하게 되었다. 이후 가뭄이 지속되고 식량의 자급이 어려워지고 빈곤이 시작하게 되었다. 이 사헬지대는 1967년부터 1972년까지 사막화가 시작되고 약 60만명의 인원이 굶어죽게 되

고, 이후 1979년에 다시 한 번 사막화가 진행되고 1983년, 1984년 수단 다르푸르 지역에 대기근을 발생시켜 약 10만명의 사망자가 발생하게 되었다. 수단이 정상적으로 몬순기후를 받았을 때는 사실 초원지대가 많고 농경지도 많아 식량의 자급자족이 가능했고 주변 유목민들이 가축을 데리고 와서 풀을 뜯게 해도 너그럽게 넘어가주는 정도였다. 그러나 사막화와 농경지 감소, 가뭄이 지속되자 다르푸르 부족은 유목민들을 저지하며 접근을 막으며 대립이 발생하였다. 그런데 수단 역시 사막화와 가뭄이 지속되어 북쪽 유목민과 다르푸르 부족의 대립을 빌미로 농경지와 석유이권 다툼이 시작되어 다르푸르 분쟁이 발생하였다. 즉, 기후변화로 인한 빈곤이 시작되어 분쟁이 일어나게 된 것이다.

이처럼 현대에 들어서도 기후변화로 인한 빈곤은 곧 전쟁으로 연결될 수 있다. 앞으로도 기후변화는 지속될 것이고 이에 따른 우리 인류의 대처는 어떻게 해야 좋을지 고민해 보았으면 좋겠다.

5. 환경 및 에너지 분야 국제개발협력 현황과 동향 | 주상현 |

2000년대까지의 MDGs와 그 이후의 SDGs로 변화하면서 한국을 포함한 많은 국가들이 범지구적으로 해결해야 할 문제에 대하여 논의해 왔다. 특히, 기후변화에 따른 대기권의 온실가스농도 증가와 도시화에 따른 식수위생 등 인간에게 직접적으로 미치는 피해들이 보고됨에 따라 SDGs에서는 환경이슈를 좀 더 구체적으로 논의하기 시작하였다. 국내와 국제사회에서 환경적 이슈에 대해서 논의하게 된 배경에는 어떤 것들이 있을까? 먼저, 국내의 환경오염이 인간에게 직접적인 피해를 미친 사례들을 살펴보자. 1967년 울산공단 내 영남화학에서 배출된 황산미스트, 황산가스에 의해 발생한 주민들의 호흡기 질환과 주변 임야 수목의 고사 사건이 있다. 이후, 여천 및 광양 지역에 중화학공단이 들어오면서 광양만이 오염되어 어패류가 폐사하고 지역 어린이들이 피부병에 시달리는 사건이 발생하기도 하였다. 또한, 1980년대 초까지도 전국 하수도 보급률 8%, 상수도 보급률 57%에 불과할 정도로 환경기초시설이 열악하여 수인성 전염병으로 인한 보건문제가 심각하게 대두되었다. 1960년대부터 경제개발 5개년계획을 바탕으로 고도 경제성장 정책을 추진하면서 수많은 공장이 들어섰고, 울산, 여천, 마산 등 해안 도시지역을 중심으로 대규모 공업단지가 건설되었다. 당시의 국토개발사업은 공업입지의 확보, 용수공급을 위한 댐 건설, 주택 및 도로건설 등 사회간접자본(SOC)들이 경제성장을 뒷받침하기 위한 목적으로 환경에 대한 고려 없이 진행되었다. 그 결과, 급속한 고도성장과 인구의 도시집중 현상으로 대도시 환경오염 문제뿐만 아니라 농약과 화학비료의 지나친 사용으로 농촌 환경오염 문제도 심각하게 대두되었다. 국내뿐만 아니라 국제사회에서도 환경적 오염이 인간에게 미치는 영향을 살펴볼 수 있다. 1950년대부터 급속한 산업화와 희박한 환경의식 탓에 수천 명을 죽음으로 몰아가 환경재난이라고 할 만한 대규모 환경오염 사건들이 여러 차례 발생하였다. 예컨대, 가정이나 공장의 연료 연소로 발생한 이산화황이 안개와 결합하여 황산미스트를 생성함으로써 2주일에 4000여 명의 목숨을 앗아간 런던의 대기오염 사건(1952)과 화학공장 폐수로 인한 메틸수은 중독 결과, 1만 명 이상이 손발 저림과 언어장애 등 중추신경장애를 입은 일본의 미나마타병(1950~1960년대)이 대표적인 환경오염 사건이다.

이처럼, 환경과 관련된 피해사례가 지속적으로 보고되고 인간과 환경에게 미치는 영향이 직접적으로 밝혀지면서 국제사회에서는 각 국가간의 협약을 통해 환경오염의 영향을 최소화하고자 노력하였다. 환경 관련 목표는 크게 자연/자원과 관련된 환경지속성, 도시화와 식수위생, 지속가능한 소비와 생산을 포함하는 사회 환경 부문으로 나누어진다. 시대에 따른 환경관련 협약과 변화는 아래의 표를 살펴보면 알수 있다.

〈표 2〉 국제와 국내의 환경적 오염

시대별 주요협약과 변화	주 내용
1970년대	최초로 환경문제를 국제적 의제(agenda)로 다룬 1972년의 UN인간환경회의. 국제협약으로는 람사르협약, 런던협약, 멸종위기종의 국제거래에 관한 협약 등이 있다.
	선진국과 개발도상국 간의 환경문제에 대한 인식차이와 국제사회에 대한 준비 부족으로 환경과 개발에 관해 구체적이고 의미 있는 결과를 이끌어내지 못하였다.
1980년대	UN총회의 결의 "우리공동의 미래"라는 작업결과 보고서를 발표
1990년대	지속가능발전위원회(UNCSD)의 설립, 리우협약(기후변화협약, 생물다양성 협약, 사막화방지협약) 및 의제21의 채택 등 환경이슈에 대해 이전 시대보다 더욱 발전된 논의 진행
2000년대 이후	2002년 남아공 요하네스버그에서 개최된 세계지속가능발전정상회의 정상선언문에서 세계의 지속가능 개발과 인류문명의 존속을 위해 경제, 환경, 사회 발전의 3대 축이 균형 있게 발전되어야 함을 강조

환경 분야 국제개발협력의 주요 대응전략으로 환경주류화 전략을 채택하고 있다. 이는 개발 사업의 결과로 발생한 환경문제를 사후에 대처하는 것이 아니라 개발 사업의 결과로 발생할 수 있는 환경적인

악영향을 사전에 고려하여, 개발효과를 높임과 동시에 지속가능한 발전을 도모하기 위한 전략이다.

6. 국제개발협력의 주요성과, 한계, 과제 ㅣ전용중ㅣ

국제개발협력이란 국가 및 국제기구, NGO 간에 존재하는 개발을 위한 인적·물적 자원의 이전을 말하며 지구적 불평등과 빈곤문제 등을 해소하기 위한 목적을 가지고 있다. 국제개발협력의 시작은 미국의 대규모 유럽복구지원프로그램인 마셜플랜(Marchall Plan)으로부터 시작되었는데 마셜플랜이란 제2차 세계대전으로 폐허가 된 서유럽의 복구와 부흥을 위한 계획이었다. 이 프로그램은 전쟁 후 폐허로 변한 유럽을 단기간 동안에 복구할 수 있던 원동력이었다. 특히 마셜플랜의 성공은 전쟁 이후 막 독립하기 시작한 개발도상국들에게도 '적절한 지원만 있으면 서구 국가들처럼 발전할 수 있을 것'이라는 낙관적인 기대감을 갖게 해 주었다. 이에 개발도상국의 지원요청에 따라 서구 국가들은 개도국들에게 의욕적으로 국제개발협력을 제공하였다. 하지만 시간이 지나면서 개도국의 현실은 모든 측면에서 서구 국가들과는 상황이 달랐고, 이들 국가의 개발은 단기간에 이루어질 수 없었다. 하지만 이러한 상황에서도 지속적인 국제개발협력이 이루어졌고 덕분에 1950~60년대 독립한 아프리카와 아시아 국가들이 국가로 자리매김하고 제대로 역할을 해 나가도록 하는 것이 가능했다. 특히 단지 이름만 국가였던 신생 독립국들에게 국가의 제도, 인프라, 이를 운용할 인력들을 키우는데 매우 큰 역할을 하였다. 이렇듯 국제개발협력은 2차례의 세계대전 이후 지금까지 세계의 여러 문제들을 해결하는데 있어서 큰 역할을 해왔지만 최근 세계적으로 유행하는 코로나 19로 인해 현재 국제적인 백신 공급이나 의료적인 부분을 제외하고 그 외의 국제 개발협력 사업은 원활히 진행되지 못하고 있는 상황에 있다.

국제개발협력은 1970년대 들어서면서 큰 빛을 보았다. 처음으로 성공적인 경제 및 사회발전을 달성하여 상당 부분 서방국가들이 누리는 삶의질을 구현하게 된 이른 바 '아시아의 네 마리 용'사례가 바로 그것이다. 여기서 아이사의 네 마리 용은 한국, 싱가포르, 대만, 홍콩을 의미하는데 이들 국가들이 개도국들 중 처음으로 상당 수준의 발전을 이룰 수 있었다. 이에 대한 배경으로는 지도자들의 리더십, 전문기술관료, 기업가정신, 높은 교육열 등 여러 가지 요인이 복합적으로 작용한 것으로 분석되지만 특히 국제사회의 개발협력도 큰 역할을 한 것으로 보여진다. 또한 70~80년대의 국제개발협력 이후 89년 소련과 동구권의 몰락으로 냉전시대가 종식되면서 동유럽 국가들과 중앙아시아 국가들이 사회주의 경제체제에서 자본주의 경제체제로 전환해 글로벌 경제로 편입된 것도 일정부분 국제개발협력의 성과로 볼 수 있다. 2000년대 들어서는 UN이 채택한 MDGs(Millenium Development Goals) 달성에 많은 기여를 함으로써 인류의 삶의 질을 개선하는데 크게 기여하였는데 새천년개발목표는 다음과 같다. 절대빈곤 및 기아퇴치, 보편적 초등교육달성, 양성평등 및 여성권익 달성, 아동사망률 감소, 모성보건 향상, AIDS 및 말라리아 등 각종질병 퇴치, 지속가능한 환경보전, 개발을 위한 범지구적 파트너십 구축 등이 있었다. 이 MDGs를 통해 절대빈곤극복이라는 목표 하에 전례없는 국제적인 협력의 초석을 다졌고 결과중심의 접근방식 및 정략적 지표를 제시함으로써 국제사회의 개발 노력을 결정하는 강력한 틀을 제공하게 되었지만 MDGs에도 한계는 있었다. 그것은 평화, 안보, 부정부패, 인권, 불평등 등 중요한 의제들이 제외되어 국제 개발을 위해 필요한 노력을 지나치게 단순화하였고 단기간에 일부 전문가들을 주축으로 준비되어 완성도가 미흡하다는 점이었다. 게다가 최종수립단계에서 정치적으로 수용가능한 범위로 목표가 재조정되었고 MDGs 이행주체가 모호하다는 단점도 존재했다. 이러한 MDGs의 한계를 넘기 위해 UN은 2016년부터 SDGs(Sustainable Development Goals)를 설정하였고 이는 인류의 보편적 문제(빈곤, 질병, 교육, 성평등, 난민, 분쟁 등), 지구환경 문제(기후변화, 에너지, 환경오염, 물, 생물다양성 등), 경제·사회 문제(기술, 주거, 노사, 고용, 생산, 소비, 사회구조, 법, 대내외 경제)를 2030년까지 17개의 주목표와 169개의 세부목표로 해결하고자 하며 이것이 국제사회의 최대 공동 목표이다. 하지만 이렇게 설정한 SDGs에도 한계는 존재하는데 대표적으로 개발 목표 달성을 위한 재원 마련이 미흡하고 다양한 이해관계자들의 파트너십을 강조하지만 그 이해관계자가 어떤 행위자들이 포함되는지 분명하지 않다는 점이다.

이렇듯 지난 1940년대부터 다양한 국제개발협력으로 많은 국가들이 도움을 받고 국가의 기틀을 닦는데 도움을 받았다. 우리 대한민구의 경우 1950년 한국전쟁으로 국토 대부분이 황폐화되어 미국과 유엔으로부터 1950년부터 1961년까지 총 31억$ 규모의 원조를 받았다. 이 규모는 당시 국가 총 수입의 약 70% 정도였다. 이렇게 세계 최빈국으로서 여러 나라들로부터 많은 지원을 받던 우리나라는 이제 세계에서 최초로 원조를 받던 나라에서 원조하는 나라가 되었다. 사자성어에 결초보은이라는 말이 있듯이 과거 국제개발협력의 최대 수혜자였던 우리나라가 이제는 많은 국제개발협력 사업을 통해 세계에서 빈곤 등의 사회문제들과 싸우고 있는 국가지원을 통해 과거에 받은 은혜를 이제 갚을 차례라고 생각해 본다.

7. 원조의 기본개념과 북한개발협력 | 이아인 |

'원조'는 우리나라가 국제개발협력을 유인하는데 큰 역할을 수행하고 있다. 우리나라 역시 오래 전 원조를 많이 받았기에 지금까지 성장할 수 있었다. 그렇다면 원조란 무엇일까? 원조는 어떤 주체가 다른 주체에 대해서 경제적, 군사적 또는 인적, 정신적으로 지원하는 것을 뜻하며 개발원조, ODA 등으로 불린다. 그러나 원조라는 단어를 보면 강자 또는 부유한자가 약자 또는 빈곤한자에 대해 일방적으로 은혜를 베푼다는 어감이 있다. 최근에는 원조보다 협력이라는 단어를 쓰면서 보다 대등한 입장에서 지원한다는 느낌을 주고 있으며 실제로 1960년대 이후 '개발협력', '경제협력'이라는 말로 바뀌었다.

그렇다면 우리가 북한에 협력을 해야하는 근본적인 이유가 무엇인지에 대해 생각해 볼 수 있겠다. 첫 번째로 북한의 경제난을 이유로 꼽을 수 있다. 이상고온 및 가뭄이 잦은 자연환경과 그로 인한 산림 황폐화로 인해 북한은 식량난에 시달리고 있다. 이는 과거부터 현재까지 북한이 직면한 큰 문제이다. 이는 국제무역, 구소련 연방 원조에 의존하는 등 체제적 특성에서 나타난 경제적 고립 등을 이유로 들 수 있다. 국제 사회에 대한 군사적 도발로 인해 유엔, 미국에서 경제 제재를 받고 있는 상황이기도 하다. 이러한 상황에서 대북개발협력과 평화경제실현을 동시에 추구하기 위해 북한과의 접촉과 대화를 꾸준히 이어나가야 한다. 그러기 위해 인도주의적 차원에서 북한에 대한 원조와 지원이 남북관계나 국제정세와 무관하게 꾸준히 이루어져야 한다. 인도적 지원은 자연재해나 인위적 분쟁에 의한 피해를 구제하는 활동으로 지원의 성격이 단기적이고 일방적이며 수혜적인 특징을 보인다. 빈곤으로 인한 인간의 존엄성 보장에 필요한 최소한의 식량, 물, 주거,

위생, 보건의료, 교육 등의 서비스를 제공함으로써 북한과의 접촉을 꾸준히 이어나갈 수 있다. 인도적 지원을 통해 북한을 대화의 장으로 유인하고 북한의 경제상황을 파악하고 개선하는데 도움을 줄 수 있다. 이는 통일을 위한 상호대화를 통해 서로에 대한 이해도를 높일 수 있으며 장기적으로 보았을 때 통일비용 절감효과 등 통일가반을 조성할 수 있다. 대북지원은 현재까지 뚜렷한 성과를 보이지는 않지만, 북한 주민 삶의질을 향상시켜 인도적 상황을 개선할 수 있으며 우리의 인도주의적 동포애를 간접적으로 전달함으로써 중장기적으로는 민족공동체 회복에 기여할 수 있다.

그러나 북한도 처음부터 원조에 대해 긍정적이지만은 않았다. 북한은 자본주의 원조에 대해 거부감이 있었으나 1995년 북한에서 발생한 대기근 이후 원조를 받아들이게 되었다. 이때부터 식량원조를 중심으로 흡수하기 시작하였고 2005년부터 자발적으로 인도주의 원조에서 개발원조로 전환해 달라는 요구가 있었다. 그러나 우리나라에서 원조에 대한 최소한의 댓가로 요구할 수 있는 빈곤현상에 대한 모니터링을 거부하는 등 비협조적인 태도를 보이고 있다.

그러나 최근 인도적 원조에 대한 북한의 태도가 변화하고 있다. 경제성장 뿐 아니라 사회인프라개발까지 확대됨에 따라 2017년 북경 아시아 태평양 경제 사회 이사회 회의에서 SDGs 와관련한 국가경제발전전략을 연계하여 추진하고 2019년 블라디보스톡 국제포럼에서 SDGs의 북한 내 이행상황을 발표하는 등 북한정부의 인식과 참여의지가 최근들어 가시적으로 변화하고 있다. 그럼에도 불구하고 아직까지 역사적·외교적으로 지속적이고 예측가능한 정부의 행보와 정보공유협력 등을 기대하기 어려운 실정이며, 빈곤에 대한 개념을 실제적으로 수용하거나 반영하지 않고 있다.

한편, 유엔개발계획은 북한의 기초교육 및 성평등은 비교적 개선의 여지를 보여주고 있으나 보건, 위생, 환경 및 글로벌 파트너십 측면에서는 한계를 드러냈다고 평가하고 있다. 이에대한 원인을 세 가지 정도로 생각해 볼 수 있다.

첫째로 '원조와 핵무기'이다. 북한에서 실행된 핵무기개발과 장거리 미사일 실험은 1993년부터 2019년까지 약 150건이다. 북한이 미사일을 쏘는 것과 원조가 도대체 무슨 상관이 있는지 생각해 볼 수 있다. 체제의 정당성 및 사상, 군사적 강성대국임을 강조하기 위한 북한의 전략이라고 생각할 수 있다. 한마디로 군사적 위협을 기반으로 원조를 유인하는 것이다. 이에 직접적인 공격을 받는 국가 역시 미국, 일본 그리고 한국으로 추릴 수 있다. 식량 및 에너지자원을 이용한 외교적 회유책과 핵폐기를 위한 비밀협상 시도도 있었으나 현재로서는 대북 강경책이 다소 우세한 경향이 있다.

둘째, '북한 정권'이다. 바로 원조는 북한 정권의 권력유지에 이용될 수 있다는 문제점 때문이다. 북한 정권은 주민들이 처한 인도적 위기 상황에 직접적으로 책임을 져야 하지만 주민들의 인권이나 생활환경 개선에 대한 정책보다는 체제안보를 더 우선시하고 있다. 따라서 북한에 단기적 인도적지원이 그 목적과 의도와는 달리 사용될 우려가 있다.

셋째, '한반도' 관점에서의 문제점이다. 과거 인도적 지원에도 불구하고 북한 내부의 인도적 문제가 크게 개선되지 않고 있으며 이에대한 개선요구가 지속되고 있다. 이로 인해 대북지원에 대한 사회 양극화 현상이 발생하고 있다. 인도적 차원을 넘어 민족, 통일이라는 역사적, 장기적 차원에서 대북지원이 필요하다는 의견과 결국 체제의 문제이기 때문에 효과가 없다고 주장하는 의견이 대립하고 있다.

이러한 문제를 해결하기 위해 우리나라는 북한의 특성을 고려한 전략적이고 유연한 접근이 필요한 시점에 놓여있다. 제일 먼저 생각해 볼 수 있는 것은 원조 수혜자 층을 나누는 것이 있다. 또한 단순한 접 근보다 시급한 농업, 환경, 보건의료사업 등을 구체화시킨 대북개발협 력사업을 추진해야 한다. 취약국을 대상으로 한 개발협력현황을 분석 하고 인도적 지원사업과 연계한 남북협력방안을 단기, 중기, 장기별로 제시할 수 있다. 그러나 이 모든 방안들은 북한의 긍정적인 답변이 있 어야만 수행할 수 있다. 따라서 최종적으로 SDGs라는 발전목표에 대 한 북한의 수용성을 기대할 수 있겠다.

북한은 김일성 집권 시기 이후 경제 발전을 위한 재원조달의 필요성 을 인정하면서도 동시에 외부원조에 종속되는 것을 경계해 왔다. 하지 만 최근에는 경제 뿐 아니라 기술 및 과학분야 차원에서의 협력을 장 려하는 방침을 내놓고 있다. 한반도의 인도주의 사안은 시급히 해결해 야 할 과제이다. 그러나 남북 당국간 정치적 관계에 민감하게 영향을 받기 때문에 그 지속가능성이 담보되지 못하고 있다. 따라서 남북간 인도적 협력사업 추진과 함께 국제사회와 협력하여 지속적인 아이디 어를 발굴해야 할 필요성이 있다.

8. 한국의 사례가 국제개발협력분야에서 소중한 이유
| 류경호 |

ODA(Official Development Assistance)는 공적개발원조라고 불 리며 정부를 비롯한 공공기관이 개방도상국의 경제발전과 사회복지 증 진을 목표로 제공하는 원조를 의미한다. 우리나라는 1950년 6월 25일 발발한 한국전쟁 직후 경제가 무너지고 개발도상국으로 분류되어 주

변의 많은 나라에게 도움을 받은 경험이 있다. 그러나 지금 2021년 우리나라는 한강의 기적이라고 불리울 만큼 많은 경제 발전을 이루어 냈고 과거 원조를 받던 수여국에서 2010년 당당히 DAC(Development Assistance Committee)에 가입 하면서 주변의 개발도상국을 도와주는 공여국의 지위를 얻었다. 전 세계적으로 보아도 원조를 받던 수여국에서 원조를 하는 공여국으로의 전환은 쉽게 찾아 볼 수 없는 희귀한 사례이다. 이러한 점에서 보아 우리나라는 굉장히 자부심을 가져도 좋을 것 같다. 수여국으로의 역사는 약 15년 정도이므로 짧다면 짧고 길다면 긴 시간일 수 있다. 우리나라의 얘기는 여기서 마치기로 하고, 주변을 조금만 둘러보면 우리와 한민족이기도 하고 세계 최빈국으로 평가 받는 북한이 우리나라 북쪽에 존재 하고 있다. 우리나라와 한민족이라는 점에서 그들도 지금은 선진국으로는 분류되지 않지만 우리나라와 마찬가지로 대동강을 끼고 있는 평양에서부터 시작하여 많은 경제발전을 이룰 수 있는 잠재력에 비해 그러지 못하고 있다는 점에서 참으로 안타깝다. 현재 북한과 우리나라는 정전이 아닌 휴전중이며 군사적으로는 대치 상황에 놓여 있지만 향후 협력하고 함께 발전해 나가야 한다는 점에서 대북 원조의 역사를 간략히 알아보고자 한다.

과거부터 현재까지 북한에 여러 가지 형태로 원조를 진행하고 있다. 그 규모는 김대중, 노무현 정부 시절 가장 규모가 컸으며 그 이후 이명박, 박근혜 정부 들어서 많은 군사적 적대 행위등이 있어 규모가 많이 작아졌다.

현재 우리나라에서는 북한에 대해 원조를 찬성하는 입장도 있고 반대하는 입장도 있다. 북한에 대해 원조를 찬성하는 입장으로는 ODA 측면에서 북한 주민들의 인권을 많이 생각하며, 반대하는 입장에서는 우리와 적대관계인 국가에게 어찌 지원을 해주는가라는 입장이다. 두

가지 입장 모두 누가 틀렸다고 말할 수 없을 것이다. 현재까지 우리나라 및 우리와 한민족인 북한과의 관계에서 국제개발협력관계를 간략히 알아보았다면, 전 세계적으로 우리나라의 사례가 국제개발협력분야에서 어느정도의 중요성을 가지고 있는지 생각해보자.

앞서 원조를 받는 공여국에서 원조를 하는 수여국으로 전환된 사례는 전 세계적으로도 굉장히 드문 사례라고 언급 했었다. 이러한 내용을 토대로 내가 이 책을 읽는 독자들에게 몇가지 질문을 하고 싶다. 먼저 ODA의 취지가 상대적으로 부유한 나라에서 개발도상국의 빈곤문제를 해결 하고 인간의 기본권을 지키려는 국제사회의 노력과 행동이라고 한다면, 70년 동안 세계각국에서 이 문제를 해결 하기위해 많은 시간과 돈을 투자 하였음에도 불구하고 현재 세계에는 아직도 빈곤문제가 많이 발생하고 있고 몇몇의 국가에서는 한명의 독재자로 인해서 국민들이 기본적인 인권조차 누리고 있지 못하고 있다. 70년동안 진행되었지만 그 효과와 목적 달성이 많이 미미한것인데 과연 현재와 같은 방법의 원조가 계속 진행되어야 할까라는 의문이 존재한다. 또한 미국과 유럽 등지에서 많은 돈을 비교적 개발도상국이 많이 존재하는 아프리카 및 아시아 국가에 투자를 진행 하고 있는데 현재는 1950년대 처음 실시할때와는 그 의미가 많이 퇴색된 것 같다. 공여국 및 수여국 모두 빈곤문제 해결과 개발도상국에서 인권을 지키려는 노력 보다는 일부 기득권 세력의 정치적 수단으로 많이 전락한 것이 아닌가 하는 생각이 든다. 두 번째로는 우리나라도 현재 많은 세금을 사용하여 북한 뿐만 아니라 세계의 여러 개발도상국에 원조를 해주고 있다. 그러나 현재 우리나라 안에서도 경제적, 사회적으로 도움이 많이 필요한 국민이 존재 하는데 이들을 조금 뒤로하고 국제 사회의 다른 국가들을 위해 재원을 쓰는 것이 과연 합당한 일인 가에 대해서도 많은 생각을 하게 된다. 앞선 두가지 질문에 대해서 어떤 것이 맞고 틀렸다고 얘기할 수는 없지만 ODA 및 우리나라의 정책이 그 의미와 목적이 퇴색 되지 않게 모두가 꾸준히 생각하고 정책의 결과를 항상 돌아봐야 할 것이다.

9. 북한과의 에너지분야 국제개발협력의 가능성

| 최찬용 |

북한은 현재 난방, 취사, 조명, 가전 등의 민생용 에너지부터 산업, 수송, 공공기타에 이르기까지 에너지 전 수요분야에서 심각한 공급난을 겪고 있는 상태로 북한 경제는 심각한 기능저하 상태이다. 특히, 에너지 공급 부족으로 인한 수송기능의 저하와 산업생산력의 마비는 가장 심각한 부분이다. 북한의 에너지난의 핵심은 석탄과 전력의 부족함으로 석탄은 북한의 전력생산의 절반을 차지하고 가장 중요한 에너지원이나 생산이 크게 감소하였다. 전력의 경우 연료 공급의 부족, 발전 설비의 노후화 등으로 발전량 또한 크게 감소한 상태이다. 이에 북한 내부의 역량만으로는 해결이 불가할 것으로 보인다. 따라서 북한과의 에너지 협력 분야를 구상해 보면 그 내용은 다음과 같다.

1. 북한 노후 수력발전설비 개보수 협력 사업
   - 북한 수력발전설비 거의 대부분이 개보수 대상으로 판단하여 노후도에 따라 전면교체, 성능개선, 성능복원, 성능보전해야 될 필요가 있음.
2. 북한 노후 화력발전설비 개보수 협력 사업
   - 북한 화력설비 전량을 개보수 대상으로 판단하여 폐지, 수명연장, 경상장비 지원, 부수부품, Re-Powering으로 구분하여 평가

3. 북한 송배전설비 현대화 협력 사업
  - 천문학적이 투자비와 북한의 상황을 고려하여 단계적 추진 필요

〈표 3〉 북한 송배전설비 현대화 협력사업 추진 방안

구분	협력 사업 추진방향

단기(3년 이내)	• 북한 특정 발전소 발전증대 및 송배전망 현대화 협력
	  - 기존 발전설비 성능개선(남한설비 기준으로 대체)
	  - 도심지 송배전망 구축
	  - 소규모 발전소 건설
	  - 시내 전력 지원 등

중기(5년 이내)	• 남북한 계통연계 시행 및 발전소 신규 건설을 목표로 남북한 전력계통망 연계 추진
	  - 지역 간 대용량 송배전망 구축
	  - 화력발전소 공동 건설·운영 등

장기(10년 이상)	• 남북통합 단일 전력계통망 구축을 목표로 북한 내 지역 간 환상망 구성
	  - 남북한 송배전망 통합
	  - 대규모 전원단지 건설
	  - 동북아 계통연계사업과 연계하여 추진

출처: 에너지경제연구원

　이처럼 북한과의 국제협력개발에서 에너지 분야는 많은 사업을 추진할 수 있다. 그리고 이에 대한 기대효과는 첫째, 북한의 개혁·개방에 대비하여 우리 에너지자원 부문이 우선적으로 구상 할 수 있는 협력사업 프로젝트의 범주를 제공하고 둘째, 주요 남북 에너지 자원 협력 프로젝트에 대한 사전적 검토를 통해 시의 적절한 활용여건을 확보할 수 있으며 셋째, 북한 개방 시, 남한이 주도적으로 북한 에너지자원분야의 개발을 주도하기 위한 선제적 추진기반 구축에 활용할 수 있다는 점이다.

　위의 내용 외에도 북한과의 에너지 협력사업은 광물개발사업, 한·

러전력개통 관련사업 등 여러 가지가 있다. 그러나 이러한 사업은 남북한의 협력이 제대로 이루어졌을 때 진정한 의미를 가질 것이다. 이전 국제개발협력 사업들이 처음에는 좋은 의미와 양 국가간의 이익을 위해 실현 됐지만 끝에 흐지부지 끝나거나 중단되는 경우가 많았다. 그 이유는 사업을 진행함에 있어 북한에 요구하는 것이 핵 개발 중단 및 폐기 등이므로 사업과 상관없는 내용을 조건으로 내세워 사업을 진행하였기 때문이라고 생각한다. 따라서 남북한 에너지 국제개발협력이 제대로 실현되려면 핵 폐기 및 군사적 제제 뿐만 아니라 남북한 모두 사업에 대한 이득을 이해하고 사업 추진에 있어 긴밀한 관계를 유지해야 할 것이다. 또한, 정책적으로도 남북 에너지협력 사업의 체계적이고 효과적인 추진을 위한 추진체계를 구축하여야 한다. 현재 우리 정부의 남북협력사업에 대한 기능은 통일부가 운영하는 남북교류협력 시스템과 남북교류협력지원협회 등이 있으나 보다 적극적인 협력 사업 개발과 지원 기능을 수행 할 수 있는 추진체계가 필요하다.

10. 한반도(남북한) 국제개발협력의 미래 | 이형덕 |

최근 대한민국 정부는 남북한 교류협력을 위한 정책과 제도를 수립하고, 이를 이행하기 위하여 2018년 평창올림픽을 계기로 북한과의 대화할 수 있는 기회를 만들고, 지속적인 만남을 이어왔으며, 남북한 정상회담과 북미정상회담등을 이뤄냈다. 이에 따라 남한에서는 한반도를 포함한 동북아지역의 교류협력을 강화하기 위한 '신북방정책', '동아시아철도공동체' 등을 공표하는 등의 실질적 협력을 도모하였다. 그러나, 이는 2020년 6월 16일 오후에 발생한 남북공동연락사무소 폭파사건으로 인하여 유의미한 성과를 이루기가 힘들어졌다고 판단된다. 여기서, 북한에서 위와같이 행동한 이유에 대하여 생각해보면, 미국의 정권교체와 주변국으로부터 받는 비핵화라는 압박에 본인들의 강경한 주장을 표출하기 위한 것으로 보여진다.

우리는 북한이 왜 이러한 행동을 하였고, 어떤 생각을 하고있는지에 대하여 이해 할 필요가 있다. 만약, 남한과 북한을 비롯한 주변국가들을 각각의 사람으로 비유하고, 상황으로는 학교에서 점심시간 이후의 휴식시간이라고 가정해보자. 평소에 아웃사이더(Outsider)로 지내던 북한에게 남한이 먼저 말을 걸고, 밥도 같이 먹고 매점도 같이 다니며 친해지는 과정에서 남한과 친하게 지내던 미국을 소개시켜주었고, 다 같이 어울려 지내던 찰나에 미국에서 북한에게 몇가지만 고치게 되면 너도 인싸(아웃사이더의 반댓말)가 될 수 있다면서 강요하게 되고, 이를 남한이 동조하면서 바꿔보라고 할 때, 북한의 심리를 생각해보자. 나라면 평상시 행동하고 말하던 습관을 타인에 의하여 강요를 받으면서 바꾸라고 한다면 제일 먼저 방어기제로써 반발심이 발생할 것이다. 왜냐하면, 사람이란 본인이 가장 편안한 쪽으로 생각하고 행동하며 이것이 오랫동안 지속됨에 따라 습관이 생기게 되는데 이를 바꾸라고 강요를 한다면 나에 대하여 공격을 하는 것으로 받아들이고 반발하는 심리가 있다.

그렇다면, 이러한 반발심을 줄이고, 다같이 어울릴 수 있도록 하기 위하여는 무엇이 필요할까? 나라면 조급하게 상대방의 잘못된 습관 등을 갑작스럽게 바꾸도록 강요하는 것이 아닌 천천히 대화를 통하여 상대방을 이해하고 왜 그런 습관등을 하는지에 대하여 이해를 해볼 것이고, 더 나아가 환경적인 요소에 대하여 관찰을 진행할 것이다. 이러한 과정을 통하여 보다 친밀성을 높여가고 상대방이 나를 동반자로 인식하는 순간부터 서로 어울릴 수 있는 것들에 대하여 서로 맞춰가면서 발전할 수 있는 교류를 진행할 것이다.

이러한 예를 들은 이유로는 각 국가간의 대립은 결국 사람 대 사람이 대화를 하는 것이고, 결국 대립을 해결할 수 있는 방안은 앞서 서술한 예에서 찾아볼 수 있기 때문이다. 그러므로, 현 정부는 북한을 보다 이해할 수 있도록 관찰을 하고, 대화를 할 수 있는 기회를 만들어가고, 이를 위한 정책과 제도를 수립해 나가야 할 것이다. 물론, 단기간에 해결이 되지 않을 것이다. 하지만, 이를 지속적으로 정부와 국민들이 관심을 가지고 대화를 시도하고, 이해한다면 추후 보다 발전된 국제개발협력을 위한 기반이 될 것이다.

마지막으로, 남한과 북한의 교류협력이 필요한 이유로는 전 세계적으로 유일한 분단국가이기도 하지만, 경제적으로 북한과의 교류협력을 통한 이점이 많을 것으로 예상되기 때문이다. 우선, 북한과의 교류협력을 진행할 경우 대륙으로 향하는 길목이 뚫리게 되어 항만 및 항공으로만 교류하던 운송 시스템을 확대할 수 있다. 실제로 대한민국 정부에서는 '동아시아철도공동체' 사업을 위하여 남한과 북한을 연결하는 철도노선을 계획하였고, 이를 위한 연구들이 활발히 진행되고 있다. 또한, 북한과의 교류협력체계를 구축하여 사업을 진전시킬 수 있을 때를 위하여 현재 북한 인근 지역까지의 종단철도를 건설하고 있다. 이와 같이 남한과 북한은 연결하는 철도 연결은 관광적으로나 비즈니스적으로나 새로운 패러다임을 가져올 것이고, 이를 기반으로 도로, 발전소 등과 같은 인프라 시스템을 개발하면서, 이에 따라 부가적으로 인력을 많이 요구하여 미취업자들의 수도 감소시킬 수 있을 것으로 기대된다.

한반도의 국제개발협력의 미래에 대하여 정리하자면, 현재 한반도

〈그림 5〉 대륙철도와 한반도 철도망 연결 개념도

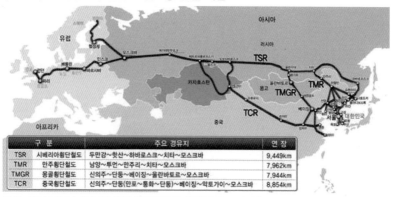

구 분		주요 경유지	연 장
TSR	시베리아횡단철도	두만강~핫산~하바로스크~치타~모스크바	9,449km
TMR	만주횡단철도	남양~투먼~만주리~치타~모스크바	7,962km
TMGR	몽골횡단철도	신의주~단둥~베이징~울란바토르~모스크바	7,944km
TCR	중국횡단철도	신의주~단둥(만포~통화~단둥)~베이징~악토가이~모스크바	8,854km

출처: 국토교통부, "제3차 국가철도망구축계획(2016-2025)," 2016.06.

의 교류협력체계를 우선적으로 구축을 하고, 그 다음으로 전 세계적인 국제개발협력을 수행하는 것이 보다 안정적이고 실질적인 결과를 도출할 수 있을 것으로 예상한다. 그리고, 한반도의 교류협력체계를 구축하기 위하여는 북한과의 대화의 장을 지속적으로 유지하고, 북한의 현 상황에 대하여 깊이 관찰하고 이해하면서 교류를 위한 싹을 키워나가야 할 것으로 판단된다.

북한개발협력 들여다보기

신북방·신남방 문제를 보다 전략적으로 해결하고 접근해 나가기 위해서는 '북한개발협력'에 대한 본질적 이해가 필요하다. 이를 위해 학생들은 북한개발협력의 역사와 현황파악부터 한국정부 또는 UN 혹은 NGO의 대북지원 현황과 평가, 북한개발협력에 따른 어려움과 이에 대한 남한국민의 인식, 기존 북한개발협력의 교훈과 향후 방안, 그리고 북한개발협력의 미래에 이르는 다양한 주제에 대한 학습을 발제를 통해 진행하였다.

1. 북한개발협력의 역사

ㅣ 황예찬 ㅣ

개발협력(Development Cooperation)을 정의하자면, 개발원조와 개발지원과도 비슷하지만, 보다 넓은 개념으로 각국 공여국 정부와 국제기구, 민간단체, 기업 등의 국제사회가 저개발국의 경제사회 발전을 돕기 위해 실시하는 비영리적인 사업을 지칭하며 무상원조와 유상원조 및 정책적 지원까지 포함하는 것을 의미한다.[1] 그렇다면 우리 남한과 북한의 개발협력의 역사는 언제부터 시작되었고, 2021년 중반인 지금은 어떠한 모습일까? 먼저 개발협력의 첫 시작은 시간을 거슬러 1995년 김영삼 정부부터 대북 식량지원부터이다. 이때부터 식량지원뿐만 아니라, 민간단체 기금지원, 당국차원의 지원 등 다양한 곳에서 북한을 지원하기 시작했고, 2018년도 말까지 약 3.3조 원이 북한에 지원되었다. 아래 그래프는 각 정부별 대북지원 현황 금액을 보여준다.[2]

보이는 바와 같이 정부에 따라 대북지원 현황이 크게 달라지는 것을

〈그림 1〉 대북지원 현황

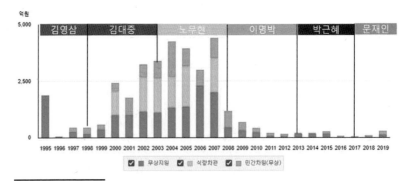

1) 남북한 인도협력 방안과제 : 인도 개발 평화의 트리플 넥서스
2) e-나라지표 조회상세

확인할 수 있다.

여러분은 이러한 대북지원에 대해 어떻게 생각하는가? '아직까지 휴전 중인 나라이며 적국이기 때문에 이런 지원은 잘못된 것이다'라고 생각하는 사람도 있을 것이고, '통일을 위해, 북한의 인권 신장을 위해 필요한 것이다'라고 생각하는 사람도 있을 것이다. 양쪽 모두 틀린 생각은 아니라고 생각한다.

이에 대한 생각을 본격적으로 서술하려고 한다. 1995년부터 북한에 대한 지원이 이루어졌다고 했다. 그렇다면, 1995년 이후에 북한은 어떤 모습을 보여주었을까? 1996년 강릉 무장공비사건, 1999년 제1 연평해전, 2002년 제2 연평해전, 2010년 천안함 피격, 연평도 포격과 수차례의 핵실험 등 북한의 도발이 있었다. 약 3.3조 원의 지원이 있었는데도 불과하고 이런 북한의 도발이 있었던 것이면 여태까지의 대북지원이 의미가 있는 것인가 하는 부분을 점검해야 한다.

통일은 필요하다고 생각한다. 북한도 우리나라이고, 한 민족이라고 생각한다. 무엇보다 우리나라가 성장하기 위해선 점진적 통일이 필요하다고 생각한다. 하지만, 그렇다고 해도 북한에 휘둘리지 말아야 하고, 확실한 북한의 비핵화의 약속이 필요하다고 생각한다. 그러기 위해 단호한 태도를 취하되 언제든 북한과의 협력을 할 수 있게끔 준비하는 것이 필요하다고 생각한다.

진짜 북한이 원하는 것은 무엇일까? 핵을 통해 얻으려고 하는 것이 무엇일까?

아마 북한 체제의 유지라고 생각한다. 그렇다면 북한 체제를 건드리지 않고 북한이 비핵화를 할 수 있게 도와줄 수 있는 협력은 어떠한 것이 있을까?(북한 체제를 건들이지 않는 것에 애시당초 동의하지 못하는 분들도 있을 수 있다고 생각한다.)

너무나 복잡하고 어렵지만 확실한 것은 북한과의 협력을 위해선 반드시 짚고 넘어가야 하는 부분이라는 것이다.

2. 북한개발협력의 현황 　　　　| 김재천 |

개발협력이란 단어는 개발원조라는 용어로 보편적으로 사용되었다고 한다. 하지만 '원조'라는 단어가 갖는 일방향성과 시혜성, 정치적 편향에 대한 비판이 설득력을 갖게됨에 따라 개발지원 혹은 개발협력이라는 용어로 대체하여 사용하게 되었다고 한다. 개발협력은 크게 금융지원(Financial Assistance)과 기술지원(Technical Assistance)로 나누어서 생각할 수 있다. 금융지원은 수원국을 위하여 자본을 유, 무상 차관의 형태로 제공하는 것을 의미하고 기술지원은 지식, 제도, 정책의 전수 또는 공유를 통한 지원을 의미한다. 여기서 더 나아가 국가 간의 개발협력, 특히 선진국과 개발도상국 간, 개발도상국과 개발도상국 간 또는 개발도상국 내에 존재하는 개발 및 빈부의 격차를 줄이고 개발도상국간의 빈곤문제해결을 통해 인간의 기본권을 지키려는 국제사회의 노력과 행동을 국제개발협력이라고 한다.

그렇다면 우리나라와 북한과의 개발협력은 얼마나, 어떻게 이루어져 왔는지 알아보겠다. 우선 금융지원부분에서의 현황을 간략하게 설명해 보겠다. 최근 10년간 각 연도별 연간 대북지원현황을 살펴보면 2016년과 2017년에 대폭 감소하였다. 우리나라 정부의 대북지원 역시 2016년과 2017년, 2018년에 대폭 감소하였고 특히 2017년에는 정부 차원의 대북지원이 한 번 도 이루어지지 않았다. 이와같이 지원이 대폭 감소하게 된 원인으로는 북한이 핵실험 또는 미사일 발사를 강행한 것이 가장 큰 원인으로 알려져 있다. 최근 10년동안 진행된 대북지원을 주체별로 따져보면 민간단체가 50%, 국제기구가 47%, 민간단체 지원이나 당국차원, 대한적십자사를 통한 경우가 나머지 3%에 해당한다고 한다. 북한지역별 지원통계를 살펴보면 평양과 황해북도, 평안남도 등 수도권 지역에 약 550억 원의 지원금액 중 320억 원 가량의 지원이 집중되고 있으며 다른 지역은 인구가 수도권 대비 적은 점을 고려하더라도 상대적으로 지원이 미약한 것을 알 수 있다. 최근 20여년 동안의 정부별 대북지원 통계를 보면 참여정부(03.3~08.2)일 때 가장 대북 지원이 활발하게 진행되었고 대북지원으로 많은 논란이 일고 있는 문재인정부(17.5~)에서는 오히려 대북지원이 가장 적게 되었다는 것을 확인할 수 있다. 지원의 분야별 통계에서는 보건의료 분야에서 가장 많은 지원이 이루어졌고 이외에 사회복지와 일반구호 분야에서도 적지않은 지원이 이루어진 것을 확인할 수 있었다.

또한 2020년 우리나라는 대북 쌀 지원사업을 진행하여 세계식량계획을 통해 5만톤의 쌀(미화 1,177만$, 한화 138억 원)을 지원하고자

〈그림 2〉 대북지원 현황

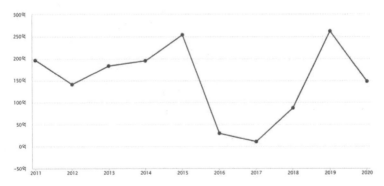

출처: 통일부 대북지원정보시스템, 「인도적 대북 지원 현황」

하였으나 북한의 거부로 1년반만에 결국 무산되었다고 한다. 반면 북한이 우리나라의 대북 쌀 지원을 거부한 뒤 스위스와 러시아, 스웨덴, 노르웨이, 캐나다, 불가리아에서 세계식량계획을 통해 미화 1,050만$ 상당의 대북 식량지원사업을 진행하였고 이번에는 북한측에서도 거부하지 않았다고 한다. 지극히 개인적인 생각이지만 우리나라의 지원을 거부하고 타국 지원만 받은 것은 최근 있었던 갈등에 대한 소심한 반항이라고 생각되고 살짝 괘씸하다는(?) 생각도 들었다.

기술지원에 대한 현황을 살펴보면, 2008년부터 2017년까지 농업분야와 평화 관련 개발협력이 이루어진 내용을 확인할 수 있었다. 사실 본인은 농업이나 평화와 관련된 기술이나 전공지식이 전무하기 때문에 대략적인 정보만을 확인할 수 있었다. 농업분야에서 북한은 UNDP와 아일랜드, 스위스, EU, 체코, 폴란드, 핀란드, FAO 등과 개발협력을 진행하였고 기간은 짧게는 1년 길게는 2008년부터 2017년까지 매년 개발협력이 이루어진 것을 확인하였다. 평화관련 개발협력의 경우 스위스, 독일, 스웨덴, 영국, 캐나다, EU, 미국, UNICEF, UNDP 등과 개발협력을 진행하였고 나라와 개발협력 항목에 따라 다르긴 하지만 농업분야와 마찬가지로 짧게는 1년, 길게는 2008년부터 2017년까지 매년 개발협력이 이루어진 것을 알 수 있었다.

북한에 대한 조사를 진행하기 전에는 북한은 국제 사회와 단절되어 있어 아무런 교류가 없이 그들만의 고집으로 똘똘 뭉쳐있는 나라라고 생각해 왔다. 그런데 막상 북한과의 구제개발협력에 대한 조사를 진행하게 되면서 북한이 금융지원 및 식량지원을 꾸준히 받아온 것은 물론이거니와 다른 나라와의 기술분야 개발협력까지 진행하고 있다는 것을 알게 되어 신선한 충격으로 다가왔다. 앞으로도 이러한 방식으로 북한이 국제 관계를 신경쓰고 개발협력을 꾸준히 이어나감으로써 세계적인 골칫덩이 같은 이미지를 벗고 국제사회의 건강한 주축이 될 수 있다면 바람직할 것이라는 생각을 해 본다.

3. 한국정부의 대북지원 현황과 평가 | 김민지 |

북한은 1995년 여름 이후 수차례의 홍수와 가뭄을 겪으면서 북한 스스로 소위 '고난의 행군' 시기로 표현할 정도로 심각한 식량위기에 처하게 되었다. 이 위기의 시대에 수해 및 가뭄 등 자연재해가 겹쳐 수많은 북한 주민들이 피해를 입거나 중국으로의 탈북을 감행했다.[3]

우리나라의 인도적 대북 지원은 북한의 이러한 식량 사정 악화에 따라 본격적으로 제기되었고, 1995년 수해로 북한이 국제사회 등에 인도적 지원을 요청해온 것을 계기로 시작되었다.[4]

정부는 인도적 대북지원이 북한 주민의 기본 생존권을 보호하고 장기적으로 민족공동체 회복에 기여한다는 인식하에 대북지원을 추진해 왔다. 남북관계, 북한의 인도적 상황, 재정부담 능력 등을 종합적으로 고려하여 당국 차원에서는 정부, 민간단체기금(지자체 및 법인·단체), 국제기구 등을 통한 직·간접적인 인도적 지원을 추진해 왔으며, 민간 차원에서는 대한적십자사 등 민간단체를 통해 민간이 직접 식량 및 물자 지원을 〈표 1〉과 같이 1995년부터 2020년 8월까지 약 2.46조 원을 지원하였다.

---

3) 행정안전부 국가기록원, 『북한의 식량위기와 지원』(세종: 행정안전부, 2021).
4) 통일부, 『남북교류협력 인도적지원』(서울: 통일부, 2021).

〈표 1〉 남한의 인도적 (1995년~2020년 8월) 대북지원 현황

재원	주체	합계
정부 (무상지원)	당국 정부	11,257.6억 원 (73.0%)
	민간단체기금	1,187.7억 원 (7.7%)
	국제기구	2,969.2억 원 (19.3%)
정부지원 합계		15,414.6억 원
민간 (무상지원)	한적 (대한적십자)	1,786.9억 원 (19.4%)
	민간단체	7,444.4억 원 (80.6%)
민간지원 합계		9,231.4억 원

출처: 통일부 대북지원 통계[5]

  1995년부터 시작된 대북 식량 지원은 무상으로 이루어졌으나, 북한에 연속적으로 수해가 발생하면서 2000년 남북회담 당시 북측에서 식량차관을 요청하였다. 식량차관은 일종의 대출로서 차관 제공 후 10년 거치, 20년 상환에 이자율은 1%로 이루어진다. 식량차관 이전에 북한에 대량 무상 식량 지원으로 '대북 퍼주기' 논란이 있었던 당시의 김영삼 정부는 차관 형식의 대북 식량 지원이 남북간 경제 거래관계 정착에 도움이 된다고 생각했다. 그러나 일각에서는 식량차관은 이러한 일이 다시 발생할 경우, 무상 지원에 대한 논란을 피하기 위해 만들어졌다는 의견이 대두되기도 했다. 식량차관은 2000년부터 해마다 계약이 이루어졌으며, 2006년에는 북한의 미사일 발사와 핵실험 강행으로 인해 계약이 중단되기도 했으며, 2008년 이명박 정부의 출범 이후에 발생한 다수의 사건으로 인해 남북관계가 악화되어 현재까지 계약이 중단된 상태이다. 2000년부터 시작된 식량차관의 규모를 연도별로 살펴보면, 2000년~2007년까지 식량차관의 원금 합계는 약 8,728억 원으로 집계되었다. 하지만 2012년 6월, 첫 번째 상환일이 도래한 북한은

---

5) 통일부 대북지원정보시스템, 『연도별 지원 통계』(서울: 통일부, 2021).

현재까지 원금 및 이자가 연체중이며, 2037년까지 매년 원리금을 상환하여야 하지만 2016년 기준으로 모든 차관 규모는 연체 이자를 포함해 3조 원을 훨씬 넘어선 상태이므로 상환이 어렵다는 분석이 있다.[6]

〈그림 3〉 남한으로부터 북한의 식량차관 규모

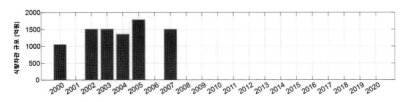

출처: 통일부 대북지원 통계[7]

〈그림 4〉는 최근 10년간 (2011년~2020년) 남한의 연도별 대북지원 현황을 나타내며, 비교 결과 민간단체의 대북지원은 지속적으로 추진되고 있는 반면에 정부차원에서 직접적인 대북지원은 2018년도에만 추진되었던 것으로 확인된다. 또한 국제기구의 대북지원은 2016년부터 2018년 동안 중단되었던 것으로 확인된다. 이와 같은 이유로는 북한의 잇따른 핵실험 및 미사일 발사 실험으로 UN 제재에 따라 민간 외 정부 및 국제기구의 지원이 어려웠던 것으로 판단된다.

6) "北이 南,에 빚진 돈... 3조 5,000억 원,"『조선일보(조선비즈)』(온라인), 2011년 4월 20일; 〈https://biz.chosun.com/site/data/html_dir/2011/04/20/2011042000177.html〉.
7) 통일부 대북지원정보시스템, 『연도별 지원 통계』(서울: 통일부, 2021).

<그림 4> 최근 10년간 남한의 연도별 대북지원 현황

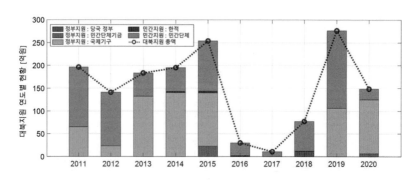

출처: 통일부 대북지원 통계[8]

    <그림 5>는 최근 10년간(2011년~2020년) 남한의 분야별 대북지원 현황을 나타내며, 식량차관의 경우 앞서 밝힌 바와 같이 2008년이후 계약이 중단된 상태이므로 집계되지 않았다. 한편, 보건·의료 분야의 대북지원이 약 817.73억 원으로 가장 많이 추진된 것을 알 수 있다. 이는 정부가 '북한 영유아·산모 등 취약계층에 대한 인도적 지원은 정치적 상황과 구분하여 지속한다'는 기본입장 하에, 통일미래세대의 건강한 성장을 위해 국제기구·민간단체와 협력하여 북한 영유아·산모 대상 「모자패키지」 지원을 강화했던 내용을 통해 보건·의료 분야에서의 대북지원이 활발히 추진되었음을 예상할 수 있다.[9]

8) 통일부 대북지원정보시스템, 『연도별 지원 통계』(서울: 통일부, 2021).
9) 통일부, 『남북교류협력 인도적지원』(서울: 통일부, 2021).

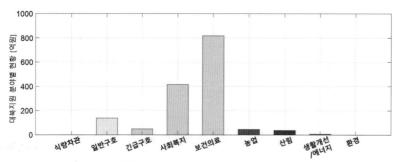

〈그림 5〉 최근 10년간 남한의 분야별 대북지원 현황

출처: 통일부 대북지원 통계[10]

　특히, 2018년 판문점선언 이후로는 한반도 산림녹화 및 자연생태계 보호를 위해 남북 산림협력 분과회담을 2회 개최하고, 산림병해충 공동방제('18.11월), 북한 양묘장 현장방문('18.12월) 등 산림협력을 적극 추진하는 등 농축산·산림·환경 분야 등을 통합적으로 지원하여 북한 주민에게 실질적으로 도움이 되도록 노력을 지속하고 있다.[11]

　국제사회 또한 기후변화 문제에 대응하고자 교토의정서 및 파리협정 등의 발효를 통해 온실가스 감축량을 규정하고 탄소저감을 위해 힘쓰고 있다. 이에 발맞추어 남한에서는 '재생에너지 3020 이행계획'발표를 통해 국내 발전전력 중 재생에너지의 비중을 늘리기 위해 지속적으로 노력하고 있다. 하지만 에너지 및 환경 분야의 대북지원은 거의 이루어지지 않고 있는 점으로 미루어보아 앞으로는 식량난 이외에 전력난으로 큰 불편을 겪고 있는 북한 주민의 생활에 실질적인 도움을 주기 위해 전력설비의 개선 및 신규 구축 등과 같이 에너지 및 환경 분

---

10) 통일부 대북지원정보시스템, 『연도별 지원 통계』(서울: 통일부, 2021).
11) 통일부, 『남북교류협력 인도적지원』(서울: 통일부, 2021).

야의 지원에 더욱 관심을 기울여야 한다. 이와 같은 중장기·고자본의 지원은 UN 대북 제재와 같이 국제기구 및 국제사회의 대북 제재가 완화되어야 추진 가능성이 있는 것으로 판단되기에 단기 지원이 가능한 방향으로 대북지원 방안 마련이 필요하다. 민간 차원에서 식량 및 보건을 위한 의료 키트 등의 지원은 가능할 수 있지만, 에너지 및 환경 분야에서의 민간 지원은 어려운 실정이다. 따라서 중소기업과 민간단체가 협력하여 가정용 배터리 또는 가정용 소용량 태양광 패널 등의 지원 등과 같이 전력난을 겪고 있는 북한 주민의 생활에서의 부족한 부분을 단기적으로 채워줄 수 있는 방안 마련이 시급하다. 또한 정부는 중소기업과 민간단체의 협력을 통한 대북지원 시 기업에 세금 절감 또는 기업과 민간단체에 지원금을 증가해주는 정책을 마련함으로써 직접적인 대북지원이 불가한 현 시점에서 간접적인 정책을 추진할 수 있을 것으로 기대한다.

4. UN의 대북지원 현황과 평가 | 김석일 |

〈그림 6〉 한국전쟁 이후 북한

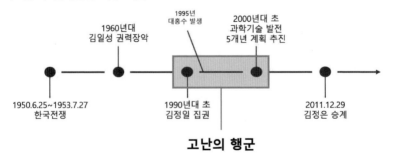

북한은 1953년 한국전쟁 후에 1960년대 김일성이 권력을 장악하고 1990년대 초 김정일이 집권을 하게 된다. 이후 2000년대 초에 과학기술 발전 5개년 계획을 추진하고 2011년 12월 29일 김정은이 승계를 하게된다. 1995년에 대홍수가 발생되는데 북한의 각종 문제는 이 시점부터 시작한다고 봐도 될 것이다. 1995년부터 2000년대 초까지 이 시기를 북한에서는 고난의 행군이라고 부른다.

　현재 북한은 식량난, 인권문제, 건강복지문제, 경제난 등 여러 어려움을 겪고 있다. 식량난 같은 경우는 식량 부족량은 점점 줄어들고 있는 추세이기는 하지만 아직도 많은 양이 부족하다. 또한 열악한 아동 보건복지로 200개 국가 중 아동 사망 순위가 70~80위라고 한다.

　북한 주민 건강문제로는 결핵환자의 비율, 결핵으로 인한 사망자의 비율을 남한과 비교해보면 현격한 차이를 보이고 있다. 2017년 2000년대 들어 가장 낮은 경제 성장률을 보였고, 1인당 국민소득은 대한민국에 비교하여 압도적으로 낮은 수치를 보여주고 있다.

　UN에서는 다양한 분야에서 대북지원을 실시하고 있다. 대표적으로 세개의 기관이 있는데, 첫번째는 UN의 산하기관인 세계 식량계획(World Food Programme: WFP)에서 가장 많은 규모의 대북지원 사업을 한다. 특히 WFP는 대북지원사업에 있어 "접근이 없으면 식량도 없다.(no access, no food)"의 원칙을 고수하고 있다. 2007년~2016년 원조국가에서 받은 대북지원 금액의 총 합계는 2억 7천만 달러로 공여국들의 WFP를 통한 대북지원 중 가장 많은 지원은 유엔중앙긴급구호기금(UN Centeral Response Funs:CERF)이다. 국가단위로는 스위스가 가장 많은 지원을 했다.

　두 번째는 유엔국제아동기금인 유니세프(United Nations Internatianal Children's Emergency Fund: UNICEF)이다. 유니세프는 제 2차 세

계대전으로 피해를 입은 아동을 구호하기위해 설립하였고 개발도상국의 아동권리와 복지를 증진하기위해 활동한다. 유니세프도 WFP와 마찬가지로 유엔중앙긴급구호기금에 의해 대부분이 수행되었고 국가단위로는 스웨덴이 가장 많은 대북지원을 하였다.

세 번째는 세계 보건기구(World Health Organization: WHO)이다. WHO는 매년 합동호소에 참여하여 결핵, 소아마비, 혈액안전 등을 위해 지원한다. 요청국가의 보건영역 발전을 지원하고 비전염성질병의 통제 및 예방, 취약성 감소 및 재해 대응 역량 강화를 위한 여성과 아이들의 건강을 강조한다. 1995년 6월 22만달러 규모의 의약품을 북한에 지원하였다. 지원금의 가장 큰 비중은 유엔 중앙긴급구호기금이다. 국가단위로는 호주, 스웨덴 이탈리아가 지원한 금액이 총 지원액의 1/3정도 차지한다.

위의 대북 지원했던 기관들 외에도 여러 기관들이 대북지원을 하고 북한을 도와주고 있다.

유엔기구의 대북지원은 1995년부터 1999년까지의 기간동안 북한이 가장 어려웠던 시기에 가장 왕성한 활동을 하였다. 또한 대북지원을 통해 북한의 문제인 식량, 기아, 의료 문제를 해결하는데 기여했다는 평가가 있다. 상대적으로 취약한 영유아 및 어린이들에 대한 WFP의 영양 및 의료지원, UNICEF의 어린이 지원 사업, IVI의 백신공급사업은 유의미한 성과를 거두었다고 평가할 수 있다. 국제사회의 측면에서는 북한의 내부사정에 대한 정보 접근이 가능해졌고, WFP, UNICEF, UNDP, UNFPA 등 다양한 유엔기구가 평양에 사무소를 열고 이를 통해 다수의 북한 전문가들이 양성되었다. 또한 꾸준한 국제사회에서의 호소를 통해 지원의 실시 주체로서 국제사회와 북한을 연결하는 행위자 역할을 수행하였다. 생각보다 다양한 기구와 다양한 나라에서 대북

지원을 실시하고 있다. 한민족의 입장과 인도적인 차원으로 대북지원에 대한 관심을 보다 높이는 것도 나쁘지 않을 것이라 생각한다.

5. NGO의 대북지원 역사 　　　　　　　| 주상현 |

1953년 한반도의 양국은 상이한 경제성장을 보이게 된다. 남한은 전쟁의 잔해로 모두가 예상한 경제쇠퇴의 틀을 깨고 '한강의 기적'이란 이름으로 비약적 성장을 이루며 공적개발원조(ODA, Official Development Aid) 수혜국에서 공여국으로 탈바꿈하였다. 이 과정에서 우리나라는 북한에 대한 지원을 인류보편적 가치인 인도주의 정신과 민족공동체 구현이라는 당위적인 측면 그리고 남북화해협력이라는 실용적인 측면에서 지속적으로 원조를 이어왔다. 남한의 대북지원규모는 1995년부터 2004년까지 총 11억 6071만 달러(정부차원 7억 3,594만 달러, 민간차원 4억 2,477만달러) 였으며, 국제사회로부터의 대북지원규모는 21억 7,792만 달러에 달한다. 대북지원형태는 정부와 정부간 공적인 원조 형태와 국제기구 및 국제 NGO 등 다양한 방법을 통해 원조를 시행하는 형태로 이루어져 왔다. 북한에 대한 대북지원분야는 주로 식량 및 의료부분이었다.

북한에 대한 대북지원은 시기별로 태동기, 도약기, 쇠퇴기로 나눌수 있다. 태동기의 시작인 1995년 북한은 식량부족으로 인한 '고난의 행군'을 겪고 있었으며, 식량보급을 국제사회에 공식적으로 요청하였다. 이에 부응하여 국제 NGO들의 원조가 활발하게 이루어지기 시작하였다. 국제사회에서는 가톨릭구제회(CRS)에서 북한에 식량보급을 시작하였고, 국경없는의사회에서 북한 내 사무소를 설치하여 약품보급사업, 교육훈련, 병원 내 치료식 공급소, 의료체제 지원 등을 수행하는 등 적극적인 원조활동을 벌였다. 하지만, 북한의 지속적인 폐쇄적책으로 인해 NGO들의 사업진행에 어려움을 겪었고, 결국 1998년 북한당국의 폐쇄성을 강하게 비판하면서 철수하였다. 태동기에 국내 민간단체의 본격적인 대북지원활동은 1995년 9월에 시작되었다. 한국기독교총연맹과 한국일보에서 1990사랑의 쌀사업, 1994년 기아대책기구에서 평양 제 3병원에 의료기기 지원, 월드비전을 통해 황해도 불타산 목장에 황소60마리와 평양 제 3병원에 침상 500개를 지원하는 등의 활동이 활발하게 이루어졌다. 또한, 종교계의 모금활동을 중심으로 지원이 본격화되었다. 하지만, 1996년 강릉잠수함사건으로 인해 정부에서는 국내의 다양한 NGO의 지원사업을 재개하기 위하여 국제적십자연맹을 통한 창구단일화로 실시하였다. 하지만, 이러한 시도는 국내 민간단체의 국제 NGO를 통한 간접지원의 결과를 낳았다.

1998년 국경없는의사회의 철수와 국내의 강릉잠수함침투사건

〈그림 7〉 태동기(1995.09~1998.02)의 국내/외 NGO의 대북지원 형태

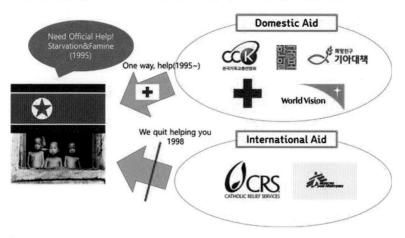

(1998.06), 서해 북방한계선 침범(1999.07), 금강산 관광객 억류사건 (199.06)으로 인하여 국내외적으로 NGO의 대북활동 축소되는 경향을 보였다. 하지만, 국내 민간단체의 반발로 인해 1999년 창구다원화를 실시함으로써 대북지원을 시도하는 NGO의 노력은 지속되었다. 이 시기에는 식량 및 보건의료 등 한정된 분야에서 농업개발, 취약계층, 보건의료, 사회인프라 같은 다양한 분야에서 장기적인 개발지원의 형태로 확장되며 북학개발지원의 도약기로 명명되기도 하였다.

　보건의료 분야의 대표적인 지원으로는 국제기아대책기구, 우리민족 서로돕기운동, 한민족복지재단, 국제보건의료발전재단, 대한의사협회 등의 단체들이 안과병원 건립, 제약공장설비 복구, 어린이심장병센터 건립, 병원 현대화, 의료와 급식을 병행하는 어린이 영양센터 건립, 기초의약품 및 의료기자재 제공, 정수 및 식수개발, 정성제약 수액공장 건립(2005) 등이 있다. 농업개발 분야에서는 농기계 수리공장 건립, 젖소 목장과 닭 목장 개설, 산란종계장, 종자의 개량 및 보급, 산림복구, 온실영농, 농기자재 등의 지원이 이루어졌다. 2008년까지 국내 NGO들의 활발한 지원활동에도 불구하고 천안함사건, 연평도 포격 등 북한의 지속적인 미사일 발사시험과 핵실험 등의 도발로 인해 자국민들의 반발심이 커져 대북지원이 축소되기 시작하였고, 북한개발지원의 쇠퇴기로 접어 들게 되었다.

　2010년 천안함사건과 2011년 연평도 포격사건으로 인해 국내의 모든 대북지원 사업은 동결 및 중단되었다. 이후에도, 북한의 장거리 로켓 발사(2012)와 제 3차 핵실험(2013)으로 인하여 2014년 드레스덴 선언을 통해 민간단체들의 지원사업을 강제적으로 중단하게 되었다. 이후, 국제사회에서는 북한 내 취약계층에 대한 물품지원의 필요성이 대두하여 유치원과 탁아소, 결핵치료시설에 영양식, 의약품, 소모품 등의 최소한의 지원만이 현재까지 시행되고 있다.

6. 북한개발협력의 어려움 | 전용중 |

본인이 생각하는 북한개발협력 어려움의 가장 큰 원인은 바로 유엔의 대북제재 영향이다. 2006년 북한의 1차 핵실험 이후 유엔 결의 1718호가 통과되면서 1718위원회라는 이름으로 유엔 안전보장이사회 대북제재위원회의 출범 이후 이원회는 2010년부터 최근 2017년까지 북한이 핵실험 및 미사일 발사 실험을 할 때마다 결의안을 추가하였고 대북제대의 틀이 더욱 견고해졌고 세부화되었다. 이 위원회에서는 대북제재를 국제적 범위에서 지휘하는 기관이라 북한으로 들어가는 모든 인도주의 물자를 확인하고 승인하는 권한을 가지고 있는데 이를 어긴 국가와 단체 그리고 개인에 대한 처벌도 실시하고 있다. 한국의 경우도 2010년 발생한 천안함 피격사건 및 연평도 포격전 등 북한의 지속적인 도발로 인해 남북간 개발협력이 거의 단절된 상태였다. 하지만 2017년 문재인 정부 출범 이후 세 차례의 남북 정상회담 및 종전선언 추진 등 남북간 화해분위기가 조성되었으나 북한이 대북전단살포에 대한 대응으로 남북공동연락사무소 청사를 폭파시켜 통일부 장관이 사퇴하는 등 남북간 관계는 다시 경색국면이 되었다.

북한개발협력의 어려움이 시작된 대표적 계기는 천안함 폭침사건에 대한 정부의 대응으로 2010년 5월 24일 단행한 정부의 5.24조치라고 할 수 있다. 이 조치가 실시된 후 북한에 대한 모든 지원과 교류가 중단되었고 해를 지나면서 투자자산 점검 차 방북허용 및 밀가루, 의약품 등의 지원이 허가되었으나 이런 유연화 조치에도 교역중단과 신규

투자 불허라는 핵심골격은 유지되었기 때문이다. 5.24 조치의 세부 내용은 북 선박의 우리 해역 운항 금지, 남북교역-교류의 전면 중단, 대북 신규투자 불허, 우리 국민 방북 불허, 개성공단 신규 진출-투자 확대 불허(생산활동은 지속), 대북지원사업 원칙적 보류(영유아 지원은 유지) 등이 있다. 이후 박근혜정부까지 대북정책에 대한 비슷한 기조가 유지되었으며 문재인 정부의 출범과 함께 관계회복이 되는 것처럼 보였으나 연평도 공무원 피살 사건, SLBM 발사, 남북공동연락사무소 폭파 등 남북간 사건들이 지속적으로 발생하여 다시 경색국면에 치닫고 있다. 특히 북미 정상회담 등이 이루어졌던 미국의 트럼프 정부와는 달리 2021년 새로 출범한 바이든 정부의 경우 북한이 핵을 포기할때까지 강력한 대북제재를 해야 한다는 입장을 고수하고 있으므로 북한이 핵을 포기하지 않는 이상 북미간 관계 진전도 어려울 것으로 생각된다.

북한개발협력의 어려움에 관한 본인의 생각을 정리하자면 먼저 북한 내 원인으로 북한도 대한민국이 겪는 것처럼 심할 정도로 수도 평양 중심으로 이루어져 지방의 사회간접자본이 상당히 열악하다는 것이다.

대외적으로는 북한이 원칙적으로 핵무장을 포기하지 않는 이상 유엔의 대북제재는 지속될 것이고 이로 인해 항상 어려움이 존재할 것으로 보인다. 또한 북한 내 한국의 민간자본을 유치할 경우 북한의 정치적 위험으로 인해 기업들이 적극적 투자가 어려울 것이다.

따라서 원활한 북한개발협력을 이루기 위해서는 상기 두 가지 조건이 우선적으로 해결되어야만 한다. 물론 이는 북한 입장에서는 쉽게 수용하기기 어려운 조건이라고 생각된다. 그러나, 서로의 의견과 생각들을 교환하고 합의점을 어떻게 맞추어 나갈지에 관해 논의가 집중적으로 진행될 수 있다면 더욱 진전된 결과물을 도출할 수 있을 것으로 보여진다.

7. 대북원조에 대한 남한국민의 인식 | 류경호 |

앞서 북한에 대한 원조를 잠깐 언급 한 적이 있었는데 이번 챕터에서는 세계적인 원조 보다는 우리나라가 북한에 대한 원조를 진행하는 것에 있어 국민들의 생각이 어떠한지 좀 더 자세하게 알아보려 한다. 대북 원조는 과거부터 계속 조금씩 규모의 차이만 조금 있을 뿐 매년 시행 되고 있다. 가장 규모가 컸던 시절은 김대중, 노무현 정권때 가장 많은 원조 규모 였으며 그 이후로 보수쪽이 정권을 잡게 되면서 차츰 규모가 줄어들었다. 정치와는 상관없이 북한에 대해 원조를 하는것에는 많은 찬반 의견이 존재 하지만 나는 두가지로 나누어서 생각을 할 필요성이 있다고 생각한다. 먼저 인도적 측면으로 생각한다면 당연히 북한에 대한 원조가 이루어져야 한다고 생각 한다. 그 이유는 북한의 의료 체계는 현재 수준이 많이 떨어져 있어 임신부 사망비가 10만 명당 11명인 우리나라에 비해 북한은 10만 명당 82명으로 매우 높게 나타나고 5세 이하 아동 사망비율도 1000명당 21.2명으로 매우 높게 집계되고 있다. 5세 이하 아동의 사망비율 뿐만 아니라 빈혈률도 30.5%로 집계되고 있다. 이러한 집계 결과를 보면 북한의 주민 대다수가 흔히 말해 "사람답게 살지 못하고 있다" 라고 말할 수 있을 것이다. 그렇지만 인도적 측면이 아닌 다른 관점에서 보게 된다면, 북한에 대한 원조는 매우 위험한 행동 일 수 있다. 그 이유는 다른 챕터에서도 언급했듯이 북한과 우리나라는 정전상태가 아닌 휴전 상태이며 북한의 군사도발이 언제 또 자행될지 알 수 없기 때문에 북한에게 원조를 한다는 것은 우리나라와 전쟁을 언제든 다시 할 수 있는 힘을 만들 수 있는 기반을 마련해 줄 수 있는 위험이 존재하기 때문이다.

　우리나라 국민들의 인식이 어떻게 변화되었는지 알아보기 위하여 서울대학교 통일평화연구원에서 나온 자료를 확인해 보았다.

〈그림 8〉"북한은 우리에게 어떤 대상인가?　　　　　　　(단위: %)

　위의 그림을 보게 되면 2007년 북한은 지원을 해주어야 되는 대상이라고 생각되는 비율이 적으로 인식 하는 비율보다 높게 나왔지만, 13년이라는 세월이 흘러 2020년에는 지원을 해야하는 비율보다 적으로 생각하는 비율이 더 높게 나온 것을 확인할 수 있었다. 이를 토대로 생각해보면 현재 우리나라 국민들이 북한을 어떻게 생각하는지에 대해서 아주 조그마한 단면을 확인할 수 있는 것이다. 물론 북한에 대한 생각은 정치적 색깔이 많이 들어나고 어떠한 조사기관에서 나온 자료인지에 따라 성격이 매우 극명하게 나뉘는 것은 사실이다.

8. 북한주민의 인권과 개발협력　　　| 이형덕 |

　최근 미 국무부에서 발표한 '2020 북한 인권보고서'에서는 북한이 강제실종과 고문, 자의적 구금, 정치범 수용소, 비독립적인 사법부, 사생활 침행 등 총 23개 사항에 대한 인권 유린 실태를 지적한 바 있다.[12] 그리고, 대한민국 정부에서 통과한 대북전단금지법에 대하여 2021년 4월 15일(미국 현지시간)에 한반도 인권에의 시사점을 주제로 한 청문회가 개최되었다.[13] 여기서, 한 가지 알 수 있는 사실은 미국과 남한의 북한인권에 대한 시선이 다르다는 것이다. 미국의 경우 트럼프 정권에서 바이든 정권으로 교체되면서 인권과 자유를 중시한 '가치외교'를 중점으로 하는 반면, 남한은 한반도의 평화와 인도적 협력을 통한 북한의 인권 증진을 중점으로 둔다. 이와같이 각국이 북한의 인권을 바라보는 시선이 다르기 때문에 북한의 인권문제는 단순히 남한에서 해결할 문제가 아닌 전 세계적으로 충분한 협의를 통하여 의견을 일치시켜야 한다는 것이다. 또한, 이러한 의견 대립은 단순히 국가별로 나타나는 것이 아닌 개인별로도 나타난다. 남한의 대북전단금지법은 표현의 자유를 침해하는 것이고 이는 북한 주민들의 정보 접근을 제한하므로 해당 법은 철폐해야한다는 주장이 있는 한편, 현재 국내에서 이뤄지는 대북전단살포는 해당 단체들이 금전적 이득을 취하기 위

---

12) "미 국무부 인권보고서 "북한 조직적 인권유린, 코로나 통제로 주민 삶 악화"…대북전단 문제도 언급," 「VOA」(온라인), 2021년 3월 20일; 〈https://www.voakorea.com/korea/korea-politics/state-department-human-rights-reports〉.

13) "美 북한인권 문제 공론화 움직임..한미 '온도차' 여전," 「파이낸셜뉴스」(온라인), 2021년 4월 14일; 〈https://www.fnnews.com/news/202104141020234828〉.

한 행동에 불가하기 때문에 이는 진정한 북한 인권을 위한 것이 아니
므로 대북전단금지법은 지속되어야 한다고 하는 주장도 있다.

〈그림 9〉 대북전단살포 전경

출처: "대북전단을 둘러싼 '인권 대 안전'의 논란," 「BBC 코리아」 (온라인), 2020년 6월
19일; 〈https://www.bbc.com/korean/news-53103488〉.

　여기서, 나는 한가지 문제를 제기하고 싶다. 과연 주장하는 사람들
은 북한 주민들이 진정으로 원하는 인권에 대하여 논의하고 대립하고
있을까? 이에 대하여 내가 내린 답은 "그렇지 않다." 이다. 현재 남한
과 미국을 비롯한 북한의 주변국가들은 북한의 주민들에게 직접적으
로 어떤 방법으로 인권을 보장받고 싶은지 설문을 하지 못하고, 간접
적으로 전해들은 정보들을 기반으로 인권을 보호하기 위한 해결책들
을 제시하고 있는 것으로 보여진다. 그렇다면, 북한주민들이 진정으로
원하는 인권을 알기 위하여는 어떠한 접근방식이 필요할까? 라고 생
각한다면, 작금의 상황으로 보면 마땅한 접근방식이 떠오르지 않는다.
이러한 이유는 북한이 매우 폐쇄적이기 때문이다. 그렇다면 이를 해결
하기 위한 방안은 무엇이 있을까?

먼저, 북한과의 교류협력이 필요하다. 북한과의 교류협력을 위한 주변국가의 시도는 많이 있었지만, 매번 결렬되고 유의미한 결실을 맺지 못하였다. 이를 해결하기 위하여 우리는 조금 더 낮은 자세로 북한을 대할 필요가 있다. 여기서, 낮은 자세라고하면 무조건적으로 북한에서 요구하는 것들을 수용하는 것이 아닌 북한의 현재 상태를 이해하고, 필수적인 자원에 한하여 적정량 원조하는 것을 말한다. 현재 북한은 주변국가의 봉쇄조치로 인하여 매우 빈곤한 상태이므로 이러한 상황에서 채찍보다 당근을 주며 교류할 수 있는 '틈'을 만드는 것이 중요하다고 생각한다. 또한, 이러한 틈을 점점 넓혀나가기 위하여 북한이라는 나라를 이해할 수 있도록 다양한 연구를 수행하여야 한다. 이러한 관련 연구는 후에 북한과의 원활한 교류를 할 수 있는 중요한 수단으로 작용할 것이다.

9. 대북지원의 교훈과 향후 협력방안 | 최찬용 |

대북지원은 남북한이 분단되어 있는 지금 꾸준하게 거론되는 주제이다. 대북지원의 의의는 북한 주민의 삶의 질 향상 등 인도적 상황을 개선하며, 우리의 인도주의적 동포애를 전달함으로써 중장기적으로는 민족공동체 회복에 기여함에 있다. 이때, 인도적 대북지원이란 인도적 목적으로 시행하는 (1)이재민의 구호와 피해복구를 지원하는 사업 (2)식량난 해소를 위한 농업개발지원에 관한 사업 (3)보건위생 상태의 개선 및 영양결핍 아동과 노약자 등을 지원하는 사업 (4)자연재해 예방 차원에서 산림복구 및 환경보전 노력을 지원하는 사업 (5)기타 대북지원사업의 특성을 고려하여 통일부장관이 인정하는 사업이다. 북한에 대한 인도적 지원은 북한 식량사정이 악화됨에 따라 본격적으로 제기되었고, 1995년 수해로 북한이 국제사회 등에 지원을 요청해온 것을 계기로 인도주의와 동포애적 차원에서 시작되었다. 대북지원의 규모는 1995~2019년간 대북지원 총액은 3조 3,225억 원이며, '19년도 대북 인도적 지원 277억 원 규모로, 정부차원 106억 원, 민간차원 170억 원이다.

〈그림 10〉 대북지원 현황

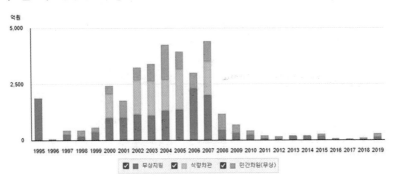

출처: 통일부

위의 그래프는 1995년부터 22019년까지의 대북지원 현황을 나타내는 그래프이다. 정부·민간이 인도적 차원에서 북한에 전달한 지원물품의 가치를 금액으로 표시한 것으로 지원주체별로 정부와 민간으로 구별되며, 정부차원은 무상지원(당국차원, 민간단체를 통한 기금지원, 국제기구 등을 통한 지원)과 식량차관으로 구분된다.

이처럼 우리나라는 꾸준히 대북지원을 지원해왔고 앞으로도 대북지원을 계속 진행할 전망이다. 하지만 현재 북한과의 관계를 미루어 보았을 때 지금까지의 대북지원은 그저 퍼주기식 지원이었을 뿐이라고 생각한다. 현재 약 25년간 대북지원을 했음해도 남한과 북한의 관계는 여전히 군사적으로 대립하고 가까워지지 못했다고 생각한다. 판문점 선언 등 의미있는 행동이 중간중간 있었지만 그때 뿐이었고 여전히 우리는 군사적 위협을 받고 그에 대응하고 그 결과 다시 남북관계가 동결되는 것을 반복하고 있다.

따라서 향후 대북지원은 지금까지와는 달라져야 한다. 향후 대북지원은 투명한 대북지원을 통해 대북지원의 효과성을 높이고 국민적 공감대를 확산하면서도 분배 투명성 확보를 위한 노력을 지속하며 앞으로도 북한 주민의 삶의 질 향상에 실질적으로 도움이 되도록 인도적 지원노력을 계속한다는 것을 기본으로 하되, 몇 가지 추가 사항이 필요하다고 생각한다. 첫 번째로 군사적 위협에 대한 해결방안이다. 대북지원을 실행할 때만 그때뿐일 뿐 현재 군사적 위협은 계속되고 있다. 이에 따라 군사적 위협에 대하여 확실한 재제가 이루어 졌을 때 좀 더 적극적으로 진행하는 것이 옳다고 생각한다. 두 번째로 우리의 대북지원이 북한의 주민들에게 인도적인 차원에서 지원하는 경우가 많으므로 그 쓰임이 어떻게 되었는지 좀 더 투명해질 필요가 있다. 대북지원을 했을 때 과연 그것이 북한의 주민들의 삶의 질을 높이는데 사용되었는지 확인이 필요하다. 그에 따라 그 부분을 좀 더 투명하게 공개할 수 있다면 더 확실한 대북지원이 될 것이다. 북한의 주민들을 우리의 동포라고 생각하고 대북지원이 이루어지고 있다. 하지만 남북한의 상황을 봤을 때 마냥 도와주어야 되는 존재라고 생각하는건 논리적인 접근이 아니다. 따라서 남한과 북한의 입장을 확실히 정하고 그에 따라 관계를 발전시키면서 대북지원이 진행되어야 미래의 남북관계에도 긍정적인 영향을 미칠 수 있을 것으로 예상한다.

10. 북한개발협력의 미래

| 이아인 |

 남북경제협력이란 통일을 대비하고 민족경제를 균형적으로 발전시키기 위한 남한과 북한간의 경제협력을 뜻한다. 남북경제협력의 목적은 남북한의 산업간 상호보완성을 확대하고 균형적인 경제발전을 이루고 주민생활수준을 향상시키고 산업의 국제경쟁력을 확보하는데 있다. 따라서 정부와 기업 그리고 사회가 함께 주체가 되어 삼각협력을 이루어야 한다. 남북교류협력 정책의 주요내용으로는 대북식량 및 비료지원과 보건·의료 협력을 확대할 수 있는 인도적 지원, 개성공단 및 금강산 관광을 재개하고 한반도 신경제구상을 추진할 수 있는 남북경협 재개 그리고 남북기본합의서와 4대 경협 합의서 등이 있다. 이를 통해 지속가능한 남북경협을 위한 신뢰를 구축하고 유지할 수 있다.

 현재 북한의 상황을 살펴보면 경제규모는 약 36조 원(한국은행 통계 기준)으로 우리의 45분의 1 수준에 불과하다. 이는 양측이 경제규모면에서 차이가 큰데다 북한은 대북 제재로 산업생산 및 대외경제활동이 축소되는 등 어려움을 겪고 있기 때문이다. 그러나, 남한 내 '퍼주기 논란'을 불식시키면서도 북한의 국제금융시장 진입 지원 등을 통해 개발 재원을 발현할 방법을 강구해야 한다고 생각한다. 또한 북한은 현재까지도 폐쇄주의 경제의 한계에 직면하고 있다. 톱다운(수직적 정부 주도) 방식으로 빠르게 진행되고 있는 현 상황을 고려할 때 경협의 토대가 취약하다. 당장은 대북제재와 관련 없는 남북교류를 확대시키고 장기적 관점에서 남북경협을 이끌어 가야 할 전략을 생각해 보아야 한다.

 과거 자원개발 분야에서 남북교류협력 사례로 남한과 함께 추진한 남북공동개발사업이 있다. 바로 북한 정촌 흑연광산 개발과 북한 단천

3개 광산에 대한 공동조사 사업을 그 예시로 들 수 있다. 먼저, 정촌 흑연광산 개발은 2003년 대한광업진흥공사(현 광물자원공사)가 북한 민족경제협력연합회와 공동개발하기로 합의한 후 2007년부터 시험생산을 시작했던 남북간 최초의 자원개발협력사업이다. 그러나 북한의 전력공급 문제와 정촌이 빈광이라는 가능성이 있다는 지적이 있었고 전반적인 대북자원개발사업의 타당성 곰토가 불가피하여 사업이 중단되었다. 둘째로, 북한 세개 광산(검덕광산, 대흥광산, 룡양광산)에 대한 공동조사사업이 2006년 '남북 경공업 및 지하자원개발에 관한 합의'에 따라 추진되었다. 이 사업은 의류, 신발, 비누 등을 생산하는데 필요한 원자재를 남한이 북한에 유상으로 제공하고 북한은 남한에 생산물, 지하자원 개발권, 생산물 처분권 등을 제공한다. 이 사업 또한 중단되었는데 광산에 대한 경제성은 확인되었으나 남북관계경색으로 더 이상 추진이 불가피해진 것이다.

현재로 돌아와서 남북간 자원개발을 적극 추진한다는 내용이 포함된 10.4 정상선언을 통해 신남북 경협시대를 맞이하여 자원에너지 시너지 효과를 기대할 수 있다. 남북이 공동으로 북한지역 광물자원을 대상으로 매장량 탐사를 수행하는 내용이다. 2003년부터 약 7년 동안 김대중, 노무현 정부 시절에 본격화 되었다가 2010년부터 전면 중단된 북한 광물자원 경제협력 사업은 한반도 신경제지도에 주요내용으로 재등장하였다. 동쪽 해안선을 따라 북쪽 두만강 부근까지 올라가는 환동해 벨트는 무궁무진한 북한 광물 및 에너지 분야에 남한의 '협력적' 자본과 기술이 들어가는 '자원협력루트'구축 계획을 제시하고 있다. 에너지·자원 개발 관련 남북경협의 소재가 풍부하기 때문에 향후 남북간 에너지·자원 협력이 활발하게 추진될 가능성이 있다. 에너지·자원 분야 남북경협사업의 개발은 기존 남북교류협력 사례와 현재 북한의 수요 등을 종합적으로 검토하여 고려해야 한다.

　정부의 한반도 신경제구상과 관련해서는 '북한의 경제정책이 우리의 구상과 일치하는지'와 '북한이 수용할 것인지'에 대해 신중하게 파악하고 접근해야 한다. 그러나 북한이 남한에 지역 독점 개발권을 주는 것에 대해 회의적이고 북한 스스로 경제성장을 주도하고 주변국 경쟁을 유도할 가능성이 높을 것이라 전망된다. 과거 에너지·자원 분야에서 얻을 수 있었던 남북경협의 경험과 교훈, 그리고 최근 북한의 개발정책과 개발수요를 충분히 반영한 경협사업을 모색해야 한다. 단기적으로는 남북 공동자원조사를 제안하여 추진할 필요가 있고 중장기적으로는 북한의 개발수요에 부합하는 경제특구 또는 경제개발구와 연계한 남북 에너지·자원 개발 사업을 고려해 볼 수 있다.

남북관계를 넘어 무대를 확장하다 |

강원대학교 다학제 융합 에너지자원 신산업 핵심인력 양성사업단은 신북방·신남방 진출을 위한 핵심인력 양성을 목표로 한다. 학생들은 앞서 살펴 본 국제개발협력의 주요 이슈와 북한개발협력에 대한 발제내용을 기초로 남북관계를 넘어 신북방·신남방 지역 진출을 위한 다양한 구상을 발제과정에서 시도한다. 이를 위해 우선 신북방·신남방 정책의 정의와 기원, 추진경과와 문제점 등을 기초적으로 살펴보고 이러한 토대를 기초로 미래비전과 타 전략과의 연계에 대한 다양한 생각을 제시하였다.

1. 신북방정책의 정의와 기원

| 황예찬 |

신북방정책이란 평화를 기반으로 유라시아 국가와의 협력을 강화하는 대륙전략이다. 남, 북, 러 3각 협력(나진-하산 물류사업, 철도, 전력망 등) 추진기반을 마련하고 한-EAEU(유라시아경제연합) 간 FTA 추진과 중국의 '일대일로' 구상 참여 등을 통해 동북아 주요국 간 다자 협력을 제도화하고 나아가 한반도 유라시아 지역을 연계해 나가는 것이다.[1]

이러한 정책 추진배경으로는 신북방국가들이 거대 시장, 풍부한 자원 등 큰 성장 잠재력이 있고, 이러한 국가들의 경제 통합 및 개방 움직임이 가속화 되어있기 때문이다.[2]

신북방 대상 국가는 러시아, 몰도바, 몽골, 벨라루스, 아르메니아, 아제르바이잔, 우즈베키스탄, 우크라이나, 조지아, 중국(동북 3성), 카자흐스탄, 키르키스스탄, 타지키스탄, 투르크메니스탄 총 14개국이며 아래 지도와 같다.[3]

지도를 보면 무슨 생각이 드는가? 본인은 북한을 거쳐가야 편하게 추진할 수 있는 정책이라고 생각한다. 그렇다면 북한은 이러한 신북방정책을 어떻게 생각할까? NK경제의 북한 매체 "문재인 정부 신북방정책은 동족대결정책" 이라는 기사에서 북한이 신북방정책에 대해 어떻게 생각하는지 확인할 수 있었다.

기사의 내용을 살펴보면

---

1) 대한민국 정책브리핑
2) 글로벌비즈니스를 위한 경제외교 활용 포털
3) 북방경제협력 위원회 누리집

〈그림 1〉 신북방국가 지도

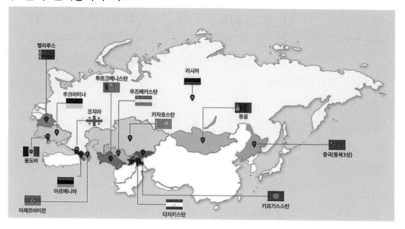

　북한 언론이 문재인 정부가 추진하고 있는 신북방정책이 동족대결정책이며 전두환, 노태우 전 대통령 시정 추진했던 북방정책과 다를 바 없다고 비난했다.

　북한 선전매체 아리랑메아리는 "흔히 사람들은 신년, 신간, 신인 등 무엇인가 새롭다는 뜻을 나타낼 때 '신'자를 많이 쓴다. 그래서인지 누구는 남들을 속여 넘길 심산으로 낡은 것에 무턱대고 '신'자를 붙여서 새 것이라고 광고하는 경우도 있다"며 "남한 당국이 내놓은 신북방정책이라는 것이 바로 그러하다"고 5월 10일 주장했다.

　아리랑메아리는 "표면적으로 볼 때 남한 당국의 신북방정책은 동아시아철도공동체 형성, 남북러3각 협력 추진, 유라시아 나라들과의 경제협력강화 등을 통해 한반도신경제구상을 실현한다는 경제 전략이라고 할 수 있다"며 "그러나 실제 있어서 그것은 주변 나라들을 비롯해 유라시아대륙에 위치한 나라들을 끌어당겨 북한을 반대하는 불순한 기도를 실현하기 위한 동족대결정책에 지나지 않는다"고 비난했다.

　아리랑메아리는 신북방정책이 1980년대에 전두환, 노태우 전 대통령 당시 외세의 힘을 빌려 체제통일 망상을 실현하기 위해 추진했던 북방정책의 재판이라고 주장했다. 아리랑메아리는 "박물관의 낡은 창고에서 꺼내온 곰팡이 냄새가 풀풀 나는 낡은 정책을 놓고 거기에다 '신'이라는 글자 하나를 붙여놓고새 정책이라고 떠들어댄다고 해서 그 사대매국적성격과 대결적 본질이 결코 달라질 수는 없는 것"이라고 비난했다.

아리랑메아리는 "남한 당국이 외세를 등에 업고 동족을 해치려는 과대망상증에 걸려 돌아칠수록 반역의 구렁텅이에 더 깊숙이 떨어지게 될 뿐이다"라고 주장했다.

결론적으로 별로 좋아하지 않는 것 같다. 여기서 주의 깊게 봐야할 점이 1980년대 북방정책의 재판이라고 했던 부분이다. 북방정책은 1988년 노태우 정부가 집권하면서 수립한 대한민국의 대공산권 정책으로 기존의 대공상권 적대정책을 획기적으로 전환하는 계기가 되었다. 1990년 6월 소련과 정상회담, 10월 소련과의 국교 수립, 1992년 8월 24일 한국 전쟁의 주요 적성국이었던 중화인민공화국과 국교를 수립한 것이 바로 이 북방정책이었다.[4]

아니, 그 당시 공산국인 러시아와 남북전쟁의 적국이었던 중국과 친하게 지내려고 하는 남한을 북한은 왜 좋아하지 않았을까? 북한이 이 사이에 왕따가 될까 두려워서 싫어한 것이 아니었을까? 북한이 가장 두려워하는 것은 체제 붕괴라고 생각한다. 북한이 개방하지 못하는 이유, 핵을 포기하지 못하는 이유가 바로 이것이다. 따라서, 북한과 친하다고 생각했던 나라들과 남한이 친하게 지내려고 하니 북방정책이 이러한 위협이라 판단하였고 그 연장선에 있는 신북방정책도 그렇게 보이지 않았을까.

---

4) 위키백과: 북방정책

신북방정책을 완벽히 성공시키려면 북한과의 교류가 필요한 것이지만 북한은 이 정책을 좋아하지 않고.... 답이 없는 상황이다. 그렇기 때문에 신북방정책에 포함된 나라들과의 교류를 통해 많은 이익을 서로 남겨야 하고 이를 북한에 보여 주어야 된다고 생각한다. 신북방정책에 대한 성장을 대북제재로 경제가 어려운 북한에게 어필하여, 북한이 조금씩 바깥으로 나올 수 있게 해야 한다고 생각한다. 그렇게 된다면 이 신북방정책은 후에 성공적이었다고 말할 수 있을 것이다.

2. 신북방정책의 추진경과와 문제점 ┃ 김재천 ┃

많은 사람들이 우리나라를 보고 삼면이 바다로 둘러쌓인 반도국가라고 한다. 이 말은 분명히 맞는 말이지만 또 다른 사람들은 우리나라를 섬나라와 같다고도 표현한다. 삼면이 바다로 둘러쌓여 있는데다 북쪽으로는 북한이 자리잡고 있어 물류와 교통이 차단되어 있기 때문에 실질적으로는 사면이 막혀있는 것과 다르지 않기 때문이다. 이러한 상황을 타개하고 북방으로의 교류를 확대하고자 마련된 정책이 바로 신북방정책이다.

신북방정책은 평화를 기반으로 유라시아 국가와의 협력을 강화하는 대륙전략을 의미한다. 조금 더 자세히 설명하자면 남북러 삼각협력 추진기반을 마련하고 한-EAEU(유라시아 경제연합)간 FTA 추진과 중국 '일대일로' 구상 참여 등을 통해 동북아 주요국 간 다자협력을 제도화하고 나아가 한반도 및 유라시아 지역을 연계해 나가는 정책이라고 한다. 이렇게 시작된 신북방정책에는 4대 비전과 4대 목표가 존재한다. 이에 대해 간단하게 설명하자면 다음과 같다.

〈그림 2〉 신북방 정책 4대 비전 및 4대 목표

출처: 대통령직속 북방경제협력위원회, 「신북방 정책 추진방향」

　신북방정책의 4대 비전의 첫째는 해양과 대륙을 잇는 '가교 국가'정
체성 회복이며 둘째는 새로운 경제공간과 기회를 확장, 셋째는 동북아
및 한반도 평화 정착, 넷째는 동북아책임공동체 및 한반도신경제구상
실현이라고 한다. 4대 비전과 함께 제시된 4대 목표는 첫째, 소다자
협력 활성화로 동북아 평화기반 구축, 둘째는 통합 네트워크 구축을
통한 전략적 이익 공유, 셋째는 산업협력 고도화를 통한 신성장동력
창출이며, 마지막 넷째는 인적·문화적 교류 확대로 상호 이해 증진이
라고 한다. 우리 정부는 이렇게 정한 4대 비전과 목표를 달성하기 위

해 2017년 8월 북방경제협력위원회를 출범시키는 등 크고 작은 노력들을 꾸준히 지속해 오고 있는 상황이다.

2017년 12월에는 북방경제협력의 비전과 추진방향을 제시하는 제 1차 회의를 개최하여 교역과 투자 활성화를 포함한 다양한 분야의 교류협력 확대를 위한 5가지 추진방향을 설정하였다. 대표적인 추진방향으로 러시아 극동개발협력을 위한 9-BRIDGE 전략 추진이다. 9-BRIDGE 전략은 수산, 농업, 전력, 철도, 북극항로, 가스, 조선, 항만, 산업단지로 구성된 9가지 분야에 대하여 러시아과 개발협력을 진행하는 것이다. 9-BRIDGE 전략 추진 이외에도 유라시아 경제권의 3대 권역을 구분하고 지역별 차별화된 전략을 추진하는 전략, 유라시아 국가와 경제협력확대를 위한 제도, 금융 인프라를 구축하는 전략, 문화 인력 등 다양한 분야와의 협력 및 교류확대 전략, 기업 애로사항을 해소 지원하는 전략을 신북방정책의 추진방향으로 설정하였다고 한다.

이후 2018년 6월에는 신북방정책의 로드맵을 발표하였다. 이때 앞서 언급한 '평화와 번영의 북방경제공동체 형성'을 비전으로 4대 목표별 전략과 14개 중점과제를 발표하였다. 2020년 2월에는 제2기 북방경제협력위원회가 출범하는 워크숍을 개최하였고 2021년 5월에는 문재인 정부 출범 4주년을 기념하여, 한-러 전문가 세미나를 개최하고, 한-러 협력 확대를 위한 4가지 추진 방향을 제시하였다.

이렇게 우리 정부는 신북방정책을 추진하면서 여러 방면에서 큰 노력을 기울이고 있다. 하지만 신북방정책에도 몇 가지 문제점이 있다고 생각한다. 첫째로 신'북방'정책이라는 정책의 이름과 목표에 걸맞지 않게, 러시아와 우리나라의 중간에 위치하고 있으며 우리나라와 국경을 맞대고 있는 북한에 대한 전략과 정책은 다소 부족하다는 생각이다.

러시아를 대상으로 한 9-BRIDGE 전략만 보더라도 북한과의 연계가 확실하게 이루어지지 않는다면 전략을 추진하는 것은 불가능에 가깝다. 물론 북한의 핵실험에서 비롯된 북핵위기와 대북제재 등의 이유로 인하여 북한과의 협력 및 교류가 어려워진 것은 사실이다. 하지만 이러한 상황일수록 더욱 북한과의 교류가 필요한 상황이 아닌가 하는 생각이다. 개인과 개인의 갈등이 발생하였을 때 이를 해결하기 위해서는 시간이 지나가고 감정이 수그러드는 것을 기다리는 방법도 있지만 적극적인 접촉과 교류를 통해 서로를 향한 적대감정을 감소시키는 것도 한 가지 방법이라고 생각한다.

둘째로 러시아 및 외교 대상 국가에 대한 전문가 부족이다. 타국과 교류를 하고 개발협력을 진행하려면 대상국가에 대하여 그 나라의 사람들만큼이나 그 나라를 잘 아는 전문가들이 대거 필요하다. 하지만 이 부분에서 아직까지는 러시아 및 외교대상국가에 대한 전문가가 부족한 상황으로 보여지며 이를 해결하기 위한 조치가 적합하게 취해지고 있지 않다고 생각한다. 국립외교원 내에 각 대상국가에 대한 센터를 개설하는 등의 노력이 필요하다고 생각된다.

신북방정책에서 목표로 하는 남북러 삼각협력은 우리나라의 지정학적인 위치를 감안했을 때 언젠가는 반드시 이루어져야 하는 목표라고 보여진다. 현 정부의 임기가 끝나가는 작금의 상황을 보고 신북방정책의 성과가 기대보다 만족스럽지 못하다는 평가를 내릴 수도 있겠지만 조금 더 길게 보고 기다리며 포기하지 않느 것도 좋은 방법이 될 수 있을 것이라 생각한다.

3. 신북방정책의 미래비전 구상 | 김민지 |

'신북방정책'은 한반도 평화와 번영을 기반으로 유라시아 지역 국가와의 교통·물류 및 에너지 등 각 분야의 협력과 연계성 강화를 통해 우리 경제의 미래 성장동력을 창출하고 남·북한 통일기반 구축을 위한 경제 협력을 실현하고자 하는 정책이다.[5] 신북방정책은 러시아와 중국 동북3성, 몽골, 중앙아시아 5개국(우즈베키스탄, 카자흐스탄, 투르크메니스탄, 타지키스탄, 키르기스스탄), 남코카서스 3개국(조르지아, 아르메니아, 아제르바이잔), 우크라이나, 벨라루스 등 북유라시아의 광대한 지리적 영역을 포함한다. 신북방정책의 핵심은 〈그림 3〉과 같이 한국과 러시아 사이에 9개 분야의 다리를 놓아 동시다발적 협력을 이뤄나가는 것이다.[6]

〈그림 3〉 신북방정책의 9개 다리 전략

출처: 북방경제협력위원회[7]

5) 북방경제협력위원회, 『신북방정책이란?』(서울: 정부서울청사 북방경제협력위원회, 2021).

6) 통일연구원, 『해외의 시각으로 본 신남방·신북방정책의 평가와 과제』(서울: 통일연구원, 2020), pp. 274~275.

9개 다리 중 전력 에너지 분야는 신재생에너지 등을 활용하여 한
국·중국·몽골·일본·러시아 간 전력을 연계·공유하는 광역전력망인
'동북아 수퍼그리드(The Northeast Asian Super Grid)'구축을 목표
로 한다.[8] 이 구상에 대한 논의는 1990년대 후반부터 활발하게 진행
되었으나 구상의 실현을 위해서는 막대한 과제들이 선행되어야 하기
때문에 이제까지 실현에 어려움이 있었다. 구상 실현 어려움의 주요
원인은 오랜 기간 동북아 국가들이 전력 자급자족을 선호해왔다는 점
이며, 이러한 이유로 동북아의 전력 수출 계획이 성공을 거두지 못했
다는 분석이 있다.[9] 신북방정책은 몽골에서 풍력·태양광 등 청정에너
지로 생산된 전력을 중국-한국-일본까지 연결하는 프로젝트를 위해
산업부(한국)와 국가에너지국(중국)간 협력채널 구성에 합의 후 한전
(한국)과 국가전망(중국)간 공동연구를 위한 합의각서(Memorandum
of Agreement, MOA)를 체결하였다. 또한 2016년에 한전(한국)-국
가전망(중국)-소프트뱅크(일본)-로세티(러시아) 기업 간 공동연구 양
해각서(Memorandeum of Understanding, MOU) 체결 이후 2GW
규모의 HVDC 해저연계사업의 경제성·기술적 타당성 조사가 수행되
었다. 한·중·일 연결 이외에도 남·북·러의 러시아-북한(경유)-한국
경기북부 지역 전력망 연결을 위한 정책도 추진되었다. 국제정세 등에
따라 다소 지지부진했던 한국-러시아 간 연계는 2017년 동북아 수퍼
그리드 추진선언 이후 논의가 본격화되며 2018년 제15차 한-러 자원

---

7) 북방경제협력위원회, 『9개 다리 전략』(서울: 정부서울청사 북방경제협력위
원회, 2021).

8) 통일연구원, 『해외의 시각으로 본 신남방·신북방정책의 평가와 과제』(서
울: 통일연구원, 2020)pp. 274~275.

9) 통일연구원, 『해외의 시각으로 본 신남방·신북방정책의 평가와 과제』(서
울: 통일연구원, 2020)pp. 281~282.

협력위를 통해 한전(한국)과 로세티(러시아)의 공동연구 추진이 합의
되었다.[10] 이밖에 신북방정책에서 추진 중인 북극항로 진출을 통한 신
시장 개척의 과제는 자원개발을 위한 물류루트로서 내륙수운과 연계
한 북극항로 이용 활성화를 통해 중앙아 지역의 플랜트 설비 등 중량
화물 운송에 특화된 루트를 개발하는 것이다. 또한 해운·철도 복합운
송, 항공 등 한국 기업의 다양한 물류 수요 충족을 위해 대륙철도와 연
계성을 강화하고 항공노선을 확충하기 위한 유라시아 복합물류망의
구축을 추진 중이다.[11] 이처럼 '항만과 철도의 통합네트워크 구축'과
'동북아 수퍼그리드 추진'이 함께 동시다발적인 협력이 이루어진다면
한국 기업의 진출의 가속화가 이루어질 수 있을 것으로 예상한다.

　하지만 산업협력 고도화를 통한 신성장동력을 창출하기 위한 한·러
플랫폼 구축에는 러시아의 원천기술과 한국의 제조·상용화 기술을 결
합한 제품 개발과 창업을 지원하는 협력모델이 부재한다. 과거 국내
대기업은 러시아 기술을 활용하여 혁신적인 제품개발에 성공한 사례
(삼성 애니콜 노이즈 제거기술, 김치냉장고, LG 휘센에어콘)가 있으
나 중소기업은 한·러 간 기술협력을 위한 전문기관의 부재로 R&D 결
과가 상용화되어 성과가 창출된 사례가 제한적이다. 반면 러시아의 경
우, 서방의 경제 및 에너지 제재로 인해 수입대체 산업육성과 제조업
기반 구축을 위한 협력대상이 필요한 상황이다.[12] 따라서 국내 대기업
과 중소기업의 생산기술을 이용하여 러시아 산업시설을 현대화하고

---

10) 북방경제협력위원회, 『신북방정책의 전략과 중점과제(안)』(서울: 북방경
　　제협력위원회, 2018), pp. 16~17.
11) 북방경제협력위원회, 『신북방정책의 전략과 중점과제(안)』(서울: 북방경제
　　협력위원회, 2018), pp. 14~19.
12) 북방경제협력위원회, 『신북방정책의 전략과 중점과제(안)』(서울: 북방경
　　제협력위원회, 2018), p. 21.

러시아 원천기술을 활용하여 국내 중소기업 및 스타트업을 글로벌화하기 위한 공동의 모델 및 플랫폼 구축을 통한 기술협력이 이루어져야 한다.

또한 항만·철도 협력을 통한 물자 운송의 물류루트를 확보하고 동북아 수퍼그리드 전력 협력을 통한 전력 공급의 방안 마련, 국내 제조 및 상용화 기술과 러시아의 원천기술의 기술협력을 통한 국내 기업의 진출 방안이 확보된다면 국제사회의 최대 관심사 중 하나인 기후변화 대응을 위한 신재생에너지 분야의 국내 기업 진출을 기대할 수 있겠다.

4. 신남방정책의 정의와 기원 　　　　ㅣ김석일ㅣ

신남방정책은 2017년 11월 9일 '한-인도네시아 이사 비즈니스 포럼' 기조연설을 통해 발표되었다. 아세안과 인도 등 신남방국가들과 정치, 경제, 사회, 문화 등 폭넓은 분야에서 주변 4강(미국, 중국, 일본, 러시아)와 유사한 수준으로 관계를 강화해 한반도를 넘어 동아시아, 전세계 공동번영과 평화를 실현하고자하는 문재인 정부의 핵심 외교 정책이다. 사람(People), 평화(Peace), 상생번영(Prosperity) 공동체를 핵심 개념으로 한다. 이때 문재인 대통령은 "사람과 사람, 마음과 마음이 이어지는 '사람(people)공동체', 안보협력을 통해 아시아 평화에 기여하는 '평화(Peace)공동체', 호혜적 경제협력을 통해 함께 잘사는 '상생번영(Prosperity)' 공동체를 함께 만들어가기를 희망합니다." 라고 언급하였다. 신남방정책의 주요국가로는 인도와 아세안국가들이 있다.

신남방정책에는 크게 3개의 목표와 16개의 세부목표가 있다.

〈그림 4〉 신남방정책의 개념과 목표

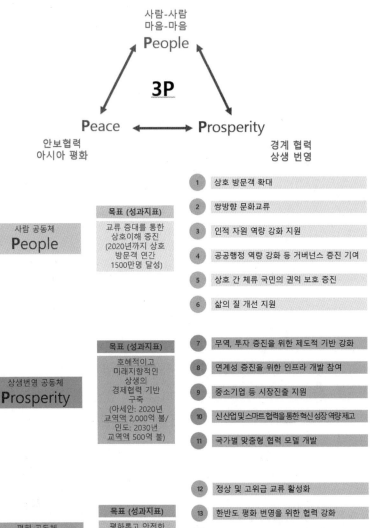

우선 사람공동체의 목표는 교류증대를 통한 상호이해 증진이다. 이 목표의 성과지표로는 2020년까지 상호방문객 연간 1500만 명 달성이다. 상생번영공동체의 목표는 호혜적이고 미래지향적인 상생의 경제협력 기반을 구축하는 것이다. 성과지표로는 아세안은 2020년까지 교역액 2000억불, 인도는 2030년까지 교역액 500억불을 달성하는 것이다. 마지막으로 평화공동체의 목표는 평화롭고 안전한 역내 안보 환경을 구축하는것이고, 성과지표는 2019년까지 아세안 10개국 순방 및 정상 방한 등 전략적 협력을 하는 것이다.

그렇다면 우리는 왜 이렇한 정책에 관심을 가져야 하는지 물어 볼 수 있다. 이 물음의 답으로는 인도와 아세안 지역의 잠재력을 들 수 있겠다. 인도, 베트남, 인도네시아, 필리핀, 태국을 인도와 아세안 주요 4개국이라고 할 수 있는데, 이 국가들은 우선 많은 인구수가 있다. 이는 풍부한 노동력을 보여준다고 볼 수 있다. 또한 각 국가들의 연평균 경제 성장률은 우수한 수준이라고 할 수 있다. 이외에도 주 소비층인 중산층의 증가로 충분히 투자할만한 가치가 있다고 생각한다.

흔히 동남아 지방을 생각하면 현장 노동직이 먼저 떠오를 것이다. 실제로 군대 전역 후 현장 건설직으로 일을 잠깐 한 적이 있었는데, 그때 친해진 동남아에서 온 친구가 있었다. 그 친구들에게 한국이란 나라는 너희 나라에서 어떤 이미지냐고 물어보니, 한국은 돈을 벌려고 가는 나라라고 얘기했다. 그렇다면 신남방정책의 2번항목의 경우 쌍방향 문화 교류이다. 이러한 상황에서 한국의 경우에는 K-Pop을 수출하고 있다. 그렇다면 쌍방향으로 문화 교류가 이루어 지려면 어떤식으로 진행되야 좋을지 여러분들도 한번 생각해 봤으면 좋겠다.

5. 신남방정책의 추진경과와 문제점 | 주상현 |

신남방정책의 정의는 아세안과 인도 등 신남방국가들과 정치·경제·사회·문화 등 폭넓은 분야에서 주변 4강(미국·중국·일본·러시아)과 유사한 수준으로 관계를 강화해 한반도를 넘어 동아시아, 전 세계 공동번영과 평화를 실현하고자 하는 문재인 정부 핵심 외교정책이다. 이는 한반도 내 신경제지도를 그려 북한과의 교류협력을 도모하고, 나아가 중국과 미국 등 우리나라 수출비율 중 대다수를 차지하는 핵심국가로부터 탈압박하겠다는 궁극적인 목표를 두고 있다. 2017년 문재인 정부의 출범과 동시에 시작된 신남방정책은 People(사람공동체), Prosperity(상생번영 공동체), Peace(평화공동체)의 3P를 만들어나가겠다는 일념아래 시작되었다. 구체적으로, 사람공동체를 위한 목표로 10개의 아세안 국가와 인도와의 직접적인 교류 증대를 높여 2020년까지 상호방문객을 연간 1500만 명을 달성을 두고 있으며, 상생번영 공동체의 목표로 아세안, 인도와의 교역액을 각각 2000억불, 500억불을 설정하였다. 평화공동체로는 평화롭고 안전한 역내 안보환경 구축을 위해 현재 아세안 10개국의 순방과 정상 방한 등 전략적 협력을 진행중이다. 문재인 대통령은 2017년 인도네시아의 방문을 시작으로 2019년 라오스에 이르기까지 각 국가를 모두 순방하여 다양한 협력사업 발굴 성과를 이루어냈으며, 같은 해에 각국 정상들을 대한민국으로 초청하여 대화와 협력의 시간을 가진 바 있다. 하지만 사람과 평화, 상생번영과 공동체의 슬로건을 앞세워 진행중인 이 정책은 교역액 증대 이외에 각 항목에 대한 구체적인 목표 및 로드맵이 제시되어 있지 않아 현재 정책달성률에 대한 평가는 흐릿한 상태이다. 2018년 출범을 시작한 신남방정책특별위원회의 정책결과보고를 보면, 3P의 분야별 주요성과를 살펴볼 수 있다. 먼저, People(사람공동체) 분야에서는 비자제도 간소화 및 항공 자유화 확대를 위해 아세안 10개국 중 9개국과 직항항공자유화협정을 체결하여 한국과 아세안의 각국간의 관광절차를 축소시키고, 학생들의 유학 및 연수를 장려하여 유학생수를 최근 4년간 3.3배 상승시켰다. Prosperity(상생번영) 분야에서는 무역과 투자 등 교역액의 증대가 그 목표였는데, 신남방 지역이 이중 제2위 교역 및 투자대상자로, 최초로 전체 수출의 20% 상회하여 시장 다변화 성과를 시현하였다는 두드러진 성과를 내었다. 국내에서는 자국의 중소 중견기업 및 현지수입자들을 대상으로 보증지원, 전대금융 확대하여 우리 금융기관의 신남방 진출을 촉진하고 있다. Peace(평화공동체)의 분야에서는 역내 안보 증진 및 방산협력 확대 등 평화협력을 공고화 하기 위한 노력으로 메콩지역 협력강화, 한-신남방 해양안전협력 강화, 싱크탱크 상호 협력강화, 미-중 등 주요국의 역내지역구상과 조화로운 협력의 성과를 냈다고 보고되었다.

신남방정책에 대한 주요성과를 아세안의 10개국과 인도에 대한 1대 1 성과로 정리해보면 다음과 같다.

브루나이: 에너지 밸류체인 협력 지속, 양국 간 직항 자유화 달성, ICT 분야 협력 강화

캄보디아: 이중과세방지협정 및 형사사법공조 조약 신규 체결, 농업 및 ICT 협력 강화, 한·캄 FTA 공동연구 개시 선언

인도네시아: CEPA 최종타결(아세안 최대시장 본격개방), 인도네시아 수도 이전 협력 기반 마련, 인프라 사업 우리 기업 참여 확대, 현대 자동차 완성차 공장 진출

라오스: 내륙국 라오스의 연계성 증진 지원, 교육협력 확대, 지식재

산권 협력 강화

말레이시아: 2020년 수교 60주년 계기 전략적 동반자 관계 격상 추
　　　　　진 원칙적 합의, 방산 협력 증진, FTA 체결 노력 강화,
　　　　　ICT 분야 협력 강화

미얀마: 양국 직항노선 추가 등 인적교류 강화, 환경협력 확대, 수
　　　　산협력 강화, 직업교육협력 확대

필리핀: 바나나·자동차부품 중심 FTA 상품분야 조기성과 묶음 합
　　　　의, 방산협력 강화, 인프라·에너지 협력 강화, 전략적 동반
　　　　자 관계 격상 검토 추진

싱가포르: 양국 간 직항 자유화 달성, 한국 스타트업 센터 개소 추
　　　　　진, 바이오·의료·신재생에너지 등 첨단분야 연구협력,
　　　　　국방기술·사이버안보 등 비전통 안보협력 강화

태국: 태국의 미래 신산업 기지인 동부경제회랑(EEC, Eastern
　　　　Economic Corridor)에서의 인프라 투자 확대 기반 강화, 4차
　　　　산업혁명 대응을 위한 첨단기술 협력 강화 기반 마련

베트남: 이중과세방지협정 개정, 교역과 투자 추가 활성화, 주다낭
　　　　총영사관 신설 등 인적교류 강화, 지역 국제 협력 강화

〈그림 5〉 2008-2020 아세안 및 인도국가와 대한민국간의 수출/입 규모 변화추이

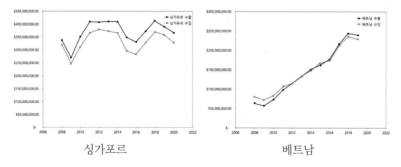

싱가포르　　　　　　　　　베트남

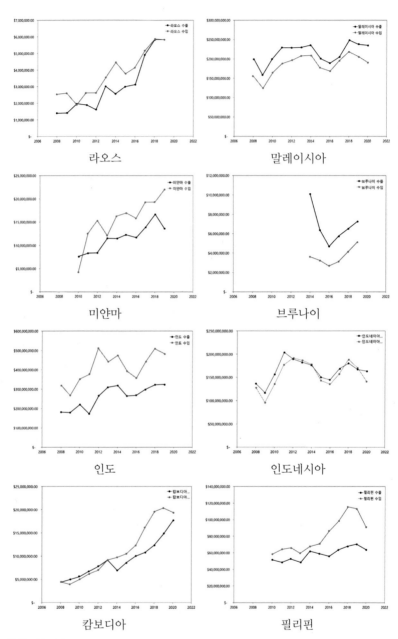

출처 : K-stat

신남방정책은 2017년에 시작하여 2021년에 이르기까지 4년에 걸쳐 진행되었다. 북한과의 단절로 인해 남북관계는 소원해졌지만, 우리는 신남방정책이 잘 이루어졌는지 평가해 볼 필요가 있다. IMF의 세계 주요 지역별 GDP 성장률 추이에 따르면 아세안 지역의 성장률은 세계 평균에 비해 높은 수준으로 성장하고 있음을 알 수 있다. 이것은 우리 정부가 아세안으로 진출하면서 발표했던 아세안의 잠재성과도 일맥상통한다. 그렇다면, 2020년 기준으로 우리나라에 외화가 유입된 국가의 비율은 어떨까? K-stat의 데이터를 가져와 그래프로 도시해서 살펴보았다. 현재 우리나라에 유입된 외화의 비율은 중국(39%)〉미국(25%)〉일본(12%) 순으로 나타났으며, 이외의 아세안 국가들은 모두 합쳐 약 25%로 나타났다. 이는 미국으로부터 벌어들이는 외화와 맞먹는 수준으로 무역절차 간소화 등 아세안 국가들과의 지속적 교류협력을 통해 일구어낸 결과라고 할 수 있다. 또한, 2008-2020 아세안 및 인도국가와 대한민국간의 수출/입 규모 변화추이를 통해 2016년의 저점을 시작으로 모든 국가에서 공통적으로 교류규모가 확대되고 있는 것을 알 수 있다.

결론적으로, 신남방정책의 실시로 대한민국은 4대 강국으로부터의 영향력을 낮출 수 있는 방향으로 진행되고 있다고 생각한다. 하지만, 본래의 목표인 중국과의 교역규모와 우수한 수준으로 가기 위해서는 아세안과의 협력을 더욱 강화해야 한다. 사실 교류협력의 확대에 있어 몇 가지 제한되는 부분으로 인해 아세안과의 연계성을 실현시키기 어렵기도 하다. 단편적으로, 아세안 국가들은 중국이나 일본에 비하여 경제규모가 상대적으로 작고, 우리나라와 역사적인 연결점이 낮기 때문에 아세안국가로 진출하는 사업수가 매우 적다. 따라서, 우리가 앞으로 신남방정책을 더 확대하기 위해서는 아세안에 대한 국민적관심도를 높이고, 아세안국가 진출을 위한 전문가를 양성하기 위한 노력을 기울일 필요가 있다고 생각한다.

6. 신남방정책의 미래비전 구상 | 전용중 |

신남방정책이란 2017년도 기준 대한민국 총 교역액의 16.1%를 차지하는 아세안, 인도를 대상으로 추진하는 외교정책을 말한다. 대통령 직속 정책기획위원회의 신남방정책 특별위원회의 자료에 따르면 대상지역은 평균연령 30세 총 20억의 인구를 가지고 있으며 소비시장이 연평균 15%씩 성장하고 있다. 게다가 이 지역은 중산층 인구의 지속적인 성장이 기대되어 2030년까지 현재의 5배정도 중산층 인구가 증

〈그림 6〉 한반도 J축 구상도

출처: 대통령직속 정책기획위원회 산하 신남방정책 특별위원회 홈페이지

가할 것으로 예상된다. 신남방정책은 신북방정책과 함께 한반도평화와 번영의 축 완성을 목표로 하고 있고 정책의 최종 목표른 개방적·포용적인 접근을 통해 신북방정책과 한반도 신경제지도와 유기적 연계를 목표로 하고 있다.

신남방정책의 주요 비전은 한-아세안 미래공동체 구현을 통해 사람중심의 평화와 번영의 공동체를 이룩하는 것이다. 주요 목표로는 사람공동체, 상생번영공동체, 평화공동체 등 크게 3가지 목표가 있는데 2021년 현재 코로나 19의 여파로 인해 상호방문객 증가와 경제협력 부분에 있어 목표를 달성하지 못한 부분이 있다. 각 주요목표별 세부목표는 사람공동체의 경우 상호간 관광객/문화/학생교류의 활성화와 상호간 체류 국민의 권익보호증진 및 신남방국가의 삶의질 개선이 있으며, 상생번영공동체는 무역투자증진 및 인프라개발 적극 참여와 국내기업 신남방국가진출 및 신산업개발이 있고 마지막으로 평화공동체는 상호간 고위급 교류활성화 및 포괄적 안보, 국방협력 등의 세부목표가 존재한다.

신남방정책의 초기 목표는 중국에 대한 높은 경제적 의존도로 인해 고고도 미살일 방어체계(THAAD)로 인한 중국의 한한령으로 심각한 경제적 위기를 겪으면서 대안으로 떠올랐다. 현재 신남방정책은 중국과 미국의 패권다툼 속에 중국의 일대일로 사업과 미국과 일본의 인도-태평양 정책과 충돌을 일으키지 않고 정책추진을 해야하는 중요한 길목에 서 있다. 또한 현재 정책대상국가인 아세안 국가들의 경우도 코로나 19와 미얀마 사태 등으로 인해 정세가 혼란한 상태이다. 하지만 인도네시아와의 한국형 차세대 전투기 KF-21보라매 사업과 베트남과의 4차 산업혁명 협력 등의 성과들이 지속적으로 나오고 있다는 점은 긍정적 신호로 보여진다. 신남방정책의 대상국가인 아세안 지역의 잠재력을 살펴보자면 2030년경 세계 중산층 소비의 59%를 차지할 것으로 예측되는데 이 시장에 대한 4차 산업혁명 분야와 국방안보산업분야 등에서 접근하여 협력을 실시할 경우 현재 대한민국의 대외교역 문제점 중 하나인 특정국가에 대한 경제적 의존비율을 줄여나가는 대안 중 하나가 될 수 있다고 생각한다.

7. 신북방·신남방 정책과 일대일로 전략의 연계 및 협력 가능성 ㅣ이아인ㅣ

동북아 플러스 책임 공동체란 동북아시아는 물론 주변 지역 국가들과 지역의 평화와 번영을 위한 공동체를 형성하는 것을 의미한다. 한반도의 평화를 실현하는 과정에서 아시아까지 확산하는데 기여하는 핵심정책으로 제시되고 있다. '신남방'은 중국을 대신할 6억명에 이르는 아세안 시장에 진출하는 것을 말하고, '신북방'은 우크라이나, 조지아, 카자흐스탄, 우즈베키스탄, 키르기스스탄, 타지키스탄, 투르크메니스탄 등 14개 유라시아 국가와 경제협력을 강화하는 것이다. 신남방 정책의 경우 특정 국가를 대상으로 정책 이행이 집중되어 있으며 행사 집중형 이벤트로 성과의 일회성을 보이고 있다. 이에 대해 우리나라는 정책이행기간을 고려하여 국가별 맞춤형 전략을 검토하고 이를 반영한 구체적인 계획을 수립하고 있으며 신남방정책의 가장 큰 성과인 인적교류 및 확산을 위해 단기적인 프로그램보다 장기적인 프로그램을 운영하기 위해 개발 중이다. 신북방 정책은 러시아와의 경제협력을 넘어 중앙아시아 국가들과의 경제협력을 강화하고 있다. 또한 국제정세에 대한 효과적인 대응방안을 강구하고 경제협력 수준을 끌어올리기

위해 노력 중이다. 그러나, 현재 우리나라 외교통상분야 최대 역점사
업인 신북방·신남방 전략이 코로나 19 사태로 동력을 잃어가고 있다.
신남방 대표 사업인 인도네시아 수도 이전 사업과 신북방 대표 사업인
동북아 철도 건설사업이 각각 난항을 겪고 있다. 코로나 19가 확산되
면서 인도네시아 정부와의 공동세미나가 무기한 연기되면서 세미나에
이은 공무원 초청행사도 줄줄이 보류되고 있다. 현지에서도 재택근무
가 불가피한 상황이기 때문에 현 상황에서 적극적인 활동이 어렵고 그
동안 정부가 추진했던 사업 일정에도 차질이 생길 것으로 보여진다.
인도네시아 수도 지언 사업은 총 40조원 들여 보르네오섬에 신수도를
건설하는 프로젝트이며, 정부간 기술협력 업무협약(MOU)를 맺으며
가시화된 사업이다. 또한 약 34조원 이상의 사업비가 투입될 동북아
철도 사업도 난관에 봉착했는데 이 사업은 신북방 대표사업으로 코로
나 19확산 전 까지 중국, 러시아, 몽골, 일본 등 동북아 주요국이 공동
체 논의를 이어왔지만 이마저도 중단된 상황이다. 이러한 상황에서 정
책 간 전략적인 연계 및 협력이 필요하다고 보여진다. 파급효과가 큰
사업 발굴과 효율적 관리, 체계적 평가가 선순환되기 위해서는 높은
전문성과 기획력, 조직력을 갖추고 있어야 하고 코로나 위기로 인한
사회·경제적 변화에 선제적으로 대응하기 위한 정책 및 ODA 전략이
제시되어야 한다고 생각한다.

　코로나 19로 인해 인적 교류가 제한되고 경제봉쇄조치로 개도국들
의 경제는 더욱 더 힘들어지고 있다. 특히 이러한 개도국들은 보건의
료환경이 낙후되어 있을 확률이 높기 때문에 이에 대한 보건의료협력
및 지원수요가 크게 확대 되어야 한다. 우리나라는 K-방역을 중심으
로 정책과 전략을 세울 필요가 있다. 특히 보건에서 경제, 사회, 문화,
안보 등 다양한 분야에서 협력방향을 모색하고 치중된 경제외교에서

탈피하여 지역가치를 공유하고 보다 포용적인 협력방향을 구상해야한다. 이에 대해 우리나라는 개도국 코로나 백신 지원에 100만 달러를 기여한다는 약속을 지키고 개도국 백신에 대해 공평하게 접근할 수 있도록 해야한다. 또한 기존 경제외교 중심의 외교관계에서 관점을 확대하여 다양한 분야와 협력하는 방향으로 나아가야 한다. 기본적으로 ODA 예산을 선진국 수준으로 꾸준히 늘려가면 실질적으로 개도국 발전에 도움이 될 수 있을 것으로 예측된다. 우리나라 ODA의 경우 미국이나 일본 등 선진국이 무엇을 하고 있는가가 중요한 요소로 나타난다. 이러한 측면에서 보았을 때 우리나라는 여전히 추격형 원조를 하고 있다. 또한 우리나라는 우리 편에 서서 우호적 나라에게만 원조를 하는 것이 아니라 부정적인 나라에도 원조를 해주는 경향이 있다. 이에 대한 확실하고 명확한 전략이 있는지에 대해 다시 한 번 생각해 보아야 한다. 인간관계에서도 자신이 잘 대해준 사람이 자신보다 못해준 사람에게 똑같이 베풀면 기분이 나빠지는 경우도 빈번히 있기 때문이다. 외교적 정책을 이행할때도 이러한 부분에 대해 확실히 체크해야하며 방향성을 잘 잡는 것이 중요하다고 보여진다. 많은 나라들이 공공원조, 공공외교를 할 때 어떻게 배합해서 활용할지를 고민한다면 우리는 이러한 부분에 대해 아직 확실히 정립되지 않았다고 볼 수 있다. 따라서 우리나라만의 특색있는 전략이 필요하고 한정된 자원을 어떻게 효과적으로 활용할 수 있을지를 따져봐야 한다. 또한 코로나 19로 인해 정체기에 빠진 신북방·신남방 정책을 다시 수면 위로 끌어올리기 위해 경제적인 이익을 떠나 좀 더 인도주의적이고 인권문제까지 확장할 수 있다면 실제적인 효과도 더 다양하고 크게 거둘 수 있지 않을까라는 생각이다.

8. 한반도 신경제지도의 정의, 추진경과와 문제점

| 류경호 |

1953년 이후에 우리나라는 국토가 매우 황폐화 되어 있었지만, 1960~1990년 물류 운송 및 사람의 이동을 위해 경부고속도로를 개통 하는 등 도로와 철도 라인을 건설하여 국내 시장의 경제 활동에 긍정 적으로 큰 영향을 주었다. 그러나 이제 21세기가 시작되고 20년이 지 나가고 있는 이 시점에서 우리나라의 경제 활성화를 위한 지도를 다시 생각해 볼 필요성이 대두 되고 있다. 현재 문재인 정부에서는 문재인 대통령이 대통령 후보일 때부터 주장한 대한민국의 신경제지도라는 정책을 만들고 실천 하려고 노력 중에 있다. 신경제 지도의 핵심은 3가 지의 철도 라인을 건설 하는것인데, 그림과 같이 환동해, 환서해, 접

〈그림 7〉 한반도 신경제지도

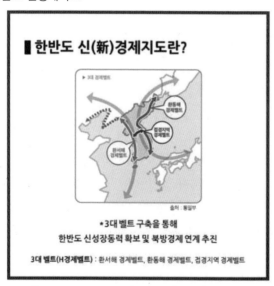

출처: 통일부, https://www.unikorea.go.kr/unikorea/policy/project/task/precisionmap/

경지역 경제벨트 철도라인을 건설하는 것이 첫 발자국이다.

이 철도라인은 H라인이라고도 불리며 환동해 경제벨트는 에너지, 자원 및 관광 관련 하여 특화된 라인이고 환서해 경제 벨트는 첨단 ICT에 특화된 라인을 건설 예정중이며 마지막으로 접경지역 경제벨트는 생태관광, 녹화사업, 남북공동 수자원협력 관리에 초점을 맞추었다. 우리나라에서는 통일부가 주축이 되어 신경제지도와 관련된 정책을 추진하고 있다. 2017년부터 시행된 이 정책은 2021년 현재 5년정도 진행되고 있고, 평창 동계 올림픽에서 남북한 단일팀 참가, 남북정상회담, 북미정상회담 등 몇가지의 성과는 나타났지만, 신경제지도의 주축이 되는 철도라인 건설과 관련해서는 그 진도가 너무 미비한 문제점이 있다. 이제 곧 2022년 내년이면 정권이 바뀌고 우리나라의 대통령이 바뀌는 선거가 다가오는데 한반도 경제와 관련된 정책이 어떻게 변화될 지는 미지수로 남게 될 것 같다.

9. 신북방·신남방 정책과 한반도 신경제지도의 종합발전전략 평가 ㅣ 최찬용 ㅣ

현재 국내에서 추진하는 주요전략으로 신북방, 신남방 정책 및 한반도 신경제지도 전략이 있다. 신북방 정책이 거대시장, 풍부한 자원 등 성장 잠재력이 크고, 유럽과 아시아를 잇는 전략적 요충지인 유라시아 지역과 협력을 강화하는 추진전략이라면, 신남방 정책은 아세안·인도를 4강에 준하는 협력 파트너로 격상하고, '사람, 상생번영, 평화를 위한 미래 파트너십'을 구축하는 것이다.

신북방 정책의 주요 대상은 러시아와 중앙아시아를 주요 대상으로 한다. 러시아의 경우 조선·전력·가스 등 산업부 소관 분야별 협력사업 추진하고 한-러 서비스·투자 FTA 추진한다. 또한, 기계, 자동차 등 러 수입대체 및 수출확대 육성분야를 대상으로 현지투자 등을 통한 우리기업의 시장진출을 지원하는 것을 목표로 했다. 중앙아시아의 경우 양측 관심 프로젝트, 정상순방 성과사업 후속조치 등을 구체적으로 논의하기 위해 중앙아 3개국과 양자채널 구성하였고 우즈벡/카자흐 워킹그룹, 투르크 비즈니스 협의회를 구축하였다. 그리고 지원 체계를 구축하기 위하여 중앙아 협력 사업 점검, 기업 애로 청취, 전략 수립 등을 체계적으로 추진하기 위한 국내 민관 협력 체계 구축하였고 프로젝트 수주지원을을 위해 순방시 수주지원 사업, 상대측 제안사업, 추가발굴 사업에 대한 수시 협의 진행 중이다. 그리고 분야별 협력사업 진행으로 산업·에너지·보건의료, ICT 등 협력사업을 진행하고 있다.

신남방 정책의 주요 대상은 아세안국가들과 인도로 꼽을 수 있다. 신남방 정책의 주요 정책 내용은 첫 번째로 국가별 특성을 감안한 맞춤형 협력 추진이다. 베트남의 경우 제조업 역량을 강화를 지원하고 자동자 부품, 소비재 진출을 확대하는 방안으로 추진 중이며, 인니의 경우는 기간산업 협력 확대를 통하여 아세안 진출 거점을 확보하였다. 그리고 인도의 경우 제조업 협력확대 및 상생협력 미래지향적 파트너십 구축을 위하여 정책을 진행하고 있다. 두 번째로 FTA 네트워크 고도화를 통한 아세안, 인도 교역 확대가 있다. 이는 RCEP, 한-인도 CEPA 협상 및 인니, 말련, 필리핀과의 신규 양자 FTA의 조속한 타결 통해 신남방시장 접근성 확대하는 것에 의의가 있다. 세 번째로 아세안·인도 진출 우리기업에 대한 지원 강화가 있다. 우리 투자기업들의 현지 유통채널을 활용 지원 하고 대규모 인프라 프로젝트 진출을 위한 자금조달 지원하여 한-아세안·인도 기업 간 교류확대 등을 통한 투자

촉진하는 것이다.

한반도 신경제지도의 개요는 남북간 경협 재개 및 한반도 신경제지도 구상 추진, 남북한 하나의 시장협력을 지향함으로써 경제 활로 개척 및 경제통일 기반 구축하는 것에 있다. 신경제지도의 주요 내용은 다음과 같다. 첫째, 민·관 협력 네트워크를 통해 남북한 하나의 시장협력 방안을 마련하여 여건 조성 시 남북 시장협력을 단계적으로 실행함으로써 생활공동체를 형성하고 둘째, 남북경협기업 피해 조속 지원을 실시하고, 남북관계 상황을 감안하여 유연하게 민간경협을 재개 추진 셋째, 통일경제특구 지정·운영, 남북 협의를 통해 남북 접경지역 공동관리위원회 설치, 서해 평화협력특별지대 추진 여건 조성하며 넷째, 3대 벨트 구축을 통해 한반도 신성장동력 확보 및 북방경제 연계 추진하는 것이다. 신경제지도 정책은 남북경협 활성화로 통일 여건 조성 및 고용창출과 경제성장률을 기대할 수 있고 동북아 경제공동체 추진으로 한반도가 동북아지역 경협의 허브로 도약할 수 있는 계기가 된다.

신북방, 신남방, 한반도 신경제지도 정책이 잘 추진된다면 3가지 정책의 시너지 효과도 기대해 볼 수 있다. 신북방 정책에서 러시아와 추진되는 전략을 북한 지역을 통하여 육로로 통할 수 있게 되며 이에 좀 더 연계된 사업을 진행 할 수 있게 된다. 또한 한반도 신경제지 도를 통하여 3대 벨트가 구축되면 신남방 정책과 신북방 정책의 국가들 사이에 중요한 중심지 역할을 수행할 수 있다. 하지만 선행적으로 해결해야 될 문제점이 있다고 생각한다. 일단 국내에 알려진 정책에 대한 정보가 너무 적다. 직접 이 3개의 정책에 대하여 찾아보지 않는다면 이 정책들이 시행되고 있는지조차 국민들은 모를 것이다. 그리고 각 국가간의 협력이 필요하므로 중간에 조율이 잘못되거나 양측간의 갈

〈그림 8〉 한반도 신경제지도 3대 벨트

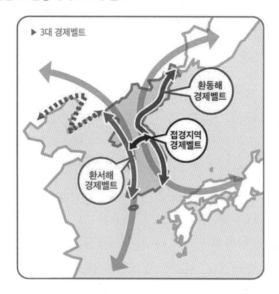

등이 심화되면 한쪽이 손해를 감수하거나 계획 자체가 불발될 수 있다. 또한, 남북관계가 따라 신경제지도는 크게 좌지우지될 수 있으므로 신남방 정책과 신북방 정책과 연계하기가 매우 까다로울 수 있다. 따라서 남북관계가 꾸준히 좋은 상태로 유지되어야 하고 각 국가간 협력이 긴밀히 이루어져야 한다. 이에 분명 큰 가치가 있는 정책이고 사업이지만 선행과제들의 난이도가 높아 꾸준하고 단계적으로 이루어지지 않는다면 제대로 된 끝맺음이 어려울 정책이라고 생각한다.

10. 신북방·신남방정책과 한반도 신경제지도의 미래비전 구상
ㅣ이형덕ㅣ

남한의 현 정부에서는 국제개발협력 정책으로 신북방, 신남방 정책을 내세웠다. 신북방 정책은 유라시아 국가를 대상으로 협력을 강화하는 대륙전략으로써, 남·북·러 3각 협력의 추진기반을 마련하고 한국과 유라시아 경제연합(EAEU) 간 FTA를 추진하고 중국과의 "일대일로" 구상에 참여하는 등의 전략들을 마련하였다. 신남방 정책은 아세안과 인도 등의 신남방국가들과 정치·경제·사회·문화 등 폭 넓은 분야에서 주변 4강으로 불려지는 미국·중국·일본·러시아와 유사한 수준으로 관계를 강화하는 것이 목표이고 핵심개념으로 사람, 평화, 상생번영으로 설정하였다. 이러한 정책들의 목표와 비전은 현 시대에서 매우 필요한 것들을 모두 담고 있는 좋은 정책이다. 그러나, 현재 각정책별 실현가능성을 평가하자면, 매우 저조한 것으로 판단된다. 신북방 정책의 경우 유라시아 대륙과의 개발협력을 추구하였지만, 북한과의 교류가 단절됨에 따라 중단된 사업들이 많은 실정이다. 또한, 대부분이 러시아와의 개발협력과제로 채워져 있어 신북방 정책에서 말하는 초국경 소다자 협력 활성화를 달성하기에는 미흡하다. 신남방 정책의 경우 아세안 국가 별 적합한 ODA 사업을 구상하였으나, 모호한 사업구상도로 인하여 정확히 어떠한 결과를 도출하였는지는 잘 모르겠다.

신북방, 신남방 정책의 경우 대외적으로는 남한을 알리기 좋은 정책으로 보여지나, 속을 들여다 보면 준비한 시간에 비하여 매우 넓은 범위를 포함하기 위하여 세밀한 계획을 세우지 못하여 정확히 어떠한 사업을 하고, 이 사업을 통하여 나타날 결과에 대하여 이해하기 힘든 정책으로 판단된다.

이러한 정책들은 지속가능성을 가장 중요한 핵심요소로 두어 장기간에 걸쳐 하나하나 적용하고, 사업을 수행해야 하나 현 정부에서 진행한 사업들은 단기간에 많은 것들을 하려하다보니 정책의 미흡한 점이 많아 보인다. 나는 이것이 현 대한민국의 정책의 문제점이라고 생각한다. 대한민국의 대통령 임기는 5년으로써 하나의 정권이 유지할 수 있는 기간은 5년으로 제한되어 있고, 정권 교체시 앞서 수립한 정책들이 중단되거나, 새로 시작하는 경우가 많아 지속가능한 정책의 개발이 이루어지지 않고 있는것처럼 느껴진다. 이에 지속가능한 정책을 수립하기 전에 충분한 시간을 들여 정부 주도가 아닌 정부와 여러 단체가 합작하여 지속가능한 국제개발협력을 위한 정책을 개발하고, 개발된 정책을 정권 교체에 상관없이 지속적으로 진행해 나가는 것이 필요하다고 생각한다. 그리고, 현 정권의 임기내에서 실현가능한 단기적인 정책을 따로 구상하여 step by step으로 진행하는 것이 바람직하고, 보다 실리적인 목표라고 판단된다. 마지막으로, 신북방 정책에서 가장 핵심이 되는 북한과의 교류협력체계를 달성하지 못한 것에 대하여 실패 원인을 분석하여 향후 개발된 정책에 적용할 수 있도록 하는 것이 중요하다고 생각한다. 대한민국이 국제개발협력의 중심이 되어 각 국가간을 연결하기 위하여는 북한과의 교류협력체계를 달성하는 것이 매우 중요한 과제이기 때문이다. 현 정권에서도 북한과의 교류협력체계를 구축하는 것이 얼마나 중요한지 알기 때문에 한반도 신경제지도를 작성하고, 정권 초반에 많은 돈과 시간을 소모하였다. 하지만, 결국 현재에서 보면 이전과 같이 원상복구가 된 것으로 보여진다.

　대한민국은 다른 선진국과 비교하여 대단히 빠른 속도로 성장해왔고, 현재는 다른 선진국들과 어깨를 나란히 하고 있다. 그러나, 대한민국의 발전속도를 더욱 가속화하기 위하여는 북한이 필요한 상태라고 생각한다. 신북방 정책과 한반도 신경제지도 구상 시 북한이 핵심 지역으로써 남한과의 경제협력관계를 수립하고, 지속된다면 대한민국 뿐만이 아닌 한반도 전체의 발전속도는 매우 가파르게 상승할 것이다. 이를 위하여 우리는 북한에 대하여 평화적인 소통을 하기위한 노력을 해야한다. 소통을 하기 위한 방안으로 남한과 북한의 학생들을 교환하여 각 국가의 교육기관을 체험하는 것을 생각하고 있다. 실제로 북한의 학생들을 초청하여 학술적인 교류를 했던 사례가 있고, 앞으로 남한과 북한간의 교류를 위하여는 신세대들의 교류가 가장 실리적인 결과를 도출해낼 것이다. 또한, 학술적 교류를 통하여 각 국가에서 중요하게 생각하는 개발 분야들을 공유하면 좋은 시너지로 작용하여 학술의 발달에 큰 영향을 줄 것이다.

이처럼, 우리는 북한을 더이상 적으로 바라보는 것이 아닌 경제협력 국가로 인식하고, 이러한 관계를 구축하기 위한 방안들을 모색해야 할 것이다. 그리고 남한과 북한이 경제협력관계를 구축하고, 한반도로 부상할 경우 국제개발협력의 중심지가 되어 보다 원활한 교류와 협력을 주도할 수 있을 것이라고 믿고있다.

Step 3

다채로운
상상 펼치기

북한에서 온 사람을 마주한다면?

우리가 가보지 않은, 자유롭게 갈 수 없는 '북한'에 대해 이해하는 것을 넘어 참신한 해결책을 내놓기 위해서는 북한에 대한 객관적 사실에 대하여 암기하고 학습하는 것도 필요하지만 다양한 상황 설정을 통한 상상이 필요하다. 흔히 대학원 과정에서 체계적으로 정리되지 않거나 학문적으로 높이 평가받지 못하는 글을 '소설쓴다'라고 하며 저평가하기도 하지만, 사실 소설이나 영화시나리오는 우리가 가보지 못한 세계에 대한 디테일한 측면을 보여주기도 한다. 학생들의 다채로운 상상을 장려하기 위해 탈북민, 혹은 북한에 거주하는 사람 등과 자유로운 만남을 스스로 상황설정하게 하고 어떤 상황이 벌어지고 있는지를 상상해보게 하였다. 학생들은 실제 있었던 일을 기반으로 혹은 경험이 배제된 순수 상상만을 기반으로 현재와 미래를 그려보고 있었다.

1. 박사 오빠가 탈북민?!

| 김민지 |

대학에 입학 후 술과 동아리에 빠져 놀다 보니 어느덧 마지막 학기, 졸업을 앞두고 깊은 고민에 빠졌다. '이대로 아무것도 모른 채 취업 준비를 할 것인가 아니면 대학원에 진학해서 전공에 대해 깊이 있게 배워볼 것인가.' 나보다 먼저 졸업한 친한 선배들과 친구들은 진학보다는 취업을 선택했고, 대학 입학 전에는 시대가 바뀌어서 공과대학 여학우는 취업이 잘 될 거라는 말들과는 달리 졸업 후 빠르게 취업한 주변인은 손에 꼽힌다. '대학 생활을 열심히 했던 저 사람들도 취업 준비로 저렇게 힘들어하는데 나처럼 놀기만 하던 사람이 전공을 살릴 수 있을까?' 열심히 살아보지도 않고 나약한 소리만 하는 시절이었다. '그래, 밑져야 본전이다. 대학생 때 공부 열심히 안 하고 놀기만 한 죄다. 달게 받자.' 되든 안 되든 시도도 안 해보고 후회할 바에야 받아주는 연구실이 있을 때까지 머리부터 들이밀어 보자고 생각했다.

처음엔 어디든 받아주면 상관없다는 마음이 컸지만, 딱 한 번의 기회만이 주어진다면 어떤 선택을 해야 지금 당장보다는 미래에 정년퇴임 할 때까지 일거리 걱정없이 먹고 살 수 있을지에 대해 고민을 했다. 그러다 번뜩 생각난 것이 마지막 4학년 때 들었던 '풍력터빈공학'이었다. 생소한 분야이기에 호기심에 들었던 수업이었지만, 교수님께서 쉽고 재밌게 설명을 해주셨고, 대학 마지막 학기에 듣는 수업이니 열심히 듣기도 한 덕에 한 학기 동안 재밌게 수업을 들으며 높은 성적을 받고 기뻤던 기억이 떠올랐다. 또한, 재생에너지라면 내가 늙어서까지 일거리 끊길까 걱정하지 않아도 된다 생각했고, 교수님과 상담 후 대학원에 진학할 수 있었다.

내가 속한 연구실은 박사과정 4명, 나를 포함해 석사과정 2명, 학부생 2명으로 구성되었고, 공대라서 그런지 여학우는 나 뿐이었다. 신입인 나는 출입문과 가장 가까운 자리에 배치되었고 옆자리 이웃은 나보다 2년 선배인 박사과정 1년 차의 선배였다. 이 선배는 굉장히 과묵해서 쉽게 친해질 수 없어 보였지만, 신입이라 군기가 바짝 들린 나보다 더 일찍 출근하셨고 더 늦게 퇴근하셔서 '저 선배, 퇴근은 하는걸까? 연구실에서 사는건가?' 하는 생각이 들 정도로 성실했다. 말수가 없어서 연구실에 특히 더 친한 사람은 없어 보였지만 맡은 일을 매우 깔끔하게 잘해서 모두가 좋아하는 사람이었다. 연구실과 연구 주제에 대해 궁금한 부분이 많았던 나는 친해지기 가장 어려워 보이지만 가장 가까이 위치한 선배였기에, 이 선배와 친해져서 빨리 연구실에 적응하고 싶은 마음이었다.

"선배, 혹시 시키실 거 있으시면 편하게 말씀해주세요!" 어색하지만 선배에게 먼저 말을 건넸다. "그래." 돌아오는 대답은 그다지 나에게 기대는 없지만 말이라도 고맙다는 듯했다. 바로 일을 시켜주실 줄 알았는데 연구실에 별로 도움이 안 되는 기분이 들어 불안했다. 그렇게 일주일 동안 같은 대화만 반복되던 중 연구실 신입생 환영회가 있다고 최고참 박사 선배가 말씀해주셨다. 그간 대학생 때 마셔오던 가락이 있어, 주량에 있어 근거 없는 자신감이 있었지만 대학생 때의 술자리는 비슷한 나이대의 사람들뿐이었다면, 연구실 환영회는 교수님과 연장자들 뿐이라 긴장되었다. "선배, 혹시 환영회 때 뭐 시키고 그러시나요..?" 대학생 신입생 환영회 때도 우리 과는 아니었지만 타 과에서는 장기자랑 식으로 춤이나 노래를 준비했었다고 들었기에, 대학원에도 그런 문화가 있는지 걱정됐다. "아, 자기소개 정도는 준비해야 할 거야." 옆자리 선배가 대답하자 앞, 뒤, 대각선 선배들이 모두 한마디씩 거들기 시작해 종합해보니 관등성명과 같은 자기소개 후에 유쾌한

건배사까지 해야 했다. 환영식 당일, 연구실은 저녁 시간에 맞추어 다들 회식 장소로 이동했고, 드디어 내가 보여드려야 할 시간이 다가왔다. "안녕하십니까! 석사과정 신입생 00학번 000입니다! 강한 바람에도 견디는 풍력터빈처럼, 바람처럼 맑고 깨끗한 연구자가 되겠습니다! 건배사는 제가 '바람아~' 선창하면, '불어라~!'라고 해주시면 감사하겠습니다!" 식당 사장님과 식당에 있던 손님들도 다 쳐다보는 것만 같아서 얼굴이 시뻘게졌지만 아랑곳하지 않고 선배들이 말해준 대로 며칠 동안 준비한 건배사를 완벽하게 해낸 것 같아 뿌듯했다. "이번 신입은 참 재미있는 친구가 들어왔네? 건배사까지 준비한 학생은 처음인 것 같은데, 재미있었어. 잘 해봐!" 교수님이 말씀하셨고 선배들이 배꼽 빠지게 웃어 대는 꼴을 보니 다리에 힘이 풀리는 것 같았다. '내 일부터 취업 준비할까?' 하는 생각이 들었지만, 과묵하던 옆자리 선배까지 호탕하게 웃는 모습을 보니 연구실 사람들과 어느 정도 친해질 수 있을 것 같아 부끄럽지만 하길 잘했다는 생각이 들었다.

환영회가 끝나고 여느 날처럼 똑같은 일상들이 반복되던 중 교수님께서 이번에 국가 연구소 주관, '소형풍력터빈의 대북 지원 보급 방안 마련' 용역이 들어왔으니 참여 의향이 있으면 참여하라고 말씀하셨다. "너, 나랑 같이 해볼래? 한번 경험 삼아서 해봐." 옆자리 선배가 알려줄테니 보조연구원으로 해보라고 먼저 제안을 해준 덕분에 같이 시작하게 되었다. 북한에 대해서 그다지 관심도 없었기에 북한에 대한 지식이 없었고, 선배도 나와 같은 상황이라고 생각했다. 나는 국내 정부기관에서 조사한 자료와 발표 자료를 위주로 조사 및 정리를 맡았고, 선배는 이 자료를 바탕으로 보고서를 작성하면서 보급 방안을 연구를 수행했다. 용역은 그렇게 잘 마무리되었고, 그로부터 6개월 뒤 북미정상회담이 긍정적인 방향으로 조율되며 국제사회와 북한의 관계가 회복되고, 남북 교류가 활발해지기 시작했다. 6개월 전만 해도 북한과의 교류는 앞으로 힘들다는 분위기에 용역을 수행할 연구소를 찾지 못하고 우리 연구실로 들어오게 되었고, 괜찮게 수행한 덕에 대북 지원 관련 풍력발전 분야의 국가연구과제가 우리 연구실로 제안이 들어왔다.

연구실 인원들이 모두 참여할 만큼 큰 규모의 과제였고, 북한과 교류가 활발해진 덕에 북한 풍력에네르기 관련 대학 및 연구소와 공동연구를 통해 북한 원산지역 마을에 소형풍력발전단지 개발을 최종 목표로 하는 과제였다. "그러면 저희 북한에도 가고 그런건가요?" "그래야겠지, 공동연구도 해야 하고 직접 마을도 둘러봐야 하니까." "뭔가 무섭다…" "뭐가 무서워, 다 똑같이 먹고 살 걱정하며 사는 사람들인데." 옆자리 선배의 왠지 모를 여유에 이 사람은 무서운 게 없는 사람인가 싶었다. 연구가 진행되고 북한 대학 및 연구소 사람들을 만나는 자리에서 나와 연구실의 다른 선배들은 같은 한글을 쓰는데 뭔가 알아들을 수 없는 북한 연구원들의 말에 당황했다. "큰일이네, 공동연구를 해야 하는데, 의사전달이 서로 잘 되고 있는 건지 모르겠어. 너가 고생 좀 해야겠다." 최고참 박사 선배가 말했다. "아, 제가 중요한 부분이나 연구에 필요한 부분은 이미 적어두었습니다." 옆자리 선배가 대답했다. '아니 저 선배도 북한은 생소할 텐데 우리 연구실 사람들은 왜 저 선배한테 의존하지?' 나는 연구실 사람들이 옆자리 선배한테만 의존하는 것 같은 모습이 참 의아했다. 공동연구를 위한 만남이 끝나고 실제 풍력발전단지 개발을 위한 준비와 절차가 마무리되었다. 몇 개월 뒤, 원산지역 마을의 주민들을 만나기 위해 북한에 다시 방문했지만, 전력난으로 고생하고 있기에 긍정적으로 생각할 것 같았던 주민들의 반응은 예상과는 달리 그다지 좋지 않았다. "방법은 하나네, 아저씨네로 가자." 옆자리 선배가 말했다. '뭐라는거야? 아저씨네? 이 선배가

때와 장소를 못 가리고 장난치는 사람이었나?' 생각했다. 선배가 말한 아저씨는 그 마을 식료품을 들여오는 말그대로 마을 실세인 마트 사장님이었고, 그 분과 만나 말씀을 나눈 뒤, 풍력발전단지는 마트 인근에 개발하는 것으로 결론이 났다. 남한으로 돌아는 버스에서 선배에게 물어봤다. "선배, 여기 오기전에 그 분하고 따로 연락 주고 받으셨어요?" "아니?" 옆자리 선배가 말했다. 더 물어봐도 대답이 없던 선배들은 북한을 한참 벗어난 후에 말을 꺼냈다. "너 얘 탈북민인거 몰랐어? 북한 벗어나지도 않았는데 그딴 질문하면 어떡해? 얘 잡혀가라는거야? 과제 관련 북한 사람들한테는 말하면 안 된다?" 나는 충격이었다. 오빠가 탈북민이라는 사실보다 나 때문에 오빠가 다시 북한으로 잡혀갈 수도 있었다는 사실이 더 큰 충격으로 다가왔다.

2. 뭘 마이 멕여야지 뭐

| 김석일 |

풍력발전기는 보통 산에 설치하지만 특히 해상풍력 발전기 같은경우에는 주변에 마을이 있는있는 해상에 설치할 때도 있다. 그러나 풍력발전기는 설치 후 작동 될 때에 민가에 있는 주민의 삶에 영향을 크게 줄 수 있게 된다. 우선 풍력발전기의 회전부는 회전할 때 생각보다 빠른속도로 움직이게 된다. 이때 풍력발전기 날개에서 바람가르는 소음이 나오게 된다. 또한 풍력발전기 날개의 회전으로 인해 주기적으로 생기는 그림자는 민가뿐만아니라 어업에도 영향을 주게된다. 또한 해상에 설치하는 지역의 경우에는 어업을 생업으로 하는 주민이 많은데, 해상풍력발전기의 하부 구조물에 의해 어업 활동에 방해가 될수도 있을 것이다. 따라서 풍력발전기는 주변 지역의 동의를 받아야 설치 할

수 있게 된다. 이번 소단원의 상황으로 만약 방문한 지역의 이장님이 탈북민이고 그의 허락을 받아야 되는 상황에 내가 처하게 된다면 어떻게 대처할지에 대해 고민해 보았다.

예전에 설득의 3요소에 대한 글을 읽은 적이 있다. 이 글은 논리(Logos), 감정(Pathos), 신뢰(Ethos)의 적절한 조합으로 이루어 져야 원활한 설득이 가능하다고 한다. 감정에 너무 치우칠 시 내용없이 감정에 호소하게 되며, 논리로만 호소하면 사람들이 공감하지 못할 것이다. 또한 에토스만 강조한다면 정작 토론에서 논해야 할 핵샘 내용이 빠지게 될 가능성이 크다 라고 한다. 이를 바탕으로 설득을 진행해보려 한다.

가장 먼저 설명할 부분은 제일 생각하기 힘들었던 감정(Pathos)의 부분이다. 이 부분은 두 가지 전략이 있는데 첫 번째는 마을을 이용해 이득을 취하려 하는 외부인의 경계심을 무너트리는 것이다. 나의 친할 아버지는 한국전쟁 때 북한에서 부산으로 내려왔다. 어렸을 때 기억을 되살려보면 친할아버지는 가자미 식해라는 음식을 참 좋아하셨는데 이 음식은 이북음식이다. 친할머니는 친할아버지와의 다툼뒤에 항상 가자미 식해를 드려 화해를 하셨다. 이처럼 고향의 맛을 대접하여 경계심이 가득한 마음을 풀 것이다. 두 번째는 한번에 마음에 닿을 수 있게 설명하는데에 초점을 두었다. 지역주민의 연령층과 관심의 방향을 고려했을 때 이러한 내용을 수치적으로 설명하고 있으면 나같아도 안 들릴 것 같다. 수치적인 내용도 포함하되 최대한 사진 위주의 자료를 준비하여 한눈에 알 수 있게 준비해야 될 것이다.

논리(Logos) 부분은 굳이 탈북민이 아니더라도 동일한 방법으로 이야기 할 것같다.

뭘 마이 멕여야지 뭐... 이 말은 영화 웰컴투 동막골의 마을 이장이

하는 대사이다. 대한민국 군인이 마을 이장에게 통솔력이 뛰어난 이유를 물어보는 장면에서 나온다. 결국엔 설득과 통솔력은 같은 범주라고 생각한다. 논리적이고 감정이 공유되며 신뢰가 가는 상대에게 설득되는 거고 통솔력에 따라주는 것이라고 생각한다. 또한 꼭 신체적인 배부름을 해결해 주는 것이 아닌 삶에 있어서의 부족한 부분을 채워주는 것이 중요하다고 생각한다. 2000년대 이후의 탈북민의 경우 단순히 식량 문제가 아니라 더 나은 삶을 추구하기 위한 이주의 성격을 가지고 있다. 따라서 마을에 이득이 되어 지역 주민의 삶이 번영할 수 있는 방향으로 설득을 할 것이다.

우선 제도적인 측면에서 이득을 공유하는 것이다. 발전단지의 개발 촉진을 위한 다양한 인센티브를 제공하는 제도가 있는데, 그 중 공급 의무화인 RPS제도가 있다. RPS 제도는 지자체 주도 민관협의회를 통해 단계부터 주민수용성을 확보하고, 대규모·체계적인 발전사업을 하는 발전단지에 REC 가중치를 부여하는 것이다. REC가중치는 쉽게 설명해 발전단지에 이득을 주는 것인데 실제 발전량에 REC 가중치를 곱한 만큼 발전단지가 발전을 했다고 인정해주는 제도이다. 이로 이득을 얻어 그 이득은 지역주민과 공유하여 주민과 함께 공생할 수 있는 발전단지에 초점을 맞출 수 있게 할 것이다.

두 번째로는 어민의 설득이다. 제도적인 측면으로 이득을 준다고해도 본인의 생업에 피해가 된다면 거부할 것이다. 이부분은 해상 풍력단지 설치 후 풍력발전기를 어업의 수확률을 증가 할 수 있게 이용하는 것이다. 해상풍력발전기의 하부 구조물에 양식장을 조성하고 인공어초를 설치하여 수생자원이 더 잘 자랄 수 있는 환경을 조성하는 것이다.

세 번째로 마을 자체의 발전에 기여가 되야 된다고 생각한다. 실제로 외국의 경우에도 그렇고 국내 강릉의 안반데기, 제주도의 해상 풍력 발전단지는 유명한 관광 장소가 되었다. 지역에 관광객이 찾아가서 마을의 발전에 도모 할 수 있다고 생각한다.

마지막 신뢰(Ethos)의 부분이다. 우선 탈북민 이기 때문에 신뢰를 얻기보다는 호감을 얻는 방향으로 접근하였다. 대한민국과 북한은 교류가 단절된 채로 오랜시간이 흘러 그 문화가 상당히 다를 것이라고 판단한다. 우선 이러한 문화를 먼저 조사하고 그것을 지키려는 노력을 보여줄 것이다. 그 예로 북한에서 첫인상은 옷차림에서 나온다고 한다. 물론 대한민국에서도 단정한 옷차림을 보여주어야 예의이지만 계절에 따라서 더우면 소매를 걷거나 나름 자유도가 있다고 생각한다. 북한의 옷차림 예의는 생각보다 디테일했다. 제일 먼저 옷을 구김없이 다리고 단정한 옷차림으로 흐트럼이 없는 상태가 상대방의 예의라고 한다. 또한 아무리 더워도 소매를 걷지 않아야 된다고 한다. 그러나 탈북민은 대한민국 사회에서 소수이다. 사회적 소수라고 생각하고 상대방을 대한다면 매우 기분이 나쁠 수 있다고 생각한다. 적당히 보여줄 부분만 보여주고 상대방을 대함에 있어서는 비즈니스 바이어라고 생각할 것이다.

3. 쿵쾅거리는 소음　　　| 김재천 |

독자여러분은 '매일 쿵쿵대는 소리 때문에 고릴라가 사는지 궁금해서 쪽지 남깁니다.' 라는 쪽지 내용을 들어보신 적 있으신가요? 이 쪽지는 매일 반복되는 층간소음으로 고통을 받는 아랫집 주민이 층간소음의 진원지로 짐작되는 윗집 주민분께 불만을 표하는 내용을 담은 쪽지였다고 합니다. 인터넷을 통해 많은 분들에게 퍼져 층간소음과 관련된 작은 밈으로 형성된 내용이라고 해요. 20세기 후반과 21세기에 들어서면서 우리 대한민국에는 많은 수의 아파트와 연립주택이 건설되었고, 2020년 통계청 자료에 따르면 전국 주택 유형별 비중에서 아파트와 연립주택이 60% 이상의 비중을 갖는 것을 확인할 수 있습니다. 아파트와 연립주택 거주 비중이 증가하면서, 여러 가구가 한 건물에 살면서 발생하는 가구간의 충돌도 증가하게 되었는데요, 이 중 가장 빈번하게 이야기되는 것이 층간소음입니다. 심지어 코로나19가 발발한 이후로 집안에서 생활하는 빈도가 급격히 증가함에 따라, 층간소음으로 인한 분쟁도 대폭 증가하는 경향을 보인다고 합니다. 심한 경우에는 층간소음으로 인한 갈등이 심화되어 살인사건까지 발생하기도 했다고 합니다. 이렇게 층간소음은 이웃간의 충돌을 야기하고 갈등을 발생시키기 때문에, 행복하고 평화로운 생활을 누리기 위해 반드시 해결되어야하는 과제 중 하나로 자리매김하고 있습니다. 그런데 여러분은 이런 층간소음이 가구와 가구 사이의 문제가 아니라, 국가와 국가 간의 문제에서도 발생하고 있다는 생각을 해보신 적 있으신가요? 저는 우리 대한민국과 지리상 대한민국의 북부에 접해있는 북한이 이와 비슷한 갈등을 겪고 있다고 생각합니다. 핵무기와 미사일 개발을 중단하라는 국제사회의 의견은 들은채도 하지 않고, 꾸준히 핵무기와 미사일 개발을 진행하고 있는 북한이 윗집에서 층간소음을 유발하는 가해자로 비유할 수 있고, 그들이 핵무기와 미사일 개발로 쿵쾅거리는 소음을 유발할 때마다 아랫집에서 스트레스를 받으며 불안과 분노에 휩싸이는 피해자가 우리 대한민국이라고 비유할 수 있다고 생각합니다. 다음에 나오는 이야기는 이러한 상황을 북한에서 온 윗집 사람과의 층간소음으로 인한 갈등에 빗대어 서술한 가상의 이야기입니다.

저는 본가에서 독립하고 자취방을 구하여 혼자 지내며 대학원을 다니는 평범한 대학원생입니다. 자취 생활을 시작한지 8년차가 되어가던 2021년 1월, 유난히 바람이 차고 거세게 불던 어느날이었습니다. 항상 조용하던 자취방 건물이 근래들어 쿵쾅거리는 시끄러운 소음이 빈번이 발생하기 시작했습니다. 며칠전 제가 거주하고 있는 자취방의 윗층에 누군가 이사온 것 같았는데, 아무래도 그 집이 원흉인 것 같았습니다. 날이 춥고 눈이 오는 날은 유독 쿵쾅거리는 소음이 크게 발생했습니다. 이틀 이상 지속적으로 폭설이 내리던 날, 저는 소음을 견디다 못해 결국 윗집을 찾아갈 마음을 먹고, 현관문을 나섰습니다. 집에서 나와 계단을 올라간 후 윗집의 초인종을 누르자, 안에서는 제가 TV와 인터넷을 통해서만 듣던 억양으로 누구냐는 질문이 들려왔습니다. 저는 순간 당황스러웠지만, 크게 문제될 일은 아니라고 생각하여 제가 올라온 이유를 설명하였습니다. 제 설명이 끝나자 문이 열리고 투박한 차림의 평범해 보이는 청년이 나왔습니다. 이윽고 그는 내가 내집에서 내맘대로 행동하는 건데, 당신이 무슨 상관이냐는 말을 내뱉고는 쾅소리나게 문을 닫고 집에 들어갔습니다. 저는 너무도 어이가 없어 다시 한번 초인종을 눌렀지만, 집에 들어간 청년은 당장 돌아가라는 말만 반복했습니다. 이러한 상황이 너무 어이가 없고 분했지만, 당장 할 수 있는 일이 없을 것이라 생각하여 저는 집으로 돌아갔습니다.

며칠이 지나자 내리던 눈이 그치고 날이 맑게 개었습니다. 저를 괴롭히던 층간소음도 내리던 눈과 함께 그쳤습니다. 조용하고 평화로운 주말 오후를 즐기고 있을 즈음, 누군가 초인종을 눌렀습니다. 배달음식을 시키지도 않았는데, 방문한 누군가에 대하여 의문을 갖고 현관문을 열자 며칠전 화를 내던 윗집 청년이 방긋 웃으며 서 있었습니다. 문이 열리자 그는 저에게 며칠전 화 냈던 것을 사과하며, 앞으로 잘 지내자는 말을 건넸습니다. 이웃과의 충돌이 달갑지 않던 상황에서, 바라던 사과를 들은 저는 앞으로 잘 부탁한다는 말을 하며 사과를 받아주었고, 이내 윗집 청년은 집에 돌아갔습니다.

다시 며칠이 지나고, 폭설이 내리기 시작했습니다. 층간소음이 다시 발생할까 불안했지만, 며칠전 사과를 하며 앞으로 잘 지내자고 했던 윗집 청년이 떠올라 안심하고 있던 찰나, 쿵쾅 거리는 소음이 이전보다 더욱 심하게 들리기 시작했습니다. 먼저 사과하며 말을 꺼냈던 윗집 청년에게 뒷통수를 맞은 듯 정신이 얼얼하였습니다. 그리고 이 상황을 타개하려면 다시 윗집에 올라가 보는 수 밖에 없다고 생각을 하였습니다. 다시 한번 윗집을 찾아갔지만, 이번에는 무서운 표정으로 몽둥이를 쥐고, 다시 한번 찾아오면 큰 일 날 줄 알라는 소리를 하는 그를 볼 수 있었을 뿐 아무 성과 없이 내려올 수밖에 없었습니다. 저는 너무 분하여 층간소음센터에 연락을 했고, 몇 분 지나지 않아 센터 담당자가 도착했습니다. 센터 담당자는 저와 함께 올라가 초인종을 눌렀고, 짜증을 가득 품은 표정을 한 윗집 청년이 문을 열고 나왔습니다. 센터 담당자는 저에게 들은 이야기를 바탕으로 자초지종을 설명하였습니다. 윗집 청년은 처음보다 다소 누그러진 표정으로 센터 담당자의 이야기를 들었고, 이윽고 자신이 처한 상황과 쿵쾅거리는 소음의 발생 원인을 설명해주었습니다. 자신은 북한에서 내려온 사람이라는 이야기, 북한에서 내려온 후 겪은 고초, 눈이 많이 올 때마다 북한에 있던 시절이 생각나 마음이 힘들다는 이야기를 해주었습니다. 또한, 이러한 이유로 발생하는 스트레스를 풀기 위해 몸을 혹사시키는 과정에서 큰 소음이 발생했다는 이야기도 해주었습니다. 이야기를 듣고 나니 윗집 청년의 상황과 소음이 발생하게 된 원인이 분명하게 이해가 되었지만, 그렇다고 이대로 눈이 올 때마다 소음이 발생하도록 방치하는 것은 문제가 된다고 생각하였습니다. 그리하여 저는 센터 담당자에게 중재를 부탁하였습니다. 센터 담당자는 저와 윗집 청년에게 앞으로 지켜야할 규칙을 정하는 것이 어떠냐는 말을 했고, 저와 윗집 청년은 그의 말에 동의하고 새로운 규칙을 마련하였습니다.

첫 번째, 눈이 많이 오는 날은 배달음식을 시켜 같이 나눠 먹으며, 윗집 청년이 힘들었던 시절을 생각하지 않도록 노력할 것.

두 번째, 눈이 오는 날이 아니더라도, 힘든 기억이 떠올라 견디기 힘들다면, 아랫집에 내려와 이야기를 하고 해결책을 찾을 것.

세 번째, 혹시라도 견디지 못하고 소음을 발생하게 되어, 아랫집에서 올라가게 된다 하더라도 몽둥이는 내려두고 반갑게 맞이하여 줄 것.

위와 같이 세가지의 간단한 규칙을 정한 후, 세 사람은 각자 위치로 돌아갔습니다. 이렇게 아랫집을 괴롭히던 층간소음 사건은 일단락 되었습니다. 물론, 윗집 청년이 먼저 내려와 사과했던 적이 있음에도 불구하고, 다시 한번 층간소음으로 아랫집을 괴롭혔던 것과 같이 언제 또 윗집 청년이 변할지는 모르는 일입니다. 하지만, 일단은 사과하고 새로운 규칙을 정하고 돌아간 윗집 청년을 믿어보는 것도 좋지 않을까 합니다. 이렇게 또 꽃샘추위가 숨어있을지 모르는 봄이 돌아오는 것 같습니다.

4. 나의 첫 번째 새터민

| 류경호 |

나는 29년 인생 동안 북한에서 넘어온 새터민을 만나본 적이 없었다. 그러다 2021년 4월 어느날 대학원 수업에서 새터민의 특강을 들을 기회가 되어 북한에서의 생활 및 탈북 과정 그리고 남한에 정착까

지의 일련의 스토리를 들을 수 있었다. 특강을 들으면서 맨 처음 들었던 생각은 내가 생각하고 있던 새터민과는 느낌이 많이 다르다는 생각이 들었다. 수업 이전까지 새터민에 대한 생각은 어두운 이미지가 굉장히 강했는데 이번 특강을 해주신 새터민이자 이제는 우리의 이웃인 강성우 대리님은 특강하는 내내 매우 밝고 좋은 인상을 내게 남겨 주셨다. 특강이 끝나고 난 뒤에 우리나라에 새터민이 얼마나 있을까라는 궁금증을 가지게 되었고, 물론 지금 내가 살고 있는 춘천에도 새터민들이 거주해서 살고 있을것으로 생각은 되지만, 내가 직접 마주해본적 없고 대화를 해 본 적이 없기 때문에 직접적으로 새터민에 대해서 생각한 적은 없는 것 같다. 이번 특강이 끝나고 난뒤 새터민들이 내 옆집에 살고 있다는 생각을 해 보았다. 내 생각은 이번 특강을 전후로 많이 바뀔 것으로 생각되는데, 새터민분의 특강을 듣기 전에 내 옆집에 새터민이 살고 있다는 얘기를 듣게 되면 먼저 좋지 않은 반응을 보일 것 같다. 먼저 새터민이랑 마주치려고 하지 않을 것 같고 건물에서 마주치더라도 인사를 하지 않고 친하게 지내려는 노력을 해보지 않고 계속해서 새터민 이웃과는 친해질 수 없는 상태가 되고 새터민이라는 것을 몰랐을때는 아무런 인식 없이 지나갔겠지만 새터민이라는 얘기를 듣고 나서는 이웃에 대해서 안좋은 쪽으로 더 많이 생각하고 부정적인 인식을 가지고 살아갔을 것 같다. 그치만 강성우대리님 특강이후에 나의 새터민 인식이 많이 바뀌게 되어서 지금 내 옆집에 새터민이 살고 있다는 얘기를 듣게 되면 쉽게 다가 갈수는 없겠지만 이웃 사람에 대한 호기심이 많이 생길 것 같다. 그 이유는 강성우대리님 특강에서 들었던 이야기 중 그 분의 북한에서의 생활 얘기 및 탈북 과정에 관한 얘기들이 나에게는 너무 흥미롭게 다가왔기 때문이다. 내가 더 들어보고 싶은 얘기는 북한에서의 생활에 관한 얘기를 들어보고 싶은데 특강을 진행한 강성우 대리님은 북한에서 그래도 어느정도 먹고 살 수 있는 중산층에 속한다고 생각이 되었다. 그러나 내가 알고 있는 북한은 매우 후진국이고 일부 사람들을 제외하고는 매우 힘들게 살고 있는 것으로 알고 있는데, 새터민을 통해 북한의 이런 어두운 부분을 들어보고 싶고 더 날것의 이야기를 들어 보고 싶기 때문이다. 그래서 나는 내 옆집에 새터민이 살고 있다는 얘기를 듣게 되면 건물에서 마주치거나 엘리베이터에서 마주치게 되면 인사도 하고 조금 더 친해지려고 노력을 했을 것 같다. 지금 내 상황에서는 새터민과 친해지고 교류를 많이 하려면 이웃 주민 보다는 직장에서 만나게 된다면 많이 친해 질 수 있을 것 같다. 향후 직장에서 새터민을 후배로 만나게 된다면 일 관련해서도 친절하게 알려주며 먼저 다가가며, 저녁에 퇴근 후 밥도 같이 먹고 술도 같이 마시며 순전히 나의 궁금함을 풀기 위해서 내가 원하는 북한의 얘기들을 들을수 있도록 많이 친해질려고 노력 할 것이다. 내가 꼰대같을 수도 있겠지만, 취미도 같이 할 수 있다면 여가시간에 취미도 같이 하며 더 많은 새터민을 알 수 있도록 교류 할 것 같다. 마지막으로 드는 생각은 일반 사람들도 나처럼 새터민을 만나본 사람은 많이 적을 것으로 예상된다. 일반 사람들이 새터민에 대해서 어떠한 인식을 가지고 있는지는 알 수 없지만 나처럼 부정적인 인식을 가지고 있는 사람도 있을것이고, 부정적인 인식은 아니더라도 올바른 인식을 가지고 있지 못하는 사람들도 많을 것이다. 따라서 나도 29년만에 새터민분의 특강을 듣게 되면서 새터민에 대한 인식을 다시 하게 된 것처럼 일반 사람들에게도 새터민이 주체하는 특강 및 행사들이 많아 진다면 좋을 것이다. 또한 새로 북한에서 넘어오는 새터민들도 남한에서의 생활에 조금 더 적응하기 쉬워 질 수 있기 때문에 남한국민과의 교류 활동이 활발하게 이루어져야 할 것 같은 생각이 들었다. 사람들은 항상 첫 번째 기억이 중요하기 때문에 첫 번째 새터민을 어떤 경로로 어떤 분을 만나는 것이 중요하다고 생각된다. 나의 첫 번째 새터민은 내가 죽을 때 까지 기억에 많이 남을 것 같다.

5. 너와, 나의, 연결고리(탈북민 전문가 특강을 듣고)

| 이아인 |

이번 탈북민 전문가 강성우 대리님의 강의를 통해 새롭게 알게 된 것들이 참 많았습니다. 먼저, 저는 탈북민과 접촉할 기회가 없었는데 특강을 통해 만나게 되어 개인적으로 감회가 새로웠습니다. 막연하게 탈북민이라면 표현이 조금 직접적이고 거칠 것이라 예상했습니다. 정치·문화적 차이가 있기에 다른 점이 있을 것이라는 생각을 했던 것 같습니다. 그러나 실제로 만나보니 저랑 비슷한 점이 많았습니다. 학생 때 연애에 관심이 많고 성인이 되어서 대학 생활을 즐겁게 즐기셨다는 얘기를 듣고 저와 제 친구들과 다름없는 청춘(?)이라는 것을 느꼈습니다. 그와 동시에 사람을 만나기 전 어떠한 울타리 안에서 판단하려고 했던 제 자신이 딱딱한 사람처럼 느껴졌습니다. 제가 만약 탈남민(?)이 되어 갑작스럽게 북한으로 가게 된다면 잘 적응할 수 있을지에 대한 의문점도 생겼습니다. 같은 한반도라도 정치, 문화, 언어, 환경 등의 차이가 크기 때문에 아마 목표를 갖고 살기는 커녕 하루하루를 어떻게 살아가야 할지에 대해 고민할 것 같습니다. 물론 강성우 선생님처럼 한국에 적응도 하고 어려움을 극복해 나가면서 목표를 향해 달려가는 분들도 계실 것입니다. 그러나 탈북민 중에서도 당장 어떻게 살아가야할지 고민하는 분들도 많을거라 생각됩니다. 우리가 가장 접촉

하기 쉽고 문제를 직접적으로 해결해줄 수 있는 탈북민들에게 걱정 없이 남은 삶을 평화롭게 보낼 수 있는 방법이나 기술, 프로그램을 알려주고 더 나아가 '그들이 진정으로 원하는 것은 무엇일까?'에 대해 생각해봐야 합니다.

또한, 탈북민들의 경제적 빈곤이나 부족한 복지 프로그램보다도 생각해봐야할 것이 있습니다. 바로 탈북민을 대하는 한국사회의 태도가 변화되어야 한다고 생각합니다. 우리가 아무 생각 없이 하는 행동들이 어쩌면 탈북민들에게는 큰 상처로 다가올 수도 있습니다. 예를 들어, 북한에서 미사일을 발사한다는 뉴스를 보게 되면 한국 사람들은 탈북민에게 "너네 나라 진짜 왜 그러는거야?"라며 비아냥 거릴 수 있습니다. 생각해보면 탈북민과 북한의 정치적 도발은 아무런 관련이 없음에도 화살은 자연스럽게 탈북민들을 향할 수 있습니다. 이러한 탈북민을 대하는 편견과 차별, 배제에 대한 문제를 해결하는 것도 시급하다고 생각합니다.

우리는 무의식적으로 탈북민을 서로 다른 집단이라고 받아들이고 있습니다. 이러한 인식이 생기는 근본적인 원인이 무엇인지에 대해 생각해볼 수 있습니다. 다음은 피터 모리스의 팬케이크라는 연극의 줄거리입니다.

"샘과 버디는 같은 집에서 살고 있다. 돈이 많은 샘은 아침에 팬케이크를 산처럼 쌓아놓고 먹고 있었으며, 돈이 없는 버디는 생활비와 식량을 샘에게 빌려서 살고 있었다. 버디는 샘에게 팬케이크를 나눠달라고 부탁하지만, 샘은 자본주의적 입장에서 자기의 팬케이크를 나누어주지 않았다. 샘은 버디에게 지금 신고 있는 구두를 혓바닥으로 핥아서 닦아주면 팬케이크를 나눠주겠다고 제안한다. 버디는 당연하게 그 제안을 거절한다. 샘은 오직 자신의 보살핌과 동정 때문에 버디가 지금 살아갈 수 있는 것이라고 말한다. 버디는 식사를 마친 샘의 머리에 시럽을 뿌리고 버터칼로 배를 찌른다. 버디는 쓰러지는 샘을 밀어내고 식탁에 앉아 팬케이크를 먹기 시작한다."

다음 줄거리를 북한과 남한을 투영해서 생각해보면, 샘을 남한, 버디를 북한으로 인식할 수도 있다. 두 인물의 큰 틀은 '가진 자와 못 가진 자'의 구도로 보여질 수 있습니다. 산처럼 쌓여있는 팬케이크를 조건까지 걸어가며 나눠주지 않으려고 한 이유가 무엇일까? 남북의 관계에서 보았을 때, 대부분의 남한사람들은 북한사람들보다 우월하다고 생각할 수 있습니다. 이는 북한사람들에 대한 동정으로 생각될 수 있지만, 더 나아가 무시하는 감정으로 연결될 수 있습니다. 이와 관련해서 우리가 가진 민주주의, 시장경제체제가 과연 올바른가에 대한 질문을 던질 수 있습니다. 이 잔인한 사회 속에서 우리 또한 소외 받거나 차별 당할 수 있습니다. 따라서 탈북민들이 이러한 사회에 적응하지 못한다는 이유로 그들을 무시할 자격이 없습니다. 사회 통합의 수준을 높이기 위해서는 남한 사람들의 탈북민에 대한 인식의 개선이 필요합니다. 따라서 탈북민에 대한 인식 개선을 위한 남한만의 사회문화 교육이 강화되어야 한다고 생각하며, 이는 향후 북한과의 교류협력을 해결해나가는 첫 걸음이 될 것이라 생각합니다.

6. 북한 실거주민들의 니즈(needs)를 파악하다

| 이형덕 |

만약 북한과의 교류를 위하여 교통체계 개선을 수행하기 위하여 내가 연구원으로 파견될 경우를 가정하고 서술하고자 한다. 상황은 북한

의 교통체계 개선을 위한 북한내 교통이 밀집해 있는 곳부터 낙후한 곳까지 현지조사를 하는 것이다.

먼저, 평양과 같은 북한의 핵심지역의 경우 교통수단의 발달이 잘 되어있다. 또한, 거주민들은 매우 풍족하게 살고 있는 것으로 보여진다. 이러한 생각을 한 이유로는 남한에 빗대어 볼 경우 광역시정도되는 도시의 중심가와 같이 여러 시설들이 구축되어 있기 때문이다. 현지조사를 진행하면서 감독을 맡은 북한주민과의 대화를 통하여 현재 어떠한 것들이 필요한지에 대하여 알게 되었다. 나와 대화를 하던 북한주민의 경우 북한의 중상층부류이고, 현재 많이 필요한 것은 없고, 자식들이 좋은 대학을 나와 유학을 하고, 좋은 곳으로 갔으면 좋겠다는 말을 많이 하였다. 이러한 것을 보면 남한의 여느 학부모들과 다를 것이 하나 없다. 이외에는 별다른 걱정없이 생활하고 있는 것으로 보여진다. 다만, 타지역으로 출장등을 가게 되면 교통수단이 부족하여 왕복시간이 많이 소요된다고 말하였다. 그래서, 남한과 같이 교통망이 잘 발달되어 가장 멀리 떨어진 중국 또는 러시아 접경지역까지 2~3시간이면 갈 수 있었으면 좋겠다고 하였다. 이를 통하여 알게된 점은 도심지내 교통망은 구축이 잘되어있으나 이를 벗어난 지역의 경우 매우 낙후되어 있는 것을 알 수 있었다. 또한, 전기 등과 같은 에너지 자원의 확충이 어렵고 전달이 어려워 전철 혹은 고속철도의 설치가 불가능하다는 것도 알 수 있었다. 이를 해결하기 위하여는 에너지 자원을 활용하여 전기를 생산할 수 있는 발전소 등의 라이프 라인 구축이 시급하다는 생각을 하게 되었다. 그리고, 이를 각 지역으로 전달하기 위한 인프라 시스템도 구축이 되어야 한다.

다음으로, 북한의 강원도 지역을 가게 되었다. 이곳을 가게 된 이유는 남한의 동해선이 통과하여 러시아와 시베리아 철도를 잇기 위한 시작점이기 때문이다. 이곳 지역은 처음 조사하였던 도심지와는 매우 다른 환경이었다. 철도의 경우 일제시대때 설치되었던 레일을 거의 그대로 사용하고 있고, 유지보수 또한 되어있지 않은 상태를 확인할 수 있었다. 이를 통하여 알 수 있던 것은 현재 이곳 지역까지는 철도의 운행이 잘 되지 않는다는 것과 동해선과 연결하기 위하여는 개선이 아닌 신설이 필요하다는 것이다. 이러한 현장조사를 진행 간에도 현지 감독관과 같이 동행하면서 일반적으로 사는 얘기를 하게 되었고, 살면서 가장 필요한 것이 무엇인지도 물어보았다. 이들은 최대한 자급자족을 하면서 살고 있으나 전기의 필요성을 많이 느끼고 있다고 하였다. 전기의 보급이 많이 부족하여 가전제품에 의존하는 것이 아닌 사람이 손수 빨래, 청소 등을 직접하고 있다고 하였다. 또한, 의료체계가 매우 낙후되어 있다고 하였다. 남한의 경우 동·면·읍 별로 보건소가 있고, 병원은 종류별로 한개 이상씩 있는데 비해 이곳에는 이러한 시설들이 거의 없어 매우 불편하다고 하였다. 마지막으로 교육을 받을 수 있는 시설은 있으나 먹고살기가 바빠서 아이들이 교육받을 시간에 농촌 및 어촌 일을 돕느라 어른으로써 보기에 안타깝다고 하였다. 이러한 얘기들 듣는 나로써는 도심지와 얼마 떨어져 있지도 않는데도 생활수준의 차이가 극심한 것에 놀라웠다.

앞으로 남북한 간의 협력을 통하여 도심지의 부족한 점을 발달시켜야하는 것도 중요하지만, 낙후된 지역의 기본적인 인프라 시스템을 발달시키는 것이 가장 먼저 해결해야하는 문제라고 생각이 들었다. 그리고 이 문제를 해결해야 앞으로 수행되어질 교통체계 개선에도 도움이 될 것이라고 생각한다.

위의 상황에 따른 북한주민들의 니즈(needs)를 지역별로 나누어서 상상해본 것은 현재 북한의 부익부빈익빈을 나타내고 싶었기 때문이다. 현재 북한에서는 고위층의 삶과 일반 주민들의 삶은 매우 차이가 많이 나고 이러한 현상들은 사회주의의 본질을 많이 벗어나는 현상으로 보여진다. 이미 북한내에 부익부빈익빈이 존재한다는 것만 봐도 개인 사유의 재산이 존재하고 있고, 이를 대대로 물려주고 있는 것으로 보여진다. 또한, 평양과 같은 중심지의 문화·경제적 발달은 당연한 것이지만 중심지와 주변 지역간의 차이가 매우 큰 것은 문제가 있다고 생각된다. 따라서, 이를 해결하기 위해서라도 남과 북의 경제협력이 매우 필요하다는 생각이 들었다. 경제협력을 시작으로 현재 남한과 같은 의료·문화·교육시설등이 모든 지역에 구축되어진다면 북한도 남한의 한강의 기적과 같이 성장하는 국가로 발돋움 할 수 있을 것으로 보여진다. 이와같이 성장할 경우 남한도 얻는 이점들이 많다. 북한에는 현재와 같이 낙후된 상태에서도 훌륭한 인재들을 양성하고 있고, 이러한 인재들이 연구하여 개발하는 것들은 여느나라 못지 않는 수준이다. 이러한 인재들을 더욱 좋은 시설과 인프라 시스템 속에서 성장시키고, 생활에 허덕여 교육을 받지 못하였던 숨겨진 보석들도 발견하여 국가의 경제발전에 이바지할 수 있게 하면 좋을 것이라고 생각한다.

7. 바닷가 소년 이야기 　　| 전용중 |

　남북관계와 국제개발 협력 수업을 수강하면서 가장 좋았던 부분 중 하나는 바로 실제 북한에서 거주하다 내려오신 탈북자 출신 강연자 분을 만나게 된 것이다. 우리 수업에서 탈북자 초청 특강을 위해 초청한 특강자분은 한국에 정착하신지 약 20년 정도 되셨는데 특강을 통해 본인의 고향, 탈북과정, 한국에서의 정착 이야기 등 탈북자들만이 겪을 수 있는 이야기들을 말씀해 주셨다. 나와 나이 차가 크지 않았던 특강자분께서는 고향 이야기를 하실 때 본인의 어린 시절 바닷가에서 친구들과 수영을 했던 일, 협동농장 같은 곳으로 단체로 가서 농사를 돕던 이야기 등 많은 이야기를 해주셨다. 일반적인 도시 지역의 학생들이라면 그 이야기를 들으면서 별로 공감이 되지 않을 수 있는 내용이었지만 사실 나도 어린 시절 주 놀이터는 친구들과 다함께 근처에 있는 동해바다였었다. 남과 북이 현재 분단되어 있지만 같은 바다에서 놀았다는 점을 새삼 느낄 수 있던 이야기였다. 이러한 기억을 가지고 있는 나는 같이 수업을 듣던 다른 수강생들보다 공감할 수 있는 이야기들이 많았던 것 같다. 특강자분께서 말씀해주셨던 부분 중 제일 안타까웠고 기억에 남던 부분은 어린 시절 가정 형편이 너무 어려워 어머니와 함께 옷 장사를 하셨던 이야기가 가장 기억에 남았다. 이야기 중 가장 안타까움을 느낀 부분은 한국산 옷의 경우 판매를 하다가 단속에 걸리면 강한 처벌을 받을 수도 있었는데 이 옷들을 장사 하시다가 단속반에게 걸려 가지고 있던 모든 옷들을 압수당해서 가정 형편이 어려워졌다는 이야기가 가장 안타까웠다. 특강자분께서는 탈북하면서 이동한 거리가 무려 1만km가 넘었다고 하셨다. 그 과정에서 국경을 3번이나 넘고 버스와 배를 이용해 태국으로 갔던 이야기는 영상매체에서 나오는 흔한 탈북 방법이지만 직접 탈북 하셨던 분의 이야기를 들으니 그 과정이 얼마나 힘들고 두려웠었는지 전해졌었다. 그렇게 한국에 도착하신 후 하나원 생활을 마치고 일반 고등학교를 다니셨다고 했는데 많은 학생들로부터 항상 주목 받으면서 살아오셨다고 했다. 이후 대학생 시절에는 북한과 관련된 다양한 활동을 하시면서 지금까지 관련 활동을 하고 계신다고 했다. 특히 북한 지역에 탄광이 많은 점을 생각하여 대한민국 내에서 이와 유사한 환경을 가진 강원도 태백에서 도시재생 아이디어로 수제 맥주 아이템과 산골 음악회 등을 기획하고 수행하셨다는 경험도 흥미롭게 들었던 것 같다. 모든 특강이 끝나고 특강을 해주신 강사 분께서는 코로나 시대에 남북관계를 풀어나가는데 있어서의 부정적 또는 긍정적 영향, 북핵문제를 배제한 남북관계 및 통일문제를 국제개발 협력을 이끌어내기 위한 아이디어, 통일시대에 남북관계와 국제개발협력분야에서의 맡고 싶은 역할이 어떤 것인지 생각해보고 서로 공유해보자고 하셨다. 하지만 특강 당시에는 수업시간이 부족해서 제대로 된 토의를 나눌 수 없었는데 이에 관한 내 생각은 지속적인 도발로 긴장감을 고조시키는 북한의 행위들을 별로 좋아하지 않지만 의료적 지원의 관점으로 대한민국 국민들의 코로나 예방접종이 끝난 후 잔여 백신을 북한 주민들에게 국제개발협력 활동의 일환으로 여유 백신을 지원해준다면 민족 동질감에 어느 정도 기여를 할 수 있지 않을까라는 생각을 해보았다. 그리고 북핵문제를 배제한 남북관계 및 통일문제에 관해서는 개인적인 생각으로 북한의 지속적인 비대칭 전력의 증강과 남측을 향한 도발 문제가 지속적으로 이루어지고 있기 때문에 개인적으로는 남북관계를 논할 때 북핵문제를 제외할 수 없다고 생각하지만 그래도 만약 북핵문제를 배제한 상황이라면 통일을 위해 중심역할을 할 수 있는 청년층들의 활발한 교류가 먼저 이루어져야 한다고 생각한다. 예를 들어 스포츠, 공연 등의 문화 활동부터 한반도 내에서 서로 공유할 수 있는 여러 사회, 역사, 환경 등의 문제들을 해결할 수 있는 학술 활동까지 다양한 분야에서의 교류를 통해 서로의 얼어붙은 마음을 조금씩 녹일 수 있지 않을까 생각해 본다.

8. 북한에서 온 통일의 역군

처음 교실문을 들어와 교수님 옆에 앉아계신 강사님의 모습을 보았을 때, 또래의 청강생이라고 생각할 정도로 외형적으로 나와 이질감이 없었다. 군대에서 초청하여 보았던 까무잡잡한 모습은 북한의 병사들을 떠올리게 할 정도로 특별했는데 그것과는 정반대의 모습이어서 놀라웠다. 환하고 훤칠한 인상도 한몫 했던 것 같다. 강성우 강사님의 강의가 시작되고, 그분이 이야기해준 북한의 이야기는 처절한 북한의 상황을 다시금 일깨워주었다. 초반부분은 강사님의 17년간 북한에서 생활했던 이야기를 해주셨는데, 주로 들리는 단어는 "백성, 탈출, 잘못된 정치적리더, 그리고 갇혀사는 세상이었다. 남한과는 언어가 다르게 표현되는걸 감안하더라도 단어가 주는 무게감은 내가 평소 사용하던 말들과는 전혀 다른 것이었다.

강사님께서 겪었던 북한에서의 삶과 탈북 이후 현재 이그나이트에서 하고있는 탈북민 보육사업에 대해 들었을 때, 본인이 가지고 있는 잠재적 역량을 그대로 이어서 만들어 나가고자 하는 의지를 느꼈다. 사실 남북의 관계개선 및 협력에서 가장 중요한 것은 양국 간의 의지(Will Power)라고 생각한다. 과거에는 관계개선과 나아가 통일의 원동력이 되는 구심점은 남북분단의 아픔을 가장 뼈저리게 느낀 이산가족들이였다. 하지만 53년 7월 남북분단의 아픔을 겪은 지 어언 70년이 지난 지금은 당시 이산가족들은 대부분 연로하였고 그 후손들이 이어져 분담의 아픔을 책과 이야기로 답습할 뿐이였다. 나의 세대가 체감하기에는 아픔이 옅어지고 있다는 생각하고 있었고, 이로인해 시간이 지날수록 서로에 대한 문화적, 경제적 차이가 벌어질 것으로 생각된다. 우리에게 찢어지는 분담의 아픔은 역사책 속 머나먼 과거이야기로 느껴진다. 통일에 대한 목적과 필요성을 교육을 통해 배웠으나, 처절한 현실이 주는 아픔에 대해 다소 무덤덤하기도하다. 이러한 관점에서 볼 때, 분단된 국가에 대한 통일의 발화점은 우리에게 너무나 높다. 그렇다면, 통일발화점까지 도달할 수 있는 힘은 누구에게 있을까? 질문에 대한 해답은 계승된 의지가 현재 분단국가를 몸으로 느끼고 있는 탈북민들이라고 생각한다. 그들은 참혹한 분단의 잔재를 피부로 느끼고, 남한과 북한에 대한 양쪽 현실을 모두 경험하였다. 그들은 북한 주민들에게 필요한 것을 누구보다 잘 알고 있고, 태어난 고향으로 돌아가 어릴적 친구들을 만나 술 한잔 기울이는 작은 일들이 아주 간절한 분들이다. 탈북민들에게 통일은 국가적 숙원을 넘어서 개인적 소망이다. 나는 그들의 소망이 곧 통일을 향한 추진력이 될 수 있다는 것을 이번 강의를 통해 느꼈다. 나무가 잘 자라기 위한 조건 중 하나는 땅을 아주 단단하고 조밀하게 밟아주는 것이라고 한다. 잘 다져진 땅을 뚫고 나온 나무줄기가 더 크게 성장하듯이 (강사님의 말을 빌리면)정치인을 잘못 만나서 고생한 탈북민들에게는 기술과 자본으로는 만들어질 수 없는 의지가 남들과는 다른 경쟁력일 것이며 우리에게는 통일로 나아갈 수 있는 역군들이 될 것이다.

9. 낯설지만 낯설지 않은 이 ㅣ최찬용ㅣ

평범한 하루의 시작이다. 오늘도 연구실에 출근하고 연구실 컴퓨터에 앉아서 진행하던 과제인 북한철도 관련 파일을 열어 작업을 시작할 때였다. 평소에 못 보던 얼굴이 연구실에 들어왔다. 오늘부터 우리 학과에 다니게 된 학생이다. 구조연구실에 들어가 나와는 다른 연구실에서 지내게 됐지만 새로 들어온 김에 인사를 하러 온 듯하다. 자연스럽게 인사를 하는데 낯선 억양이 들렸다. 알고 보니 북한에서 온 친구이다. 처음 들어왔을 때는 같은 한국인으로 생각하고 아무런 생각이 들지 않았지만 북한에서 왔다는 소리를 들으니 새롭게 느껴진다. 궁금증이 일어났지만 잠깐 인사를 하러 온 것이기에 짧게 인사를 마치고 자리에 앉았다. 컴퓨터 모니터에 떠 있는 북한철도 과제 자료를 보고 순간 궁금증이 생긴다. 북한의 생활은 어떤지, 어떻게 북한에서 나오게 되는지, 북한의 철도는 어떤지, 우리보다 위쪽에 위치하고 있는 북한의 날씨는 어떻게 되는지 등 북한에 대한 궁금증과 함께 북한철도에서 내가 연구하던 내용까지 같이 궁금해졌다. 그렇게 궁금증은 꼬리에 꼬리를 물다가 오전시간이 끝났다. 점심시간이 다가올 때쯤 메시지가 하나 와있었다. 오늘 점심은 새로 온 친구도 있고 해서 함께 먹는다는 내용이다. 연구실도 다르고 대학원 인원이 20명이 넘어가는 관계로 궁금증을 풀진 못하겠거니 하고 연구실을 나설 준비를 했다. 그리고 적당히 모여 다 같이 식당으로 향했다. 오랜만에 다같이 식사하는 자리가 만들어진 거라 이동하는 동안 새로오게 된 친구에게 말을 붙일 새도 없이 와자지껄하게 식당에 도착하였다. 자리를 잡으려는데 4인 테이블에 우리 연구실 사람들이 먼저 다 착석해버려 다른 연구실 테이블로 가게 되었다. 새로온 친구의 연구실은 그를 포함해 3명으로 한 자리가 남아 나는 그 친구 맞은편에 앉게 되었다. 궁금한 것은 많았지만 평소 낯가리는 나는 말을 걸 수가 없었다. 나만 그런 것은 아닌지 이쪽 연구실 사람들도 북한에서 온 사람을 처음 보기도 하고 친해지기에는 시간이 턱없이 모자랐기에 우리 테이블은 침묵이 맴돌았다. 결국 용기 내서 반갑다고 인사한 후 아침에 한 통성명을 다시 했다. 그리고 말이 끊어지지 않게 북한에서 왔는데 북한에서는 어떻게 생활했는지 그리고 왜 오게 되었는지 물었다. 그 친구는 북한에서는 힘든 가정형편이었고 공부를 하고 싶었지만 집안 사정이 좋지 않아 학교를 많이 못갔다고 말하면서 본인이 농사 지원을 나간 이야기나 좋아했던 여자아이의 이야기 등을 밝게 말했다. 듣다 보면 하고 싶은 공부나 일은 하지도 못하고 이것저것 억압받았다는 느낌을 많이 받았다. 어떻게 저 내용을 저렇게 밝게 말하는지 신기할 정도였다. 그리고 식사를 하면서는 본인이 탈북한 경로나 탈북하는 과정 등에 대해서 알려줬다. 그 과정에서 농담을 섞어가면서 중국에서 잡히면 북한으로 다시 간다느니 이런 말들을 웃으면서 하는데 나로서는 정말 낯선 이야기였고 그 당시에 얼마나 가슴 졸이며 다녔을지 상상이 되지 않았다. 처음 봤을 때는 북한에서 왔다는 것이 신기하긴 했지만 같은 언어를 쓰고 또래와 비슷한 모습에 낯선느낌은 많이 없었다. 하지만 그가 살아온 환경이나 과정을 보면 정말 낯선 것 투성이었다. 그리고 그것에 대해 웃으면서 말하는 것이 대단해 보이기까지 했다.

짧은 식사시간은 그렇게 그 친구의 북한에서의 이야기를 듣다가 끝났다. 그리고 북한철도와 관련해서 여유가 된다면 오후에 잠깐 와줄 수 있냐고 부탁을 한 뒤 알겠다는 대답을 듣고 각자의 연구실로 돌아갔다. 그렇게 한동안 작업을 진행하고 있는 중에 그 친구가 우리 연구실로 와서 나를 불렀다. 나는 궁금했던 북한철도 과제 관련 질문을 했다. 북한의 겨울이 남한의 겨울보다 얼마나 더 추운지, 철도의 상태는 어떤지, 그리고 혹시 관리가 어떻게 이루어지고 있는지에 대하여 물어봤다. 그에 관련하여 그 친구는 모든 지역이 다 추운 것은 아니다, 어느 지방이 춥고 어느지방은 남한과 비슷하다, 철도는 남한과 북한의 철도를 비교했을 때 이러이러한 부분이 조금 떨어지는 것 같다 등 성실하게 대답해줬고 그 친구도 교량이나 강구조 등에 대하여 나에게 물어봤다. 그렇게 서로 궁금증에 대하여 풀어가고 있을 때 같은 주제로 대화를 나누다 보니 확실히 낯선 느낌이 사라졌다. 그 친구가 북한에서 어떤 생활을 하고 어떻게 여기에 넘어왔든, 친구나 동생과 궁금한 문제에 대하여 편하게 서로 물어보는 느낌이었다.

언어가 같고 공통 관심사를 가지고 이야기하다 보니 어느덧 퇴근 시간이 가까워 왔다. 우리는 각자의 연구실로 돌아갔고 나는 연구실 자리에 앉아서 북한철도 과제 자료를 다시 한번 열어봤다. 딱히 바뀔만한 내용은 없었다. 그러나 이 연구과제가 왜 필요한지는 알 수 있었다. 데이터로는 알 수 있지만 그곳에서 생활하고 그 친구가 말한 내용을 상기하면서 과제내용을 다시 살펴보니 자료에 대하여 약간의 신뢰가 더 생기는 느낌이었다. 북한에서 온 친구는 분명 나한테 낯선 경험과 낯선 환경을 접하며 살았고 그 이야기를 들을 때 확실히 나에게 낯선 사람이었다. 하지만 같은 관심을 가지고 같은 언어로 웃으면서 대화하는 그 친구는 이제 나에게 낯설지 않은 친숙한 사람이 되어 있었다.

10. 공대 실험실에 후배로 탈북민이 왔다 ｜황예찬｜

평소처럼 점심을 먹고 실험실에 앉아 오늘 해야 할 일을 리스트업하고 있었다. 할 일은 많았고, 시간분배를 어떻게 할지 고민하고 있는 와중에 교수님과 한 학생이 실험실로 들어왔다. 교수님이 같이 온 학생을 소개해주셨다. 교수님께서는 이 학생은 탈북민이고 같이 실험실에서 생활하게 되었다고 말씀해주신 뒤 실험실을 나가셨다. 탈북민이라는 말을 들어서인지는 몰라도 억양이 일반적이지 않나는 것을 알 수 있었다. 경상도 사투리와 조선족 말과 서울말을 각각 1대1대1로 섞은 것 같았다. 큰 키와 덩치를 갖고 있지는 못했지만, 눈빛은 똘망똘망하게 빛이 나고 있었다. 탈북민도 신기한데 우리학교 학생이라는 것이, 그리고 우리학과 학생이라는 것이, 우리 실험실원이라는 것이 나를 더 놀랍게 만들었다. 그런 마음에 이것저것 물어보았다. 그 친구도 여느 공대생과 마찬가지로 수학과 과학을 좋아했고, 노는 것도 좋아했다. 북한에서 온 사람이라고 하면 딱딱하고, 절도있는 사람으로 생각했는데 흥이 많은 친구라는 것을 알 수 있었다. 다만, 아직 실험실 사람들을 처음봐서 그 흥을 표출하지 못하고 있는 것이라 생각하였다. 그리고 학업과 대외관계에 욕심이 많은 친구였다. 자신의 연구주제가 어떤 것이 될지 벌써 다른 선배들에게 물어보았고, 다른 나라와 학술적 교류의 기회는 어떤지 알고 싶어 하였다. 실험실에 처음 온 친구가 이 정도일 줄은 상상도 하지 못하였지만, 탈북민이여서 더욱 바깥세상에 관심과 열망이 많겠구나라는 생각이 들고 난 뒤에 그의 태도를 이해할 수 있었다. 요즘 코로나 때문에 다른 나라와의 학술적 교류가 어렵다는 이야기를 듣자마자 아쉬워하는 표정으로 더욱 나를 이해시켜주었다. 그리고 유머가 있는 친구였고 자신감 있는 친구였다. 실험실의 바쁜 일정으로 여자친구와의 관계를 걱정하였고, 하지만 곧 자신감이 넘치는 표정으로 여자친구는 자기없으면 못산다며 당차게 말을 하였다.

　그도 똑같은 사람이었고 흔히 말하는 상남자였다. 술을 많이 마시는 것에 대한 자부심이 있었고, 운동을 잘한다는 자신이 있었고, 게임을 잘한다는 것에 자신이 있었다. 술을 좋아하진 않아 관심없었지만 운동과 게임은 정말 잘하는지 꼭 확인해보고 싶었다. 그리고 무엇보다 엄마에 대한 애틋함이 있었다. 남한으로 넘어오고 어머니에게 효도하는 것이 자신의 1순위라고 말할 정도였다. 타지에서 어머니와 함께 시작하고 이런 일, 저런 일 겪은 일들을 말해주었다. 정말 목숨을 걸고 이곳에 왔구나 라는 생각을 했고, 그만큼 어머니에 대한 애정이 있고, 성공에 대한 갈망이 있겠구나라는 생각을 했다. 그리고 그 성공 목적이 자신만을 위한 것이 아닌 다른 북한 사람들을 돕는데에 있었다는 것이 놀라웠다. 그는 자신이 떠난 나라를 걱정했고, 거기 사는 친척과 친구들을 걱정했다.그리고 그들이 자기처럼 보다 나은 삶을 살길 염원하였다. 생각보다 탈북민이 재미있어서 그 친구에게 호감을 느꼈지만, 이러한 모습이 더 그를 호감있게 만들었다.

　이런 저런 이야기를 하던 와중에 내가 연구하고 있는 CFD분야에 대해 이야기하게 되었다. 그 친구도 북한대학교 학부시절 CFD에 관한 공부를 한 적이 있었다. 상용 CFD를 이용하기 위해선 비싼 프로그램 라이센스 비용와 좋은 컴퓨터가 필요하다. 하지만 북한에서는 이를 마련하기 어려워 외주를 맡기고 시뮬레이션을 돌렸다고 하였다. 그래서 북한의 논문 자료에서 CFD의 설정방법이나 모델링된 사진이 없다는 것을 이해할 수 있었다. 그리고 우리 실험실에 온 이유도 CFD관련하여 연구를 하고 싶어하였고, 특히 전기가 부족한 북한에 풍력터빈을 설치하는 것을 원하고 있었다. 그 친구는 CFD프로그램의 구체적인 사용법은 잘 알지 못하였으나, 그 안에 들어가는 수식이나 알고리즘은 잘 이해하고 있었다. 북한에서는 자연과학이 인정을 받는다는 것이 이런 데에서 증명이 되는구나 싶었다. 나도 잘 이해하지 못하는 수식을 알기 쉽게 설명해주었고, 그것과 관련된 다른 수식 및 알고리즘을 알려주었다. 이 친구가 있으면 같이 연구해서 더 좋은 성과물을 낼 수 있겠구나 생각이 들어 기뻤다. 이런 내 욕심 때문인지는 모르겠으나 더 친해지고 싶었다.

　그는 진심으로 지금 그가 있는 환경에 감사하고 있었다. 지금 누리고 있는 자유를, 전기가 끊기지 않는 실험실을, 실험실 인권비를 받아

생활비에 보탤 수 있음에 감사하였다. 연구에 지친 내게 이러한 실험실 생활이 감사하다는 그의 말에 나의 태도를 다시 한 번 되짚어 보았다. 내가 이런 연구를 하는 이유는 누가 강요해서가 아닌 내가 선택해서 하고 있는 것임을, 내가 연구하고 있는 환경은 정말 연구하기 좋은 환경인 것을, 내가 하는 연구를 누구보다 자유롭게 할 수 있음을 감사할 수 있게 되었다.

정말 많은 사람을 만나진 않았지만, 그는 누구보다 특별한 사람이었고, 재미있는 사람이었다. 그동안 갖고 있었던 딱딱한 북한에 대한 이미지를 깨주는 사람이었고, 배울 점이 많은 사람이었다. 그런 그와 앞으로 한 실험실에서 생활하고 연구한다는 것이 기대가 되었다.

내 연구는 남북관계에
어떤 기여를 할 수 있을까?

본 강의를 수강했던 학생들은 에너지, 자원, 철도 등과 관련된 전공 배경을 갖추고 있다. 학생들은 대학원생 수준에서 자신의 전공이 향후 남북관계를 발전시키기 위해 어떤 기여를 할 수 있을지 매우 관심이 많았다. 이를 위해 본인의 전공과 관련한 연구 현황 등을 먼저 파악하고 향후 어떠한 점에서 자신이 분명한 역할을 할 수 있을지에 대한 생각을 구체적으로 제시하고 있다.

1. 바람아 불어라~!(풍력을 위한 바람, 공동연구 바람)

북한은 재생 에너지 산업 활성화를 통한 경제 발전과 국토환경 보호를 목적으로 2013년에 '재생 에네르기법' 제정하였으며, 그로부터 1년이 지난 2014년에는 '자연 에네르기 중장기 개발계획'을 통해 단계별 풍력에너지 개발 계획을 수립하여 2044년까지 총 5GW 규모의 재생에너지를 공급함으로써 전체 전력수요의 15%를 풍력으로 충당하는 계획을 밝혔다.[1] 북한의 풍력발전과 관련한 연구에 의하면 북한 내 풍력발전이 가능한 지역의 발전 가능 용량은 43.6GW로 남한 25.5GW의 1.7배에 해당하며,[2] 이 중 서해안 지역은 대규모 해상풍력 발전에 적합한 입지 조건을 갖추고 있고,[3] 태백산맥, 함경산맥과 같은 산악지역 및 개마고원 지역에서 우수한 풍력자원을 갖추고 있는 것으로 분석된다.[4]

〈표 1〉 풍력 관점의 재생에너지 과학발전계획

기간	내용
2014년~2024년	• 중·대형 풍력발전기 제작기술 개발 • 풍력에너지 생산량 예측 체계 수립 및 기술 개발

---

1) 빙현지·이석기, 『북한재생에너지 현황과 시사점』(세종: 산업연구원, 2017), pp. 44~45.

2) 한국에너지기술연구원, 『북한 에너지자원 분석 및 기술협력 방향』(대전: 한국에너지기술연구원, 2014), pp. 8.

3) 한국에너지기술연구원, 『북한 에너지자원 분석 및 기술협력 방향』(대전: 한국에너지기술연구원, 2014), pp. 8.

4) 윤준희·서은경·박영산·김학선, "종관 바람 관측 자료를 이용한 북한지역의 풍력자원 분석," 『한국지구과학회지』, 제31권 3호 (2010), pp. 232.

기간	내용
2024년~2034년	• 해상 풍력자원도 작성 • 대용량 풍력발전 단지 기술 개발
2034년~2044년	• 10MW 이상 규모의 풍력발전 단지 개발

출처: 통일뉴스 사진 재수정[5]

그러나 2019년 기준, 북한의 발전설비 용량은 〈표 2〉와 같이 약 8.2 GW로 남한의 약 125.3 GW의 6.5% 수준이며, 발전 공급량은 약 238억 kWh로 남한의 5,630억 kWh의 4.2% 수준에 그친다.[6] 또한, 북한의 2010년 발전 설비용량과 발전량은 각각 7.0 GW, 237억 kWh 로 2019년과 비교 시 남한의 경우와 달리 정체되어 있으며, 2019년 기준 1년 동안 북한의 발전설비 가동률을 100%로 가정 시 북한의 설비 이용률은 약 33.1%로 매우 저하된 수준으로 발전설비가 운영되고 있다.

또한, 수력, 화력, 원자력, 신재생 에너지원 중 북한의 전력은 수력과 화력으로만 구성되어 있으며, 2019년 기준, 북한의 수력발전 비율은 58.8%, 남한의 73.6% 비율이며, 화력 발전의 비율은 41.2%, 남한의 4.1% 수준으로 수력발전 의존도가 높지만 이마저도 발전설비 노후 등으로 인해 겨울철에는 더욱 극심한 전력난을 겪고 있는 것으로 알려져 있다.

---

5) "북한,2044년까지 재생에너지 활용해 500만kW 전력 생산 계획 수립," 「통일뉴스」(온라인), 2016년 2월 1일;〈https://www.tongilnews.com/news/articleView.html?idxno=115322〉.
6) 통계청, 『북한의 주요통계지표』(대전: 통계청, 2021).

〈표 2〉 남북한의 10년간 발전 설비용량 및 발전량 현황

항목		'10	'11	'12	'13	'14	'15	'16	'17	'18	'19
설비용량 [GW]	남	76.1	79.3	81.8	87.0	93.2	97.6	105.9	116.9	119.1	125.3
	북	7.0	6.9	7.2	7.2	7.3	7.4	7.7	7.7	8.2	8.2
발전량 [TWh]	남	474.7	496.9	509.6	517.1	522.0	528.1	540.4	553.5	570.6	563.0
	북	23.7	21.1	21.5	22.1	21.6	19.0	23.9	23.5	24.9	23.8

출처: 통계청, 『북한의 주요통계지표』

〈그림 1〉 남북한의 10년간 발전 에너지원별 발전 설비용량 현황

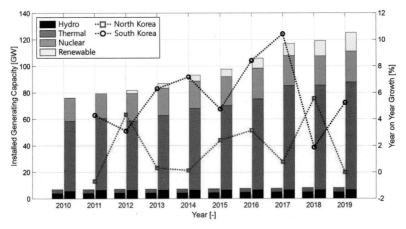

출처: 통계청, 『북한의 주요통계지표』

 이런 상황에서 북한은 국비의 대부분을 국방사업에 지원하고 있으며, 발전시설의 설비와 그에 맞춰 전력계통 방안에 대한 대책 수립이야말로 국방사업의 원활한 운영을 위한 전력 공급의 기반이 될 뿐만 아니라 북한 주민들의 더 나은 생활을 위한 가장 근본적인 해결책이라고 생각한다. 하지만 앞서 기술한 바와 같이 북한의 발전설비는 노후로 인해 발전효율을 제대로 낼 수 없을뿐더러 발전설비 증설에 대한 자금과 설치를 위한 설비 마련도 미비한 상태로 북한의 경제와 주민의

삶을 위해서는 국제사회의 도움이 절실한 상황이다. 북한의 전력난 해소를 위한 대규모 발전설비 증축은 우리나라뿐만 아니라 인도주의적 차원으로 국제사회의 많은 관심과 협력이 필요하며, 그저 발전시설 증축 및 설립에서 그치지 않고 북한 내 인력 및 인프라, 국가재정을 고려한 발전시설 설립 후 북한 자체적으로 효율적이고 체계적인 관리가 이루어질 수 있어야 한다.

효율적인 관리를 위해서는 북한 대학 및 연구시설의 연구원들과 공동연구 및 기술협력을 통해 발전시설의 운영에 대한 협력이 이루어지는 방안이 필요하며, 체계적인 관리를 위해서는 연구자뿐만 아니라 북한의 정책을 담당하는 고위층이 수도권 이외 지역에도 많은 관심과 전력 공급과 관련한 전반적인 이해를 통해 전력 공급 방안을 수립하여야 한다고 생각한다. 이처럼 북한의 전력 공급과 관련하여 수력 및 화력 발전 이외에도 재생 에너지원인 풍력을 통해 북한의 발전설비 용량을 증가시키고, 노후화된 발전시설 및 계통 연계를 위한 발전시설 증축과 교체를 통해 전력 소비가 많은 수도권뿐만 아니라 전력 공급이 제대로 이루어지지 않는 지역까지 국제개발협력의 차원으로 발전시설의 건설 및 전력 공급 방안을 마련함으로써 남북교류에 기여할 수 있기를 희망한다.

2. 대북ESS살포 | 김석일 |

현재 북한은 통계청의 2019 북한의 주요통계지표 보도자료에 의하면 2018년 북한의 발전 전력량은 249억kWh로 남한 5,706억kWh 대비 1/23 수준이라고 한다. 수치적인 내용 보다는 아래의 사진을 보면 한눈에 이해할 수 있을 것이다. 아래의 사진은 미국 항공우주국 (NASA)에서 2014년에 인공위성으로 촬영한 한반도의 밤 사진이다. 중국과 대한민국은 대부분의 지역을 환하게 밝히고 있지만, 북한은 평양을 제외하고 대부분의 지역이 어둡다. 북한은 현재 전력난의 상황에 있다고 생각한다.

〈그림 2〉 위성에서 찍은 한반도의 밤

출처: The Koreas at Night, NASA Earth Observatory, January 30, 2014, https://earthobservatory.nasa.gov/images/83182/the-koreas-at-night

석사과정 중 연구한 ESS(Energy Storage System)은 현재 북한에 정말 필요한 장비일 것이라고 생각한다. ESS는 생산한 전력을 저장장치에 저장했다가 전력이 필요한 시기에 저장 했던 전력을 공급하여 전력 사용 효율을 높이는 시스템이다. 이게 무슨 말인가 하면 풍력발전기에서 전력을 항시 생산한다고 가정했을 때, 가정 또는 산업에서 전기는 주로 아침과 낮 시간에 많이 사용하지만 늦은 저녁시간부터 전기 사용량은 급격하게 줄어들게 된다. 이러한 상황에서 소모되어지는 전기는 없고 생산만 이루어졌을 때 버려지는 전기를 저장할 수 있게

하여 전력 사용 효율을 높이는 것이다. 반대로 전기가 많이 사용되어지는 아침과 낮 시간에 바람이 적게 불어 풍력발전기에서 생산되는 전기 없을 때 ESS에 저장 되었던 전기를 사용하여 전력 사용 효율을 높인다. 따라서 ESS는 풍력 발전기, 태양광 발전기 등 신재생 에너지 발전 장치들과의 연계가 매우 중요하다. 쉽게 설명해 커다란 배터리라고 생각하면 쉽다.

그러나 이 유용한 장비에는 큰 단점이 존재하는데, 이 단점은 ESS에 저장장치로 사용되는 배터리 때문이다. 주로 ESS의 배터리로 리튬이온 배터리가 사용된다. 리튬이온 배터리는 높은 에너지 밀도의 이유로 많은 분야에서 사용되어지고 있다. 그러나 리튬이온 배터리는 발열이 심하고 극한의 상황에서 이 발열은 열폭주로 이어져 폭발사고와 성능 저하를 야기하게 된다. 뉴스나 매스컴에서 전자담배 또는 핸드폰 등 다양한 전자기기들의 폭발사고를 듣거나 본적이 있을 것이다. 여기에 사용되는 배터리가 대부분 리튬이온 배터리라고 생각하면 된다. 따라서 리튬이온 배터리를 사용한 ESS는 온도조절 시스템을 사용하여 열폭주를 방지하고 최고의 성능을 유지할 수 있는 온도 환경을 만들어 주는 것이 중요하다.

북한의 기후는 생각보다 ESS에 최적화 되었다고 생각한다. 리튬이온 배터리는 최고의 성능을 유지할 수 있는 환경 온도는 30~40℃인데 북한이 기후는 대한민국에 비해 북쪽에 위치하여 상대적으로 온도가 낮다. 기상청에 의하면 1981년부터 2010년까지의 북한 전 지역의 기후를 종합한 결과 평균적으로 −17~25℃를 기록하고 있다. 따라서 겨울철 최고의 효율을 낼 수 있는 온도를 유지할 수 있는 제어 시스템에 우선적인 연구 초점을 둘 것이다. 두 번째로 ESS를 사용하여 저장한 전기를 어떻게 사용할 것인가에 대한 고찰을 해보았다. 전력계통을 통해 가정으로 들어가는 전기 뿐 아니라 실생활에서도 쉽게 접근할 방법을 구축하려한다. ESS는 배터리1개를 기본단위로 셀(Cell)이라 명명한다. 셀을 직·병렬하여 배터리 팩(Pack)이 되고 팩을 직·병렬하여 뱅크(Bank)가 되는 것이다. 테슬라와 같은 전기자동차에 사용할 때는 팩을 직·병렬하여 모듈로 사용한다. 이처럼 배터리 팩을 슈퍼마켓에서 배터리를 구매하는 것과 같이 접근성을 높일 수 있게 하려면 배터리 팩단위의 냉각에 대한 연구도 필요하다고 생각한다.

3. 전력부족? 바람과 함께 사라지다 | 김재천 |

북한의 연간 총 에너지발전량은 2018년 기준으로 남한의 연간 총 에너지발전량인 5,706억 kWh의 4.4%에 해당하는 249kWh에 불과한 것으로 통일부 북한정보포털에 기재되어 있다. 북한은 이러한 전력부족현상을 해결하기 위한 방책으로 2013년 8월 재생에너지의 개발과 이용을 법적으로 담보하기 위해 '재생에네르기법'을 제정하였다. 재생에네르기법이란 '재생에너지 사업을 활성화 해 경제를 지속적으로 발전시키고 국토환경을 보호하는 데 이바지하는 것'을 목적으로 하는 것이다. 여기서 재생에너지란 태양광, 풍력, 지열, 생물질, 해양에너지 등을 의미한다고 한다. 재생에네르기법을 달성하기 위해 북한은 2044년까지 재생에너지 발전용량을 5GW를 추가 확보해야 한다는 과제를 안고 있다. 2015년을 기준으로 북한의 전체 발전설비용량은 약 7.7GW이며, 북한 발전설비용량의 핵심이 되는 수력발전의 용량은 약 4.5GW 수준인 것으로 알려져 있다. 또한 북한이 3년간의 공사 끝에 완공한 청천간 계단식 수력발전소의 총 출력은 430MW에 불과하기 때문에 2044년까지 5GW의 발전설비용량을 추가로 확보하기 위해 상당한 노력이 필요할 것으로 판단한다. 북한은 현재 약 10만 가구가 태양광 패널을 사용하고 있는 것으로 추정되며 이중 일부 제품은 북한 내에서 자체적으로 생산한 제품일 것으로 보여진다. 풍력 발전의 경우 2011년 유엔조달본부와 협력하여 온천군과 철산군에 소형 풍력발전기를 설치하고 운영중에 있으며 2016년에는 북한-러시아 접경지대에 러시아의 전력회사인 라오 동부 에너지 시스템과 총 40MW 규모의 풍력발전단지 건설에 착공한 것으로 알려져 있다. 또한 평안도 대안 전기 공장과 함경도 김책 풍력발전기 공장을 풍력터빈 전문생산공장을 지정하여 300W~10kW급 소형풍려갈전기를 매년 약 5,000기 생산하고 있는 것으로 알려져 재생에네르기법을 달성시키기 위해 상당한 노력을 쏟고 있다는 것을 보여주고 있다.

2020년을 기준으로 남한의 경우 약 1.66GW 용량의 풍력발전단지 개발이 이루어진 상태이다. 또한 대한민국 정부는 2017년 12월, 2030년까지 총 발전용량 중 재생에너지로 인한 발전비중을 2016년 기준 7.6%에서 20%까지 증가시키기 위한 '재생에너지 3020 이행계획'을 발표하였다. 발표한 3020 이행계획을 충족시키기 위해 풍력 발전분야의 경우 2020년 기준으로 아직까지 약 16GW 수준의 추가적인 발전단지 개발이 필요한 상황이다. 현재 본인은 이공계 대학원생, 그중에서도 풍력발전과 관련된 분야를 전공으로 연구를 진행하고 있는 대학원생으로서, 대한민국의 '재생에너지 3020 이행계획' 달성을 위한 노력을 기울이고 있는 중이다. 특히 본인의 연구분야는 풍력 자원의 현황을 조사하고 조사결과를 바탕으로 풍력발전단지를 설계하는 과정을 포함하고 있다. 이러한 연구를 계속 진행하여 남한 뿐 아니라 북한에도 적용시킬 수 있다면 북한의 전력부족 문제를 해결하기 위해 도움이 될 수 있을 것이다.

풍력발전단지를 개발하기 위한 초기단계에서는 풍력자원이 우수할 것으로 예상되는 지역을 선정하고 대상지역의 기상자료를 수집하게 된다. 연속으로 1년 이상의기간동안 수집된 기상자료를 풍력자원 해석을 위한 시뮬레이션 프로그램의 입력파일로 이용하여 대상지역의 풍력자원을 해석하는 작업을 진행한다. 이렇게 대상 지역의 풍력자원을 해석하게 되면 대상지역의 풍력자원이 우수한지 아닌지를 알 수 있게 되는데 대상지역의 풍력자원이 풍력발전단지를 개발하기에 합당하다면 이제 조금 더 자세히 분석을 진행할 필요가 있다. 풍력발전단지 개발을 위해 분석을 진행하는데 있어 고려사항은 다음과 같다. 민가로부터의 거리, 인근 도로부터의 거리, 터빈설치예상지점의 경사도 및 지형특성 등의 지형적 사항들이 1차적으로 고려되며, 지형적 특성을 고려해 보았을 때 설치가능영역에 대하여 발전단지 내의 발전기들끼리의 후류 영향 등을 고려한 총 단지 발전량이 가장 높게 나올 수 있도록 풍력터빈의 배치 위치들을 선정하게 된다. 다만 이 과정에서 발전량이 높게 나올 수 있는 배치를 찾게 되더라도 터빈이 받게 될 하중으로 인해 터빈 수명에 영향을 끼칠 것을 고려해 터빈 위치를 수정하게 된다. 이러한 일련의 과정을 거쳐야만 풍력발전단지 설계의 기초 작업이 끝났다고 볼 수 있다. 그리고 위의 기초 작업들은 많은 경험과 연구를 바탕으로 이루어져야 하는 작업이기 때문에 아직까지는 북한의 기술만으로 해당작업을 진행하는 것은 쉽지 않을 수 있다는 것이 본인의 생각이다. 따라서 북한의 전력부족을 해결하기 위해 남과 북이 협력하는 과정에서 풍력발전과 관련된 위와 같은 기술을 포함한 본인의 전공분야들이 북한에 도움을 줄 수 있다면, 자연스럽게 남과 북의 관계에 작지만 알찬 도움이 될 수 있을 것이라 생각한다.

4. 북한에 자기소개서 제출하기 | 류경호 |

대학원 수업에서 북한에 관하여 공부를 하던 중 북한에 필요한 것이 뭘까? 라는 생각으로부터 시작하여 내가 미래에 북한과 관련된 일을 한다면 무슨 일을 할 수 있을까? 어떻게 하면 북한과 같이 협력하여 남북관계를 조금 더 평화로운 분위기를 만들 수 있을까? 라는 생각으로 바뀌게 되었다. 더 나아가서는 내가 하고 있는 연구는 지구물리탐사 분야인데 이 전공을 어떻게 북한과 연관지을 수 있고 어떻게 하면 남북관계에 기여를 할 수있을까 생각을 해 보게 되었다. 첫 번째 내 연구분야가 남북관계에 기여 할 수 있는 점은 자원개발 관련이다. 북한에는 아직 많은 자원이 매장되어 있는 것으로 추정되고 있다. 2018년 한겨레 신문에 나온 내용을 바탕으로 조금 더 수치적으로 보게 되면 현재 북한에는 철광석, 무연탄 등 총 220여종의 광물 자원이 부존되어 있고 이 중 경제성이 있는 광물은 20여 종으로 나타난다. 또한 이를 경제적 가치로 환산 하게 되면 약 4천조~8천조원 으로 추산되고 이는 남한에 남아있는 잔존 지하광물의 15배에 해당된다. 또한 북한 전역에는 696개의 광산이 분포 되어 있는 것으로 나와있다. 이러한 내용을 참고 할 때 지구물리탐사 방법을 사용하여 땅을 직접 시추하지 않고 효율적으로 광산에 자원이 얼마나 매장되어 있는지 파악 할 수 있다면, 경제적 가치는 더 올라 갈 수 있지 않을까?

두 번째로는 최근 국제사회에서 일본, 중국, 미국 등 관심을 보이고 있는 백두산 화산 폭발과 관련한 문제해결에 기여를 할 수 있을 것으로 생각된다. 백두산의 분화에 대해 한국지질자원연구원의 김복철 원장님은 "화산 분화는 언제라도 일어날 수 있다고 보는데, 중요한 것을 그 규모"라며 "심부 마그마의 거동을 특성화하는 연구를 설계 중인 국

〈그림 3〉 북한의 지하 자원 분포 ("북한 광물자원 어마어마…땅 밑에 '삼성·현대' 있는 셈"

출처: 「한겨레」(온라인), 2018년 05월 02일; https://www.hani.co.kr/arti/economy/economy_general/842906.html〉

제팀을 꾸려 도전해볼 수 있는 기회가 생기길 바란다"라고 연합뉴스에서 언급한 바 있다.

　만약 진짜로 백두산이 빠른 시일 안에 분화 한다면, 북한은 국제사회로부터 많은 질타를 받게 될 것으로 예상된다. 이러한 점에서 내가 연구하고 있는 분야를 사용하여 백두산의 분화 시기를 조금 더 명확히 규명하는데 도움이 될 수 있다면, 북한도 백두산 분화 이후에 피해를 최소화 할 수 있지 않을까라는 생각을 가지게 된다. 앞서 두가지가 크게 내 연구분야가 남북관계에 좋은 방향으로 기여 할 수 있다라는 생각을 가져본다. 앞으로 북한과 같이 협업하여 사업을 진행하거나 제안 할 때 자원 및 화산에 초점을 맞추어 북한과 대화를 하면 조금 더 긍정적인 답변을 얻을 수 있지 않을까?

5. 자원개발처방전

| 이아인 |

남북관계에 본인이 어떤 기여를 할 수 있는가를 생각하기 전에 현재 상황을 파악하고 문제가 무엇인지 어떤 부분이 개선되어야 하는지 직시하는 것이 중요하다. 개인적으로 남북관계의 현재 상황을 진단해 보자면 진보 보다는 후퇴쪽에 가까울 것이라고 생각한다. 남한에서는 여러 정권들이 교체되면서 그에 따라 수많은 대북정책들을 내놓았으나 실질적 성과를 얻는게 어려운 것으로 보여진다. 아무래도 북한의 군사적 도발이나 남한의 제안을 받아들이지 않는 행동과 같이 정치/군사적 문제로 인해 관계가 악화되고 있다. 이 부분에 대해서는 굳이 한쪽의 잘못이라고 생각하기 보다는 남북 모두가 이 문제에 대해 해결하려는 의지가 약하다고 생각하는 것이 맞는 것 같다. 이렇게 서로 눈치만 보고 있다면 관계를 개선하는 것은 어려울 것으로 생각되며 계속 그냥 내버려 둔다면 앞으로의 남북관계는 매우 흐려질 것이다. 우리는 서로가 이 문제를 타파하기 위해 대화와 협력을 통해 노력해야 한다.

그렇다면, 우리는 구체적으로 어떤 노력을 하면 좋을지에 대해 생각해 볼 수 있다. 큰틀에서 보면 남북간의 대화를 시도하고 실제로 실현 가능한 정책을 제시함으로써 상호신뢰를 쌓아야 한다. 우리는 북한에 지원해 주는 것에 대한 보상이 당연하다고 생각한다. 그러나 어떠한 조건을 달고 남북 대화를 시도하는 것 보다 북한의 입장도 제대로 파악하고 가능한 부분은 수용하는 자세를 보이는 것도 중요하다. 남한이 아낌없이 주는 나무도 아니고 이렇게 행동하는 것이 과연 옳은가 생각해 볼 수도 있지만 현재 남북관계는 신뢰를 쌓아야 하는 특수상황에 놓여있기 때문이다. 우리도 수용하려는 자세를 보이고 남북관계에 대한 신뢰를 쌓다보면 군사적 문제도 점점 완화될 수 있을 것으로 보여진다. 앞으로 인도적 지원 외에도 북한이 생존하는데 필요한 것이 무엇인지 생각해 보고 다방면의 교류를 추진할 수 있도록 해야 한다. 그렇다면 북한이 필요한 것은 무엇이고 우리가 도울 수 있는 것은 무엇인가? 현재 문재인 정부에서 추진하는 프로젝트는 북한이 자급자족할 수 있는 능력을 제고하는데 초점을 두고 있다. 이러한 자생력 제고를 위해 전력, 교통, 통신 분야 인프라 구축과 개성공단의 국제화, 지하자원의 공동개발 등 협력 체계화를 도모하고, 민족 동질성 회복을 위한 학술 및 종교 등 다방면 교류를 추진 가능하다.

그 중에서 지하자원 공동개발을 중심으로 남북협력에 대해 살펴보고자 한다. 한반도는 좁은 국토면적 안에서 아주 미세한 위도 차이에도 불구하고 남북의 지하자원 보존량 차이가 매우 크다. 북한으 상대적으로 남한보다 광물자원이 풍부하게 매장되어 있다. 북한은 총 220여 종의 광물자원이 부존되어 있고 경제성이 있는 광물만도 20여 광종이 부존된 것으로 파악된다. 텅스텐, 몰리브덴, 중정석, 흑연, 동, 마그네사이트, 운모, 형석 등의 부존량은 세계 10위 권으로 추정되며 특히 가격이 높으며 남한의 자급률이 1%에 불과한 철광석이나 동광, 아연광 등 철 및 비철금속자원들이 매장되어 있다. 그러나 지금까지 북한은 광물부존량을 외부에 공식적으로 발표한적이 없어 수치적으로 명확하게 파악하기 어렵다. 따라서 남북광물자원 교류협력이 추진된다면 광물에 대한 부존량이나 품위에 대해 조사하는 과정이 필수적이다. 그러나 북한은 광물자원 매장량 산출근거의 불명확성으로 인해 기관별 편차가 심하며 기술력 부족으로 인한 체계적 매장량 추정시스템이 없는 것으로 보여진다. 이를 해결하기 위해 북한 내 투입 가능한 자본 및 설비에 대한 정량적인 분석과 북한의 기술 및 연구현황에 대한 합리적 평가 및 이해가 필수적으로 요구된다. 실질적으로 산업현장에서 현재 국내에서도 이용 중인 매장량 평가 기술들이 북한 지질에는 어떻게 적용될 수 있는지를 파악해야 된다. 또한 현장데이터를 활용한 3차원 광체모델링 등 해석론적 접근방법을 통해 북한 광업 신기술 인프라를 구축해야 한다. 이는 향후 남북관계 개선을 위한 중요한 기술교류가 될 것으로 판단된다.

남한은 2차 산업 발전이 지속되고 있으나 광물수입의존도가 지나치게 높아 국제 광물 가격 상승에 따른 충격이 큰 상황이다. 이에 반해 북한은 풍부한 매장량에도 불구하고 광산에 대한 시설투자부족과 기술 낙후 등으로 생산량이 많지 않으며 2000년 이후 정체상태에 머무르고 있다. 따라서 우리는 산업 발전에 필요한 원료를 장기적, 안정적으로 확보하는 방안을 마련해야 하고 북한은 지하자원을 개발하여 수출산업을 육성해야 한다. 이처럼 남북 광물자원 협력은 자원 교역 이상의 경제적 효과를 기대할 수 있다. 향후 남북간의 경제협력에 대비하여 다각적 협력방안을 사전에 모색해야 한다고 생각한다.

6. 남북통일 첫 관문은 철도로부터 　ㅣ 이형덕 ㅣ

국가의 발전을 위하여 가장 먼저 구축되어야 하는 것은 효율적인 교통망 구축 및 개발이다. 이러한 것을 보여주는 예로는 남한의 경우 1962년부터 1986년까지 시행되었던 경제개발 5개년사업의 일환으로 건설되었던 경부고속도로가 있다. 경제개발 5개년 초기에는 임업, 에너지산업 등에 집중을 하였고, 공업화를 이룩하기 위한 개발이 많이 되었다. 또한, 수출증대를 통한 국제수지 개선을 목표로 두고 있어 보다 빠른 교통망 구축이 절실하였고, 1971년 남한의 대동맥이라고 불려지는 경부고속도로가 건설되었다. 이를 계기로 고속철, 고속화도로, 항만, 항공 등 많은 교통수단 등이 개발되고 발전하였고, 현재의 대한민국을 만든 원동력이 되었다.

그렇다면, 현재 북한의 교통은 어떠한 상태이고 이를 개선하기 위하여는 어떤 방법을 취해야 할지 생각해보자. 현재 북한의 교통은 남한에 비해 그 수준이 매우 떨어져 있는 상태이다. 현재 북한의 주요 교통수단은 평양과 청진 등 주요 도심지에만 구축되어있고, 그 외 지역으로 통하는 고속화도로, 철도, 항공 그리고 항만 등은 매우 미비한 실정이다. 고속화도로의 경우 2014년 기준으로 남한의 1/7 정도 밖에 안되고, 그 중에서도 아직 건설하다가 중단된 곳도 있다. 또한, 북한 내 공용중인 자가용의 수도 적어 고속화도로에 따른 부대시설 등도 준비되어있지 않은 상태이다. 다음으로, 철도의 경우 일제 강점기에 건설되어진 선로를 아직도 사용하는 곳이 있고, 시속의 경우 국내에는 최대 300km/h 인것에 비해 약 30km/h 정도로 운행되고 있고, 승객을 운송하기 위한 목적보다는 물류운송을 위한 수단으로 사용되고 있다. 철도와 관련하여 재미난 이야기가 하나 있다. 김정은 국방위원장이 2019년 방중이후 신의주에서부터 평양까지 230km의 거리를 약 11시간이나 걸려서 도착했다는 남한에서는 상상도 못할 이야기이다. 남한의 경우 서울에서 안동까지의 거리가 약 230km이고, KTX 탑승 시 약 2시간 만에 도착하는 것을 보면 현재 북한의 철도 인프라가 매우 미미한 상태라는 것을 알 수 있다.

현재 북한에 건설되어진 철도의 경우 지역별로 궤도 중심간 거리가 표준궤(1,435mm), 협궤(762mm), 광궤(1,524mm)로 다르게 건설되어져 있고, 레일의 종도 37, 40, 50, 60N 레일을 사용하고 있어 하나의 열차로 모든 지역을 운행할 수가 없는 상태이다. 또한, 북한 내에도 장대레일(20-25m 레일을 용접하여 이어붙인 레일로 약 200m 이상)이 존재하고 있으나, 이는 남한의 장대레일 생산방법과는 다르게 현장에 있는 레일을 직접 용접하여 이어붙여 남한 기준의 장대레일 수준에 못미치는 정도이다. 만약 현재 수준의 북한의 레일을 남한과 연결하는 사업을 진행할 경우 북한 내의 선로와 전력을 공급할 수 있는 발전소등의 인프라 시스템이 구축되어야 한다. 또한, 선로 및 열차의 유지보수를 위한 기준 또한 확립이 되어야 한다. 이에 따라, 국내에서는 남한과 북한에 모두 적용가능한 설계지침 및 유지보수 체계를 수립하기 위한 연구가 진행 중에 있다. 나는 여기서 장대레일의 설계지침에 필요한 온도에 관련된 연구를 수행 중이고, 이를 통하여 추후 북한의 철도 교통망 구축 및 열차운행에 필요한 근거로 활용할 수 있다.

장대레일의 경우 국내에서 사용되어지는 정척 및 장척레일(25-50m)에 비해 200m 이상으로 길게 이어진 레일로써, 기존 레일보다 레일이음매가 적어 열차 운행 시 진동 및 소음을 저감시키고, 충격하중의 빈도를 줄여 선로 유지관리에 이점을 가지고 있다. 또한, 아래 그림과 같은 무도상 철도교량에 사용 시 기존 레일이 설치된 무도상 철도교량보다 수명을 연장시킬 수 있다. 이와같이 장대레일을 설치하게 될 경우 기존 레일보다 이점을 가지고 올 수 있으나, 장대레일에 가장 큰 단점이 존재한다. 기존 레일보다 연장이 길고, 철로만 만들어지는 레일의 특성상 온도에 매우 민감한다. 특히, 온도가 높아질 경우 발생되어지는 궤도 좌굴이 매우 위험하다. 궤도 좌굴이 위험한 이유는 매우 더운 여름에 남한 기준으로 40℃를 넘는 온도에 철로 만들어진 레일이 놓여져 있다면 온도 상승에 따라 레일이 엿가락처럼 늘어나게 되는데 이때, 레일의 양 끝이 더 이상 늘어날 수 없어 막힌다면 레일의 가운데가 횡방향으로 튀어나오게 되는데 이러한 현상을 궤도 좌굴이라고 하고, 이러한 현상이 열차 운행 중에 발생되게 되면 열차가 레일을 벗어나는 탈선이 발생하게 되고, 이로 인하여 열차가 전복되면서 승객들의 목숨을 보장할 수 없게되는 큰 사고로 이어질 수 있기 때문이다. 이 때문에 남한에서도 궤도 좌굴에 대한 유지보수 및 설계지침이 강화되어 있다.

〈그림 4〉 무도상 철도교량의 예

[레일 이음매]

내가 하고있는 연구는 이러한 장대레일의 온도에 따른 유지보수 체계 및 설계지침 중 궤도좌굴에 안전할 수 있는 무도상 철도교량의 적정 횡방향 저항력을 제시하는 연구를 수행 중이다. 지금 내가 하고있는 연구의 경우 추후 남한과 북한을 연결하는 철도 건설 시 매우 중요한 축을 담당하고 있다고 자부할 수 있고, 이러한 연구를 통하여 남북한 협력사업을 위한 기초단계의 연구를 참여함으로써 통일을 위한 한 걸음에 포함되어진다고 생각하고 있다.

7. 북한의 토양오염 실태

| 전용중 |

국립산림과학원에서 조사한 북한의 산림 실태에 관한 자료에 따르면 2018년 기준 전체 산림의 28%가 황폐지로 분류되어 남북 산림협력을 통한 인공조림 기술 등 지원이 필요한 것으로 알려져 있다.

이 기사를 보면서 현재 내가 진행하고 있는 연구 중 하나인 미생물 기반의 친환경 신소재를 활용하여 북한 지역에 산림복원 및 토양 유실 방지사업에 활용하면 현재 심각하게 진행되어있는 북한 산림 황폐화를 감소시키는 역할이 가능하다고 생각했다. 이 신소재를 토양과 혼합하면 토양 유실 방지 및 토양 내 중금속 안정화가 가능하고 게다가 토양의 수분 보유량을 증가시켜 식물들의 성장을 원활하게 하는 것이 가능하다. 이러한 점들은 뉴스 기사와 통계 자료에서 확인한 북한의 산림 황폐화 문제 해결에 있어서 큰 도움이 될 것으로 판단된다.

또한, 최근 북한의 경제발전에 따른 환경오염에 관한 KDI의 조사내용에 따르면 현재 북한의 도시 폐기물과 슬러지 및 토양의 중금속 함량을 조사한 결과 상당한 양의 중금속이 오염되어 있다. 이 외에도 제련소와 광산 주변의 토양 내 중금속 함량을 조사한 결과 역시도 상당한 양의 카드뮴, 수은, 비소 등으로 오염되어 있는 것을 확인할 수 있었다.

〈표 3〉 도시 폐기물과 슬러지 및 토양의 중금속 함량 (단위: mg/kg)

지표	카드뮴	수은	비소	크롬	납	아연	구리
도시 폐기물	2.8	0.7	36.2	34.0	144.0	107.0	120.0
슬러지	3.2	1.6	42.6	57.5	171.0	625.0	127.0
토양(2005)	0.80	–	–	42.6	47.6	88.4	43.2
토양(2009)	0.88	–	–	46.8	49.3	98.2	64.8

지표	카드뮴	수은	비소	크롬	납	아연	구리
기준	3.0	2.0	20.0	100.0	100.0	170.0	280.0

출처: "KDI한국개발연구원, 「북한의 환경 현황 보고서」, (2018년 3월호), pp. 50~51 참조"

이러한 결과는 북한 내 다양한 산업에서 환경을 고려하지 않은 산업 활동이 이루어지고 있다는 것으로 판단할 수 있다. 현재 내가 연구에서 사용하고 있는 신소재를 꼭 산림복원 활동에만 활용하지 않고 산업 현장 주변 지역에서도 활용이 가능할 것으로 판단된다. 물론 이러한 중금속 오염과 토양 유실을 방지하는데 있어서 더 시간을 절약하고 효과가 좋은 소재들도 분명히 존재한다. 하지만 이 친환경 신소재를 활용하면 추후 자연적으로 생분해가 가능하여 환경 부담이 적고 비교적 저렴한 가격으로 생산이 가능하다는 장점이 있다. 나는 이러한 나의 연구를 통해 북한의 산림회복에 조금이라도 기여하고 싶다. 남한의 경우 1973년부터 국가적 차원에서 산림녹화사업이 진행되었는데 1970년대부터 1990년대에 이르기까지 국민과 정부가 힘을 합쳐 숲을 가꾼 결과 치유가 불가능할 것 같았던 민둥산은 울창한 숲을 가지게 되었다. 특히 식목일과 육림의 날 등의 기념일을 지정하여 전 국민이 나무를 심고 심은 나무 가꾸기에 동참하여 녹화사업을 통해 약 100억 그루의 나무를 심은 결과 1969년 UN 보고서에서 "산림황폐도가 고질적이어서 치유 불가능하다"라고 평가되었던 국가가 세계적인 산림 국가가 되었다. 특히 이 과정에서는 숲의 중요성을 인지한 한국 국민들의 적극적인 참여와 나무를 대체할 다양한 대체연료들을 경제력의 향상과 함께 찾게 되면서 제 2차 세계대전 이후 산림복구에 성공한 유일한 나라로 평가받게 되었다. 이러한 산림녹화의 과정은 세계적으로 많은 나라에게 귀감이 되었고 그들의 로드맵이 되었다. 하지만 나는 이 사실을 알았을 때 뉴스에서 가끔씩 나오던 북한의 자연환경이 생각이 났다. 단지 인간이 설정한 철책 사이로 정치적인 사상과 사람들의 생활뿐만 아니라 자연마저 차이가 난다는 사실이 안타깝게 느껴졌다. 또 서로 간 분단이 된 지 불과 70년밖에 되지 않았는데 자연환경마저 이렇게 다르다면 사람들 간의 생각과 마음을 맞추는 것은 얼마나 더 어려운 일인지 한 번 생각해보게 되었다. 어쨌든 서로 간에 이러한 점들을 하나하나 맞추어 나가다 보면 언젠가는 모든 것이 하나가 되는 날이 오지 않을까 생각해본다. 그 과정에서 나의 연구가 서로의 마음을 이어주는데 자그마한 역할이라도 할 수 있다면 좋을 것 같다고 생각해본다.

8. 자원개발 프로토콜　　　　　　　　| 주상현 |

현재 내가 대학원생으로서 하고 있는 연구는 환경복원에 관련된 일이다. 에너지자원공학과 환경복원의 개념은 거리가 멀게 느껴질 수도 있다. 세세하게 공부해보면 자원공학은 지하에 있는 자원을 탐사하고, 광산활동을 통해 우리가 사용할 수 있는 원자재로 선광하는 것까지가 우리가 공부하게 되는 범위이다. 이 중 내가 하고 있는 공부는 주로 탐사과정에서 원소의 화학적 이동도를 파악하여 주변환경에 따른 부하대를 찾아내는 것이 나의 분야이다. 아이러니하게도, 이 과정은 광산활동이 끝난 후 인체에 해로운 원소의 이동도를 파악하는 분야에도 적용이 될 수 있다. 이렇게 이야기하면 광산에 국한되어 있는 자원공학 분야에서 벗어나, 환경분야로도 탈바꿈할 수 있는 것이다. 국내에서 1900년대 초 일본에 의해 시작된 금 광산개발은 2000년때 까지도 석탄산업합리화사업단이라는 명명아래 광산활동이 매우 활발하게 이루어졌다. 무려 100년이라는 시간동안 이루어진 무분별한 광산활동은 경제적으로 가치가 없는 광미더미를 만들어 냈고 이것에 대한 피해사례는 국내에서 다양하게 보고되었다. 특히, 광미가 적치된 곳으로부터 지하수를 통해 인근지역으로 이동된 비소는 주변농경지로 이동하여 중금속 오염을 발생시켰고, 작물생산의 저감 등 지역주민의 농업활동에 심각한 피해를 주기도 하였다. 따라서, 정부에서는 환경부와 더불어 광미에 대한 올바른 처분시스템의 필요성을 인지하였고, 2006년 광해관리공단을 설립하였다. 광해관리공단에서는 광미처리 및 광산활동으로 인해 발생한 폐기물들을 적절하게 처리하고, 중금속 오염도를 저감시키는 방안들에 대한 연구가 활발하게 진행되고 있다.

이를 북한의 사례에 비춰서 생각해 보도록 하자. 북한은 고생대와 중생대에 두텁게 만들어진 지층을 형성하고 있으며, 이로 인해 금을 포함한 다양한 광종들과 희토류금속들이 상당량 매장되어 있는 것으로 알려져 있다. 따라서, 북한도 역시 광산업이 매우 활발하게 진행중이다. 남북의 광산현황을 비교해보면, 남한에서 현재 가행 광산수는 364개, 노동자수 7000여명인 것에 반하여, 북한은 728개의 가행 및 휴광 중인 광산과 100만여명의 노동자들이 광업에 종사하는 것으로 알려져 있다. 북한 인구 2500만 명 중 약 5%가 광산활동을 한다는 것을 고려하면, 북한 내 많은 가구들이 광산활동이 일어나는 인근지역에서 거주하고 있음을 유추할 수 있다. 북한의 폐쇄성으로 인하여 북한 내 광산활동으로 인한 피해규모는 파악할 수 없지만, 광산업의 규모를 고려할 때 북한의 광해복구사업은 필수적이다.

〈그림 5〉 위성사진으로 관찰한 북한광산 주변 광물적치장의 모습

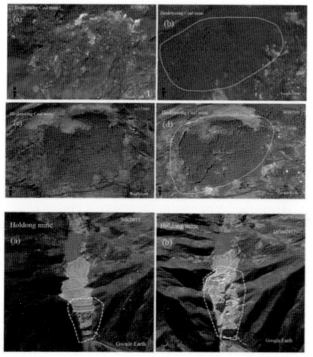

출처: 2018, 윤성문 외, 위성사진을 활용한 북한 지역 광산의 광해 현황 연구

　국내에서는 위성사진을 통해 북한의 광산활동지역을 파악하고, 인근 광미적치장이 시간에 따라 변화하는 모습을 관찰한 연구가 진행된 바 있다. 연구에 따르면, 위성사진을 통해 황해북도 연산군 일대에서 광산활동이 일어나고 있고, 그 주변에 있는 광물적치장의 모습을 연도별로 나열되어 있다. 또한, 광물적치장의 모습은 풍화의 과정을 겪으며 적치장 주변이 무너지는 형태로 나타나 있었다. 하지만, 북한에서 자체적으로 광미처분에 대한 조치를 취하지 않는 것을 확인할 수 있었다. 장기적인 관점에서 볼 때, 광미유실로 인한 인근지역에 대한 피해

복구사업은 북한에게 꼭 필요한 사업임을 생각해볼 수 있다.

현재, 남한의 광해관리공단에서는 이러한 광미적치장에 대한 유실방지 및 피해복구사례를 많이 경험하고 있다. 따라서, 우리나라는 북한에게 정형화된 사업절차를 바탕으로 북한 주민을 위한 식수 및 식량에 대한 중금속 오염방지사업의 프로토콜을 제시할 수 있을 것이다.

9. 북한 교량과 교량자동화　　ㅣ최찬용ㅣ

북한의 교량은 대부분이 1980년대 건설된 교량이 많다. 평양과 대동강에 건설된 교량은 갑문교량과 일반교량으로 총 9개소가 있다. 그나마도 10km 구간에 6개의 교량이 모여있으며 서해갑문 - 충성의 다리 사이의 100km에는 교량이 전무하다.

또한 현재 만들어진 교량 9개소 중 건설 시기 미상인 교량이 2개소, 90년대에 건설된 교량 1개소를 제외한 6개소의 교량들은 모두 1980년

〈그림 6〉 평양시내 대동강 교량 위치도(유라시아·북한인프라 센터)

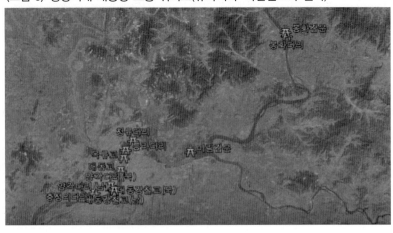

대에 건설된 교량으로 건설 후 30년 이상 된 교량들이다. 따라서 기존의 교량들은 지속적인 보수, 보강이 필요할 것이고 새로운 교량도 많이 건설 될 필요가 있다. 그리고 이는 가장 발전된 평양의 상황이므로 다른 지역은 이보다 더 낙후되거나 공급이 부족할 것으로 보인다. 따라서 향후 평양과 그 주변의 위성도시들이 발전할 경우 교량의 수요는 더욱 높아질 것으로 보인다.

자동화 교량은 세계적으로 관심받고 있는 스마트 건설의 일부분으로서 OSC(Off-Site Construction) 개념을 적용한 교량 건설방식이다. OSC는 공장에서 재료 및 부품 등을 제작하고 현장에서 건설 부재와 조립요소를 제작한 뒤 현장에서 조립시공까지 하는 현장 중심으로 교량을 건설하는 현재 건설과는 달리 공장에서 재료 및 부품부터 조립요소까지 제작을 한 뒤 현장에서 조립시공만을 시행하는 건설이다. OSC 공법은 기존의 건설방식보다 적은 공사기간내에 교량을 건설 할 수 있다. 그리고 현 건설방식은 현장중심으로 현장에서 대부분이 제작되므로 날씨나 기후, 주변환경의 영향을 받아 품질이 일정하지 않다. 하지만 OSC 건설 방식은 공장에서 재료 및 부품 뿐만 아니라 건설부품, 조립요소 등까지도 제작되어 현장에서는 조립만 하기 때문에 품질이 일정하게 건설할 수 있다.

따라서 자동화 교량은 향후 북한의 교량건설 사업에 중요한 역할을 할 수 있다. 하지만 자동화 시공은 사전 검토가 매우 중요하다. 사전검토가 이루어지지 않을 시 공장에서 제작한 부품 및 조립요소가 현장에서 사용할 수 없게 될 수도 있기 때문이다. 따라서 알고리즘 기반 3D 모델링을 사용한 사전검토가 매우 중요하다. 알고리즘 기반 모델링의 장점은 현장에서 기존 모델에 수정사항이 발생했을 시 즉시 적용하여 빠른 수정이 가능하다는 점이다. 알고리즘 모델의 예는 다음과 같다.

〈그림 7〉 알고리즘 기반 거더 3D 모델링

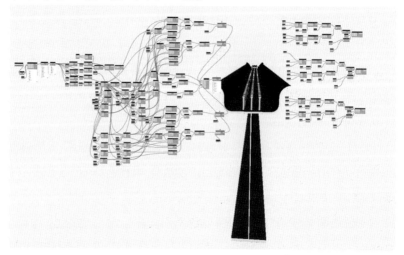

이처럼 알고리즘 기반 3D 모델링을 적용한 OSC 공법을 사용한다면 북한의 노후한 교량에 대하여 보수, 보강작업 또한 빠른 시일내에 이루어질 것이며 도시의 발전에 따른 교량 수요도 무리 없이 공급할 수 있을 것이라 생각한다.

10. 바람은 극복하는 것이 아니라 해석하는 것이다
|황예찬|

본인의 연구는 CFD를 이용하여 풍력터빈을 해석하는 것을 주로 하고 있다. 간단하게 말하면 유동(바람)을 컴퓨터로 시뮬레이션하는 것이다. 그리고 이를 바탕으로 구조해석을 하고 있다. 풍력터빈이 바람에 의해 얼마나 발전할 것인지, 바람으로 인해 받는 하중이 어느 정도

인지, 풍력터빈이 회전한 이후 후류는 어떤 양상을 보이는지를 알아보는 CFD라고 생각하면 될 것 같고, 이를 안전한지 평가나는 것이 구조해석이라고 생각하면 돈다. 따라서, 본인의 연구를 통해 풍력터빈의 안정성 평가 혹은 풍력발전단지 내의 발전량 향상에도 도움이 될 수 있다.

이러한 본인의 연구는 북한의 전력공급사업에 기여할 수 있다고 생각한다. 북한의 전력난은 이미 대중들에게 잘 알려진 북한 내의 문제이다. 한 밤의 북한의 위성사진이 우리나라와 비교해 보았을 때 평양을 제외한 다른 지역이 얼마나 어두운 지를 알 수 있다. 2019년도를 기준으로 북한의 전력설비 용량은 남한의 7%도 되지 않는다. 실제 발전량의 경우 더 차이가 나는데 남한과 비교하여 5%미만의 발전량을 보여준다. 그리고 북한에서는 재생에너지를 성장시키기 위해 2013년 8월 재생에네르기법을 재정하였다. 간략히 소개하자면 2044년까지 태양광과 풍력 등의 재생에너지 5GW로 전력을 공급한다는 내용이다. 북한은 이렇게 전력난을 해소하기 위해 이러한 노력을 하고 있다는 것을 알 수 있다. 그리고 이 중 풍력발전도 이용하려는 것을 알 수 있다. 풍력발전이란 바람의 운동에너지를 기계적인 회전에너지로 바꾸고 다시 이를 전기에너지로 바꾸어 발전하게 되는 것을 말한다. 북한의 경우 남한대비 육상풍력에 1.7배의 발전잠재량을 갖고 있다. 따라서 이후에 많은 풍력발전단지가 들어설 가능성이 있다. 그리고 풍력터빈의 경우 크기가 커질수록 효율 및 발전량이 증가하기 때문에 일반적으로 풍력발전기라고 하면 흰 색의 큰 블레이드 3개가 돌아가는 대형 풍력터빈 이미지가 먼저 떠오르게 되는 것이다.

하지만 이런 대형 풍력발전의 경우 건설비용이 높고 발전량도 높기 때문에 그에 알맞은 전력인프라(변전소, 송전선 등)가 먼저 구축이 되어 있어야 한다. 북한에 지금 당장 이런 대형 풍력발전 단지를 구축하는 것은 사실상 무리가 있다. 따라서 소형 풍력발전기를 설치하여 조금씩 전력인프라를 구축하고 이후 대형 풍력터빈을 설치하면서 이러한 문제를 해결하는 것이 바람직할 수도 있다. 소형 풍력터빈의 경우 대형 풍력터빈과는 다르게 정말 다양한 모양으로 존재한다. 대형 풍력터빈의 경우 일반적으로 형태나 기계 메카니즘이 비슷하기 때문에 CFD보다 간단하게 해석할수 있는 해석 툴도 존재한다. 하지만 소형 풍력터빈의 경우 모양이나 작동원리가 저마다 상이하기 때문에 CFD로 보다 자세히 해석을 수행하게 된다. 따라서, 북한에서 설치될 소형 발전기의 안정성 평가 등을 본이이 하는 연구를 통해 수행할 수 있게 된다. 남한의 소형 풍력발전 회사의 경우 자체적으로 CFD해석을 수행하는데에 어려움이 있다. CFD해석 자체가 일반적으로 높은 컴퓨팅 파워를 요구하고 프로그램 자체의 비싼 라이센스 비용도 있을 수 있다. 그래서 본인의 연구를 통해 남한의 소형 풍력발전 회사들은 인증을 받고 이후 인증 받은 터빈들이 북한에 설치되어 북한의 전력공급이 보다 수월해 질 수 있다.

또한 이후에 설치가 될 수 있는 대형 풍력도 마찬가지로 안정성 평가 등을 수행하여 북한에 설치할 수 도 있고 풍력발전단지가 들어서게 된다면 터빈 간의 간섭과 후류영향을 고려하여 풍력터빈의 최적배치로 단지를 설계할 수 도 있다. 그리고 CFD는 풍력발전 뿐만 아니라 건축, 자동차, 선박 등 다양한 분야에도 활용이 가능하다. 따라서 북한이 조금 더 개방하여 북한 내의 관련 기업들이 생긴다면 이러한 기업에도 도움이 될 수 있을 것이다.

남북관계에서 가장 우선시 되어야 할 것은 교류가 활성화되어야 한다는 점이라고 생각한다. 하지만 북한의 폐쇄적인 태도로 인하여 당장의 교류가 어려울 수 있지만 북한의 시장성을 생각해 볼 때 이러한 연구와 준비가 어느정도 뒷받침 되어야 이후 북한과의 협력에 더 잘 준비할 것이라고 생각한다.

미래를 선도할 비즈니피케이션
(Biz+Unification)

우리가 익히 알고 있는 벤처기업가들 중에는 자신의 연구(전공)분야에서 학문적인 성과를 내는 것에 그치지 않고 사업화에 성공하여 사회를 보다 긍정적으로 발전시키는데 기여한 인물들이 적지 않다. 학생들은 미래를 선도한 비즈니피케이션을 위해 한강의 기적을 넘어서 한반도의 기적을 이루어 갈 수 있는 다양한 비즈니스 아이템을 선보이고 있다.

1. 씽씽한 전기 사세요(북한 주민을 위한 풍력에 너지를 이용한 가정용 배터리 판매) | 김민지 |

과거 1960년대 말부터 전력부족을 느끼기 시작한 북한은 1970년대 초반부터 중국과 러시아의 지원으로 화력발전소를 집중적으로 건설하기 시작하여 1차 전력 위기를 넘길 수 있었으나, 1970년대 말 이후에 다시금 전력 위기를 맞아 구소련으로부터 원자력 발전소를 무상으로 신포지구에 공급받기로 협약을 맺었다. 그러나 1980년대 말에 구소련이 붕괴되면서 무상으로 공급하기로 한 협약을 유상으로 요구함으로 인해 북한이 1차 핵 위기를 발생시켰고, 1993년에 북한은 핵확산금지조약(NPT, Nuclear Non-proliferation Treaty) 탈퇴를 선언한다.[1] 이후 미국과 북한 간 체결된 미·북 제네바 기본합의('94.10.21)에 따라, 북한이 핵무기 개발에 사용한 것으로 추정되는 흑연감속형 원자로 2기를 동결하는 대가로 미국이 제공하기로 한 1,000MWe급 경수로 2기를 건설하기 위해 한반도 에너지개발기구(KEDO, Korean Peninsula Energy Development Organization) 국제 컨소시엄이 체결되었다. 하지만 2002년 북한의 2차 핵 위기로 인해 미국은 북한의 핵 개발 의혹을 이유로 대북 중유공급을 중단하고 북한이 이에 반발하면서 결국 2003년에 KEDO는 경수로 사업을 중단하면서 북한은 계속해서 심각한 전력난을 겪고 있다.

현재 북한의 주요 발전 에너지원은 수력 및 화력 발전이지만, 이마저도 90년대에 연이어 발생한 대홍수로 수력발전소 설비의 85%가 훼

---

1) "[클로즈업 북한]만성적인 북한 전력난…재생 에너지 개발 안간힘," 「KBS NEWS」(온라인), 2019년 2월 23일;〈https://news.kbs.co.kr/news/view.do?ncd=4145007〉.

손되고 소수력 설비가 파손되어 전력 공급 상황이 악화됨에 따라 공급 위주의 에너지 정책은 2000년대 중반부터 전력수요 통제를 통해 수요 억제 위주의 정책이 실시되었다. 이와 관련된 북한의 법령으로는 1998년에 채택된 '에네르기관리법'이 있으며, 이에 의하면 에너지는 국가계획기관과 해당 기관이 생산과 수요를 계산하여 계획적으로 공급하며, 공급 계획은 국가계획기관이 수립한다. 해당 법령을 통해 알 수 있는 북한 에너지 정책의 기본 원칙은 '자력갱생', '전력 생산의 정상화', '소비 관리'로 북한은 에너지의 공급보다는 에너지 절약, 낭비 요소 제거 등 소비 관리에 중점적이다.[2]

〈그림 1〉 태양광 발전을 통해 가전제품에 소모되는 전력량

출처: 한국일보 사진 인용[3]

이러한 전력 수급 부족 상황에서도 전력 공급 계획을 담당하는 국가계획기관은 군수공업 분야에 전력을 하루 18시간 이상 우선 공급하고

2) 빙현지·이석기, 『북한재생에너지 현황과 시사점』(세종: 산업연구원, 2017), pp. 44~45.
3) "전력마저 자급자족...北 접경마을서 태양광 패널 관측," 「한국일보」(온라인), 2017년 10월 19일; 〈https://www.hankookilbo.com/News/Read/201710190419161585〉.

있으며, 미국 중앙정보국(Central Intelligence Agency, CIA)은 2019년 기준으로 북한 주민의 전력 접근성이 농촌 지역은 11%에 불과하고 도시 지역의 전력 접근성 또한 36%에 불과하여 일반 주민들이 심각한 전력난을 겪고 있다고 밝혔다.[4] 농촌 주민들은 개인이 자력갱생하여 자체적으로 전기를 생산하는 지경에 이르러 태양광 전지 패널과 태양광을 통해 생산된 전기를 가전제품에 공급하기 위한 변압기는 일반 가정의 필수품이 되었으나, 이마저도 값비싼 비용이 문제가 되는 것으로 알려져 있다.

이와 같은 북한의 전력난 해소를 위해서는 KEDO가 수행한 경수로 사업과 같이 대규모의 중장기 발전설비 및 전력망 증설 및 보수를 위한 국제개발협력이 이루어지는 것이 최선의 방안으로 예상되지만, 국제사회는 북한의 비핵화 입장에 따라 대북 지원에 대한 분위기가 변하기 때문에 대규모 국제개발협력을이 실행되기까지 상당한 기간이 소요될 것으로 예상된다. 남북 간의 교류마저도 국제사회의 대북 제재로 인해 어려움을 겪고 있지만 차후 대북 제재가 완화된다면, 남북교류의 방안으로서 풍력을 이용한 마을 단위 독립형 전력망 구축 사업을 통해 극심한 전력난을 겪고 있는 농촌 지역의 북한 주민의 생활 전력을 충당할 수 있다. 또한 마을 풍력 발전단지에서 생산된 전기를 마을 주민에게 저렴한 가격으로 판매하고, 전력망의 노후화로 전력 공급이 어려

---

4) "北전력난 예년보다 심해져… "전기 하루에 2시간 들어오기도"" 「DailyNK」 (온라인), 2021년 2월 12일; 〈https://www.dailynk.com/%E5%8C%97%EC%A0%84%EB%A0%A5%EB%82%9C-%EC%98%88%EB%85%84%EB%B3%B4%EB%8B%A4-%EB%9A%9D-%EC%A0%84%EA%B8%B0-%ED%95%98%EB%A3%A8%EC%97%90-2%EC%8B%9C%EA%B0%84-%EB%93%A4%EC%96%B4%EC%98%A4%EA%B8%B0/〉.

운 지역 주민을 위해 인근 마을 단위 풍력 발전단지 또는 남한의 대규모 풍력발전 단지로부터 충전된 가정용 배터리를 대량으로 공급하여 대대적인 국제개발협력이 이루어지기 전까지만이라도 일반 주민의 생활에 직접적인 도움이 될 수 있기를 기대한다.

〈그림 2〉 남한 풍력발전 단지를 통한 북한 가정용 배터리 보급

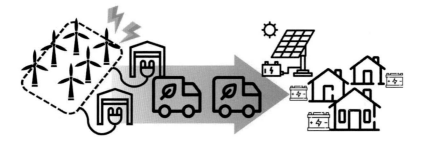

2. 1900년 4월 10일 전기의 날 ｜ 김석일 ｜

초기 인류가 이룩한 가장 큰 최초의 기술 변혁은 불의 발견이라 할 수 있겠다. 불의 발견 이후 인류는 불의 빛과 열로 이전과는 다른 삶을 살아간다. 따뜻한 보금자리 뿐만아니라 날것의 음식물을 익혀 먹음으로써 이것이 발전되어 인류 최고의 즐거움 중 하나인 식도락을 영위할 수 있게 되고, 점토를 구워 그릇을 만들어 음식을 보온할 수 있게되어 잉여 식량의 개념이 생기게 된다. 또한 청동기 및 철기의 시대를 불의 발견을 통해 열 수 있게 되었다고 생각한다. 이후 고대 그리스에서 철학자인 탈레스가 호박을 문질러 정전기가 발생하는 현상을 보고 제2의 불이라 불리는 전기를 발견하게 된다. 근대로 넘어오면서 여러 학자들에 의해 전기의 이론과 법칙을 연구하면서 인류의 기술 변혁이 한

번 더 이루어진다.

어두운 밤을 밝혀주는 전구의 발명부터 시작해서 전자기 유도 현상으로 만들어진 페러데이의 전기 모터, 증기 터빈 엔진, 발전소 등의 개발까지, 1차 산업혁명과 2차 산업혁명에 까지 전기의 발견이 없었다면 이루어지지 않는다고 생각한다. 3차 4차 산업혁명은 컴퓨터와 인터넷 기반의 기술발전으로 이 역시도 전기에서부터 시작했다고 할 수 있겠다.

현대에 들어 전기는 모든 분야에 걸쳐서 사용되고 있다. 당장 어딜 가던지 근방 5m안에 전기없이는 사용할 수 없는 물품들이 많이 있다. 특히 지금 이 책을 읽고 있는 독자분들에게는 손이나 주머니에 있는 휴대전화가 있다. 본인은 겨울에 자취방에서 가스 사용 비용을 극한으로 절감하려고 씻을 때 외엔 보일러를 거의 켜지 않는데, 때문에 전기 장판이 없으면 아마 입이 돌아갔을 것이다.

한국전쟁 이전에 북한은 풍부한 수자원으로 발전소를 건설하여 대한민국 보다 많은 전기를 생산하고 있었다. 그러나 현재 북한은 대한민국과 비교해서 굉장히 적은 수치의 전기사용량과 생산량을 보여주며, NASA에서 인공위성으로 찍은 밤시간대의 북한의 모습을 보면 평양과 그 주변을 제외한 대부분의 지역은 굉장히 어두운 것을 확인 할 수 있다. 이러한 상황에서 북한을 대상으로 사업구상을 했을 때 풍력발전기와 ESS(Energy Storage System)로 전기를 생산하여 판매하는 전력사업이 먼저 떠올랐다. 이 사업의 목표는 북한 전지역에 원활하게 풍부한 전기를 공급하는 것이다. 그러나 문제는 남한과 북한의 전기규격이 다르다는 것이다. 남한은 송전 전압이 154, 345, 765kV 이고 북한은 66, 110, 220kV 이고, 배전 전압은 남한은 22.9kV, 북한은 3.3~22kV로 다른 송배전 규격을 가지고 있다. 송배전 규격을

〈그림 3〉 풍력터빈이 돌아가고 있는 모습

출처: 위키백과 풍력발전, https://ko.wikipedia.org/wiki/%ED%92%8D%EB%A0%A5_%E
B%B0%9C%EC%A0%84

통일 시키면 후에 있을 교류에 많은 도움이 될 것이다.

이 사업의 아이디어는 구한말 기록을 담고있는 계년사에 민간 최초
의 가로등에 대한 글을 읽고 떠올랐다. 계년사에는 '1900년 4월 10일
에 민간 최초로 네거리에 3개의 가로등이 점등돼 전차 정거장과 매표
소를 밝혔다.' 는 공식기록이 남아있다. 여담으로 이 가로등은 물을 먹
고 켜진 불이라는 뜻의 물불, 묘한 불이라는 뜻의 묘화(妙), 괴상하다
는 뜻의 괴화(怪火), 건들거리면서 자주 꺼진다고 건달불, 뜨거운 물
로 인해 물고기들이 떼 죽음을 당해 증어(蒸魚) 등 종로 네거리에 최초
로 밝혀진 가로등의 별명이 있다. 해가지면 아무것도 못하고 잠자리에
들어야 했지만 어두운 밤을 밝히는 것만으로 인류는 물리적인 시간이
증가한 것이다. 체력적으로 버텨주기만 한다면 온전히 24시간을 사용
할 수 있게 된 것이다. 물리적인 시간이 증가한 덕분에 인류가 급속도

의 발전을 이룰 수 있었다고 생각한다. 평양을 중심으로 그 주변 지역만 자유롭게 누리는 전기를 북한의 모든 지역까지 공급하지 않으면 북한의 발전은 언젠가는 벽에 닿을 것이라고 생각한다. 따라서 전 세계적으로 내연기관을 기반으로한 탈것들은 점진적으로 전기를 사용하여 동력을 얻는 추세로 바뀌어 가고 있고 전기 수요량이 증가함에 따라 북한도 이러한 흐름에 맞춰 앞으로 더 많은 전력이 필요할 것이다. 그렇다면 북한과 가장 가깝고, 한민족인 대한민국이 이 기회를 놓칠 수 없다고 생각한다. 이 사업으로 북한의 전기 생산량을 늘리면서 기술원조를 하고, 대한민국은 이를 바탕으로 기술 개발과 기술연구의 이득을 볼 수 있다면 Win-Win이 될 것이 분명하다.

3. 가지 많은 나무 바람 잘 날 없다 ㅣ김재천ㅣ

독자들은 '가지 많은 나무 바람 잘 날 없다'라는 속담을 들어본 적이 있을 것이다. 자식이 많으면 부모에게는 걱정이 그칠 날이 없다는 의미를 갖고 있는 속담이다. 그런데 이 속담을 풍력발전과 관련하여 다소 엉뚱하게 해석을 하면 다음과 같은 해석도 가능하지 않을까? 일단 본인이 엉뚱하게 생각해 본 해석에 대해 말하기 위해 풍력발전기의 종류에 대해서 아주 간단하게 설명을 하겠다. 풍력발전기는 크기에 따라서 크게 대형, 중형, 소형으로 나눠볼 수 있다. 여러분이 흔히 아는 건물 크기의 거대한 풍력발전기는 대형 또는 중형에 속하는 풍력발전기이다. 소형 풍력발전기는 앞서 말한 대형, 중형 풍력발전기보다는 작은 크기의 발전기를 의미하는데, 쉽게 생각하면 대형마트 또는 도서지역에 설치되어 있는 풍력발전기들을 생각하면 된다. 일반적인 대형 풍력발전기의 모습과 동일한 모양을 하고 있는 발전기도 존재하고, L사의 스0류0 아이스크림처럼 생긴 발전기도 존재한다. 이러한 소형 풍력발전기는 대형에 비해 효율이 떨어지는 단점이 존재하지만 대형 풍력발전기에 비해 설치 과정이 간편하고 전력 계통연계에 필요한 기반시설이 다소 부족하더라도 사용이 가능하다는 장점이 있다. 그렇다면 본인이 마음대로 해석한 '가지 많은 나무 바람 잘 날 없다'는 어떤 의미를 갖고 있기에 이렇게 풍력발전기의 종류에 대해 여러분에게 설명한걸까? 위의 속담을 '작은 소형 풍력발전기를 많이 설치하면 전력발전이 수월하게 이루어질 수 있다'라는 의미로 해석을 해 보았다. 이런 해석은 북한의 현재 발전 상황을 말하면서 좀 더 쉽게 본인의 해석을 설명할 수 있지 않을까 생각한다.

북한은 전력부족 현상을 해결하기 위하여 재생에너지 분야의 개발과 발전설비용량을 증가시키는 데 큰 노력을 기울이고 있다. 북한은 재생에너지 분야의 개발이 크게 이루어져 있지 않은 상황이지만 그 잠재력만큼은 충분히 우수하다고 할 수 있는 상황이다. 산업자원부에서 에너지경제연구원에 의뢰하여 진행된 연구에 의하면, 북한의 태양광 에너지 잠재량은 남한의 약 4배에 달하는 것으로 평가되고 있으며 현재 대학과 연구기관에서 태양전지 및 태양광 이용 시스템 개발에 주력하여 연구를 진행하고 있다고 알려져 있다. 다만 아직 태양광 발전 관련 기술이 초기단계에 머물러 있는 상황이며 산업적 기반과 발전설비를 활용할 수 있는 시설 등이 다소 취약하다는 한계점을 갖고 있다. 풍력 에너지 잠재량에 대한 연구도 진행된 적이 있다. 한국에너지기술연구원을 통해 진행된 이 연구에서는 북한의 풍력발전 잠재량은 4GW로 추정되며 풍력 밀도가 300W/m^2 이상으로 풍력 에너지 자원이 우수하다고 생각되는 국토면적이 남한의 약 1.7배에 해당한다고 하였다.

독자들도 많이 들어 본 개마고원 일대와 서해안 지역의 풍력발전이 특히 우수하다고 한다. 다만 풍력발전의 경우 태양광과 비교하여 대규모의 발전단지가 건설되는 경우가 많고 이에 따라 전력 계통연계에 필요한 기반시설이 필연적으로 필요하게 된다. 이러한 부분에서 북한은 전력 계통연계 및 이와 관련된 기반시설이 부족하다는 한계점을 갖고 있다. 대규모 발전단지를 위한 전력 계통연계 및 이와 관련된 기반 시설을 발전시키고 추가적인 설비를 건설하기 위해서는 천문학적인 비용과 오랜 시간이 필요할 것으로 생각된다. 따라서 이러한 대규모 발전단지를 위한 개발은 당장 필요한 전력을 충당하기 위한 해결책으로는 적절하지 않다고 판단되며, 대규모 발전단지를 위한 개발을 진행하면서 이와 동시에 초소형 풍력발전기, 소형 풍력발전기 및 태양광 하이브리드 풍력발전기를 도입하여 즉각적인 전력부족 해결을 도모하는 것이 좋은 방법이라고 생각한다.

만약 본인이 북한과의 교류 및 협력을 위한 사업을 진행하게 된다면 앞서 언급한 초소형, 소형 및 태양광 하이브리드 풍력발전기 도입을 적극적으로 추진하고자 한다. 우선은 국내에 위치한 초소형, 소형, 태양광 하이브리드 풍력발전기 업체와의 접선을 통해 북한의 풍력자원에 어울리는 풍력발전기를 물색할 것이다. 이 과정에서 필요에 의해 북한의 풍력자원 특성과 지형 및 주민 거주 특성에 어울리는 새로운 제품을 설계하는 것도 좋을 것이라 생각한다. 이렇게 풍력발전기 제품을 선정하게 되면 이 제품들을 북한 전역에 설치하는 과정이 필요하다. 소형 풍력발전기는 상황에 따라 건물 앞이나 건물 옥상에도 설치가 가능하다. 이런 소형 풍력발전기의 특징을 이용하여 수도권을 비롯한 도시에 위치한 건물의 옥상이나 시골마을의 공터에 작은 풍력발전기를 설치함으로써 해당 지역의 전력난을 대소 해결할 수 있을 것이다. 특히 일조량이 풍부한 지역의 경우 태양광와 소형 풍력발전기가 결합되어 있는 태양광 하이브리드 풍력발전기를 설치하게 되면 지역 전력난에 있어서 봄비같은 역할을 할 수 있을 것이다.

따라서, 북한과의 관계가 개선되어 협력사업 등이 진행된다면 본인은 소형 풍력발전기 및 태양광 하이브리드 발전기를 북한 전역에 보급하는 방향으로 사업을 진행 해 볼 것이다.

4. 북한에서 살아남기 　　　　　　　　| 류경호 |

북한과의 비즈니스... 지금까지 한 번도 생각하지 않았고, 생각해 본 적이 없는 주제이다. 앞선 챕터에서는 내 연구 분야가 남북관계에 있어서 어떤 기여를 할 수 있을지 생각해보며, 조금 긍정적인 생각을 가지고 있었지만, 사실상 현실적으로 내가 살아생전에 북한과 비즈니스를 할 기회가 올까? 내가 북한에 가서 일할 수 있을까? 현실 가능성은 매우 낮지만 현대사회에서는 항상 모든 가능성을 열고 준비를 해 두어야만 기회를 잡을 수 있기 때문에 북한이 적이 아닌 협력의 대상이라고 생각하고 북한에 직접 갈 수 있는 상황을 상항해 보고자 한다. 내가 현재 공부하고 있는 분야에서는 북한의 자원과 관련된 것과 북한의 가장 북쪽에 있고 중국과 국경지역에 있는 백두산의 분화 가능성에 대해서 비즈니스를 할 수 있을 것이다. 앞선 챕터에서 언급했던것처럼 북한에는 많은 자원이 매장되어 있고 이를 경제적 가치로 환산하게 되면 어마어마한 가치를 가지고 있다. 이 자원을 이용하여 자원의 채굴, 분배, 매매 등 많은 신생 창업 기업들이 생겨 날 것으로 예상할 수 있다. 나도 이러한 시장에서 살아남기 위해서는 남들이 생각하기 쉽지 않은 아이템을 가지고 뛰어들어야 살아남을 수 있을 것 같다. 물론 아직은 완벽하게 사업 아이템으로 할 만한 창의적이고 독특한 사업 아이템은 생각해보지 못했다. 자원을 이용한 사업 아이템으로는 이미 다른 수많은 국가에서 많은 일을 했고 남한에서도 다양한 경험을 통해 자원 분야의 사업을 키울수 있는 전문가들이 무궁무진하게 많이 있을 것이라고 생각 되므로 내가 자원분야에 뛰어 들어 살아 남기는 쉽지 않을 것으로 생각된다. 따라서 나는 북한에서 사업을 하게 된다면 지하구조 규명 및 백두산 분화 가능성에 초점을 맞추고자 한다. 전체적인 지하 구조를 규명하는 사업은 일반 기업에서는 하기 쉽지 않은 사업이지만 국가적인 차원에서 북한에서도 지진이 발생하지 않으리라는 법은 없기 때문에 지하구조를 명확하게 아는 것은 매우 중요하다. 지하구조를 규명하는 사업은 단기간에 진행 될 수 없고 지역의 규모가 매우 넓기 때문에 북한의 투자를 받아 사업을 진행한다면, 꽤나 큰 사업이 될 수 있을 것이다. 또한 백두산 분화와 관련된 일은 내가 물리탐사 기법중 가장 큰 심도를 탐사할수 있는 전자탐사를 전공 하고 있기 때문에 관심이 가고 있고, 최근들어 국·내외에서도 백두산이 만약 정말로 분화 하게 된다면 그 피해 범위와 피해 규모에 대해 많은 관심이 있는 상태 이다. 따라서 이러한 점을 이용하여 보안의 차원으로 백두산을 조사하게 된다면 국·내외적으로 꽤 의미있는 사업이 될 수 있을 것이라 예상한다.

5. 어쩌면 아주 오랜 시간이 흐른 끝에(8천만 내수 시대를 꿈꾸며)

| 이아인 |

자원개발의 중요성과 연계하여 남북관계에 어떤 기여를 할 수 있는지에 대해 확인해 보았다면, 단순히 필요에 의한 연구가 아닌 실질적으로 북한에서 돈이 될 수 있는 사업은 무엇이 있는지에 관한 생각도 이루어져야 한다. 어쩌면 장황하고 넓은 관점에서 봐야하는 대북 정책들보다 작지만 획기적인 아이템이 북한의 마음을 사로잡을 수 있다고 생각한다. 이는 더 나아가 북한과의 관계 개선에도 효과적인 해결책이 될 수 있을 것이다. 북한은 아직 사회주의 국가이지만 과거에 비해 기업의 자율성이 높아지고 있는 추세에 있고 북한 또한 기업 스스로 성과와 책임을 져야 한다고 강조하고 있다. 그렇다면 북한에서 사업을 성공하기 위해 어떤 점들을 고려하는 지에 대해 알아봐야 한다.

먼저, 북한의 사회환경 및 입지환경, 시대적 환경에 대해 고려해야 하고 현재 트렌드를 반영하여 색다른 먹거리를 제안해야 한다. 최적의 아이템을 선정하기 위해 북한사람들에게 체계적인 노하우 전수가 필요하며 균일한 공급이 가능해야 한다. 만약 본인이 연구하고 있는 물리탐사를 이용해 창업을 하게 된다면 현재 한국의 시장을 먼저 파악하고 정보를 수집해서 어떤 방식으로 접근할 수 있을지에 대해 생각해야 한다. 또한 북한과 정치, 사회, 환경 등 비슷한 지역의 현장 정보를 수집하고 직접적으로 북한과 커넥트해서 국제적인 정보를 수집하여 이에 대해 성장가능성 등 정밀 분석을 실시한다. 예시로 컨설팅 등을 통해 북한 출신 사람들과 교류하여 북한의 상황을 살펴볼 수 있다. 투자자의 관점으로 북한을 보았을 때, 북한의 사업성에 대해 많은 투자자들이 주목하고 있다. 트럼프 대통령의 오랜 친구로 알려진 '아델슨'과

세계적 투자가 '짐 로저스'가 바로 북한 투자에 대해 긍정적으로 바라보고 있다. 현재는 대북제재로 인한 직접적 투자가 어려운 상황이지만 제재가 완화되었을때를 생각하고 물밑작업을 해놓아야 한다.

북한 내륙에서는 투자가 거의 없지만 중국과 접한 지역의 광산에는 투자가 이루어지고 있다. 중국 이외에도 북한 광산개발에 직접적으로 투자한 외국 기업은 없지만 각국의 기업들이 북한 광산을 방문하여 광물자원 개발에 대한 관심을 보이고 있다. 그렇다면 북한의 핵심산업이자 사업의 잠재력으로 각광받는 광물자원 개발과 관련된 기술들은 어디까지 발전했는가에 대해 의문이 생길 수 있다. 이에 대해 수 많은 북한자원을 연구하는 사람들은 분명하고 확실하게 설명되어 있는 자료를 찾기 어려우며 있더라도 간접적 추정치에 불과하기에 실제 매장량과 큰 차이가 있을 것으로 예측하고 있다. 마찬가지로 북한에서 발간되는 광산 관련 자료에도 제대로 된 물리탐사 관련 내용을 찾기 어려워 보인다. 지하자원을 개발하기 위해서는 지질조사와 물리탐사를 통해 광물 부존량을 확인하여 지하 광산의 형태를 규명하고 이후 시추탐사와 같은 관입시험을 수행하는 것이 일반적이다. 그러나 북한에서 이러한 수순으로 탐사가 진행되는지 아니면 비용이 상대적으로 많이 드는 물리탐사를 생략하고 수행하는지는 확인할 수 없는 실정이다. 또한, 자원개발은 오랜기간과 높은 초기비용으로 인해 새로운 광체 확보가 어렵다. 기존 광산들은 광물의 질이 낮아지는 저품위화와 지표 근처의 매장량이 고갈되어 광체 심부화가 동시에 진행되고 있다. 환경오염에 대한 규제와 제약 또한 피할 수 없기 때문에 광물의 신규개발과 기존 광산의 운영이 어려운 실정이다.

그러나, 지속가능한 개발을 위해서는 자원개발과 같은 핵심분야의 기술개발과 확보는 꼭 필요한 과제이다. 북한의 광물자원 개발 및 활용과 관련된 기술 수준은 국제 수준과 비교하면 상당히 낙후되어 있으며 대북제재 강화 등으로 광업 분야의 발전이 점점 느려지고 있다고 판단된다. 현재로는 남북관계를 회복하여 함께 북한 지하자원개발협력을 재개하는 것이 급선무라고 생각한다. 현재 남한이 보유하고 있는 광물자원 관련 기술을 북한에 접목시켜 남북이 함께 기술을 발전시킨다면 미래에는 국제적 경쟁력을 가질 수 있을 것으로 예상한다. 또한 북한의 우수한 학생들을 남한의 기업과 연계하여 직접 자원개발에 투입될 수 있는 인재로 양성하는 것도 좋은 방법 중 하나일 것이다. 인재개발에 대한 여건만 주어진다면 향후 젊은 세대의 자원개발 창업은 지속적으로 늘어날 것이라고 예상한다.

남북 경협 또한 정책, 대기업 위주가 아닌 중소기업, 소상공인 단위에서도 공론화되어야 할 때이다. 북한 측 전문인력과 국내 기업 간의 협업을 통해 남북 교류를 활성화시켜야 하며, 적절한 물가와 시세를 반영하여 남북간의 격차를 맞추는 것이 중요하다고 생각한다. 통일까지는 먼 미래라고 생각하더라도 남북한 사람들이 자유롭게 경제적으로 교류할 수 있는 세상이 오길 기대한다.

6. 비트코인을 뛰어넘는 High Risk & High Return

| 이형덕 |

최근 전세계적으로 비트코인과 알트코인(비트코인을 제외한 코인)이 매우 열풍적인 관심을 끌고 있다. 이와 같은 관심을 끌고 있는 이유로는 코로나 이슈로 인한 재택근무의 빈도가 높아지고, 이로 인하여 주변에 눈치를 보지 않고 여러 전자기기 등을 이용하여 비트코인과 같

은 코인에 투자할 수 있고, 실시간으로 변화하는 차트를 통하여 단타식 운용이 가능하기 때문이라고 생각한다. 그러나, 이러한 코인이 매력적인 이유는 한 가지 더 있다. 그것은 High Risk & High Return을 보여주기 때문이라고 생각한다. 예를 들면 비트코인의 경우 4-5년 전만 해도 몇백만원 하던 것이 현재는 몇천만원대로 부상하게 되고 실시간으로 변화하는 폭이 큰 다른 코인들도 존재하기 때문이다. 그리고, 이를 통한 수익금이 대단히 크지만 반대로 매분매초 확인을 하지 않으면 바로 큰폭으로 떨어지기도 한다.

현재 내가 생각하는 북한이란 투자처는 이러한 비트코인과 동일하다고 생각한다. 아직 완전히 알지 못하는 정보들이 가득한 북한이란 곳은 우리에게 많은 Return을 가져다 줄 수도 있고, 많은 Risk도 가져다 줄 수 있기 때문이다. 그렇다면 북한에 우리가 어떠한 비즈니스를 할 경우 어떠한 High Risk & High Return을 할지에 대하여 생각해보자.

현재까지 조사된 바로는 북한내에는 많은 광물 자원이 존재하고 있다고 한다. 이러한 광물 자원의 경우 남한에 비해 월등히 높은 양을 내재하고 있다고 하지만 실제로 남한에서 조사한 곳은 매우 좁은 지역이다. 따라서, 남북한의 경제협력을 시작하게되어 북한내 매장된 광물자원들의 양을 정확히 조사하고 이를 활용할 수 있는 사업을 한다면 우리는 무조건적으로 High Return을 할 수 있을까? 그것은 아니라고 생각한다. 우리가 생각하는 북한 내 광물자원들은 단순히 좁은 지역만을 조사하고 그를 통하여 유추하는 것 뿐이다. 그렇다면 그 좁은 지역을 제외한 다른 지역에는 아예 광물자원이 존재 하지 않을 수도 있고, 있더라도 북한이 알게 모르게 캐내어 다른 나라로 수출했을 수도 있다. 이 때문에 우리는 이곳에 투자를 할지 말지 고민은 할 것이다.

그렇다면 다른 사업에 대하여도 고민해보자. 지금 국내에서 가장 대두되고 있는 사업 중 하나인 철도사업의 경우 관광사업으로만 생각한다면 적자가 지속될 것으로 예측하는 관측과 관광 및 물자수송 등을 얻는 이득을 생각하여 흑자로 전환 가능할 것으로 예측하는 관측 등이 대립되어있는 상태이다. 이러한 관측이 서로 다른 이유로는 어떠한 사업을 하기 위하여는 예비 타당성 조사를 하여야 하는데 이때, 해당 사업으로 인하여 창출되어지는 경제성에 대하여도 평가를 한다. 여기서, 어떠한 관점으로 경제성을 평가하는데에 따라 창출되어지는 경제성의 척도가 달라진다. 만약, 관광사업으로만 남북한 연결철도를 운행할 경우 발생되어지는 비용은 설치비용, 운행비용 그리고 유지보수비용에 비해 매우 낮은 경제성을 가지고 있을 것이다. 그러나, 반대로 관광사업 뿐만 아닌 물류운송을 통하여 북한내 광물자원의 빠른 이동과 더불어 이를 사용하는 공업의 발달과 국내 에너지 자원 등을 러시아 및 중국으로 수출하는 경로로 남북한 연결철도를 사용한다면 이용비용 대비 추가로 얻는 이득이 많을 것으로 보여진다. 서술된 내용으로만 판단한다면 남북한 연결철도는 투자비용 대비 많은 경제적 이점을 가져올 것으로 볼 수 있으나, 이는 단순히 나의 생각일 뿐 실제로 연결되었을 때 어떠한 Return을 가져오고 어떠한 Risk를 가져올지는 알 수 없다. 다만, 예상할 뿐이다.

다음으로 북한의 인적자원에 대한 사업을 진행할 수도 있다. 북한에는 훌륭한 인재들이 많이 있을 수 있다. 실제로 현재와 같은 열악한 환경 속에서도 북한은 고도의 기술을 요하는 핵무기 및 탄도미사일을 개발하였고, 정보전쟁 등을 대비하여 북한의 사이버 전사들을 양성하고 있고, 실전에 투입되기도 하는 것으로 알고 있다. 그리고, 남한의 인구 수는 현재 약 4800만 명 정도 되지만, 건설업 등에 투입되는 인력이 부족하여 해외의 인력들로 대체되고 있는 추세이다. 만약 여기에 북한의 약 2500만 명이 투입된다면 비슷한 인력비를 사용하여 의사소통이 원활한 고급인력을 투입할 수 있을 것으로 보여진다. 하지만, 북한의 인적자원을 개발하기 위한 초기 자본이 많이 사용될 것이고, 개발하는 과정 중에서 항상 인재가 나올 것이라는 보장 또한 없는 상태이다. 따라서, 이러한 Risk를 고려하면서 북한의 인적자원 개발계획을 수립해야 할 것으로 보여진다. 그리고 이를 지속적으로 지원하다보면 남북한의 교류는 활발히 진행될 것이고, 국가발전에 지대한 영향을 보여줄 것이다.

위의 3가지 사업에 대한 Return과 Risk에 대하여 알아보았는데, 사실상 나는 희망적으로 바라보고 싶은 경향이 있다. 남북한의 경제협력이 초기에는 많은 Risk를 가져오겠지만. 이는 미래를 향한 투자라고 생각하고 싶다. 남한에서의 교육열과 북한에서의 교육열이 비슷하다는 얘기를 들었는데 이러한 교육열을 본다면 미래에 어떻게 될지는 모르지만, 자녀에게 교육을 시킴으로서 자녀 본인의 인적자원을 개발하고 본인의 역량을 키워나가 결국에는 국가개발에 이바지 할 수 있는 자리에 올라가기를 바란다. 이와 똑같이 북한의 각 사업들에 투자를 하게되면 사업별로 점점 개발되고 발전하면서 결국에는 "한강의 기적"을 넘어서는 "한반도의 기적"을 보여줄 수 있을 것으로 생각된다.

7. 북한 핵시설 주변부지 복원 | 전용중 |

내가 생각한 통일 창업 아이디어는 북한 핵시설 주변부지 복원이라는 아이디어다. 현재 대한민국 정부는 탈원전 정책을 추진하면서 많은 원자력 발전소들이 원자로 폐로 과정 중에 있다. 특히 그 과정은 20~30년 정도가 걸릴 정도로 시간이 아주 오래 걸리는데 현재 관련 기술들은 활발하게 연구 진행 중에 있다. 나는 이러한 연구를 통해 나온 기술들을 이용하여 통일이 되었을 경우 북한의 핵실험장 부지 복원이라는 아이템으로 사업을 실행하면 좋을 것 같다. 현재 북한이 핵 실험을 진행하고 있는 풍계리 핵실험장은 주변이 험준한 산악지대이며 암반은 단단한 화강암이어서 핵실험을 실시하기에 최적의 장소라고 불리고 있다.

〈그림 4〉 풍계리 핵실험장 위성사진

출처: 38노스 배포자료

하지만 그곳도 핵시설이 되기 이전까지는 사람 살기 좋은 동네 중한 곳일 뿐이었다. 풍계리에서 차로 20분 거리의 함경북도 길주군 길주읍에서 태어난 김 모(57)씨와 BBC 코리아 간의 인터뷰 자료에 따르면 원래 길주는 예로부터 교통의 요지로 철도와 도로가 북한 여기저기로 뻗어 나가는 교통의 요충지에다가 산천이 아름다워 관광지로도 손색이 없었다고 말했다. 하지만 언제부터인가 군부대가 들어오기 시작하면서 진달래를 꺾으러 가지 않고 이후 송이버섯도 나지 않기 시작했다고 그는 회상했다. 또한, 길주읍에서 50여 년을 거주한 최 모(60)씨역시 풍계리의 자연환경을 기억했다. 특히 소나무가 많아 깊고 울창한 솔숲이 있었다고 회상했다. 하지만 이 모든 것들이 어느 날부터 기차 철로 옆에 집채만한 새하얀 돌덩어리들이 쌓여있기 시작하면서 없어지기 시작했다. 이 새하얀 돌덩어리들은 핵실험장 건설을 위해 갱도를 뚫으며 나온 돌 이었다. 또한 이 인터뷰에서 김 씨는 2018년 5월 12일 아직 길주군에 살고 있는 30세의 아들이 사망했다는 비보를 들었다. 김 씨는 아들이 많이 아팠었다고 말하며 "피폭으로 인한 것 같다"며 괴로움에 말을 잇지 못했다. 김 씨 아들 외에도 길주군에서는 30대 청년 5명이 사망했다는 소식을 듣고 인터뷰에 참가한 길주군 출신 탈북자들은 "세계 어느나라에서 사람들이 사는 곳 근처에 핵실험장을 만드냐"며 목소리를 높였다. 길주군 출신의 탈북자 대부분은 한국에 오기 전에 피폭에 대해 알지 못했다고 말했고 그들은 "당시 길주군에서 중요한거 했구나"하며 좋아했다라고 말했고 "우리나라가 강하게 되는 거고 건강에 나쁜 건 생각 못 했다"라고 회상했다. 하지만 많은 길주 사람들이 풍계리 지역에서 내려오는 물을 식수원으로 활용한다고 했었고 이러한 점들을 보았을 때 6차에 걸친 핵실험 결과 많은 길주 주변 주민들이 피폭 피해를 입었을 것으로 예상한다. 나는 이 기사를 보면서 현재 한국 내 원자력 부지를 복원하는데 연구되고 개발되는 기술들이 추후 통일이 되었을 때 이 지역의 토양과 지하수의 오염을 정화하는 것에 활용해야하는 것이 거의 필수적인 사업이라고 생각한다. 특히 옆나라 일본의 사례를 보면 아직까지도 히로시마와 나가사키에서 원자폭탄에 피해를 입은 사람들의 후손들이 아직도 그 고통을 받고 있는 것처럼 방사선에 의한 피폭은 당시 그 세대만 피해를 입는 것이 아니라 세대가 지나도 발현 가능하다는 점이 가장 무서운 점이다. 이러한 점들을 보았을 때 다른 어떤 사업들 보다 통일이 되었을 때 우선적으로 실행되어야 하는 사업이라고 생각된다. 앞으로 더 이상 이러한 피해자들이 없기를 바라면서 한반도 내 살아가고 있는 모든 사람들이 더 이상 이런 걱정을 하지 않는 환경이 만들어지면 좋겠다. 마지막으로 아직 그 땅에서 이러한 사실을 모르고 살아가는 주민들이 더 이상 이러한 피해를 입지 않기를 기원한다.

8. 북한자원의 창업화　　　　　　| 주상현 |

'지피지기면 백전백승'이라는 말이 있다. 상대를 알고 나를 알면 어떠한 싸움에서도 승리할 수 있다는 의미이다. 이 문장에서 '나'는 통일된 한국이다. 역사적으로, 한반도는 금, 은, 동과 희토류 금속이 풍부한 나라로 일제강점기에 평안도 운산지역의 운산금광에서 일본이 매년 300만 달러 이상 가치의 금을 생산할 정도로 한반도는 자원의 가치가 높다. 또한, 광복 이후 1980년대이르기까지 ㈜알몬티 대한중석의 텅스텐을 포함하여 강원 함태, 봉명, 대성 등 태백시와 경북 문경을 중심으로 광업이 활발히 일어나 원자재를 중심으로 외화를 벌어들였고 이는 곧 경제성장의 원동력으로 작용하였다. 이처럼 한반도는 자원으로 성장할 수 있는 잠재성이 큰 나라로 기술력부족으로 인한 채산성감소를 해결할 수 있다면, 과거의 명목을 이어나갈 수 있다고 생각한다. 하지만, 광산개발에 앞서 더 중요한 것은 국내의 자원부존에 대한 범한반도적인 지구 화학적조사를 실시해야 한다는 것이다.

한국의 한국지질자원연구소에서는 2000년도초에 중점국가연구개발사업의 일환으로 자연재해방재기술개발 사업을 진행한 바 있다. 보고서에 따르면, 전국 시도를 중심으로 지구화학적 이상대를 파악하고 유해원소의 농집정도를 평가하여 오염여부를 판단하는 작업을 실시하였다. 지구화학적 조사를 이야기하면서 오염여부에 대한 이야기를 한 것은 일맥상통하다. 왜냐하면, 원소주기율표에 나열된 원소들이 일정 농도 이상이 되었을 때 우리 몸에 해를 끼칠 수 있는 수준에 이르면 우리는 오염이라고 말하기 때문이다. 따라서, 이것은 SDGs의 환경분야 중 토양오염방지 및 복구에 대한 사업으로 이어 말할 수 있다. 최근, 해당 분야에 대한 그간의 성과와 향후연구방향 등을 제시하는 저널인 네이처 리뷰에서 농경지의 토양 중금속 오염이 전 인류의 식량 안전과 지속가능성을 위협함을 학문적으로 입증했다. 특히, 토양의 중금속 오염이 UN이 발표한 17가지 지속가능발전목표(Sustainable Development Goals, SDGs) 중 8가지(▲SDG1, 빈곤층 감소와 사회안전망 강화, ▲SDG2, 식량안보와 지속가능한 농업, ▲SDG3, 건강하고 행복한 삶, ▲SDG6, 건강하고 안전한 물관리, ▲SDG11, 지속가능한 도시와 주거지, ▲SDG12, 지속가능한 생산과 소비, ▲SDG13, 기후변화 대응, ▲SDG15, 육상생태계 보전)에 악영향을 줄 수 있음을 보고했다.

SDGs의 관점에서 바라본 북한은 자원의 탐사 및 개발뿐만 아니라 환경보존과 북한주민의 식량안보를 위해서라도 지각 내 지구화학적 원소의 거동을 파악하는 것이 매우 부족하다. 물론 사업성의 특징 중 하나인 수익성을 고려한다면 사업의 진출가능성이 적지만 정부에서 출자한 사업체로서 환경보존 및 희유금속광물 개발을 위한 창업을 하게 된다면 북한을 기회의 땅이라고 말할 수 있을 것이다.

9. 토목사업으로 다가가는 북한 | 최찬용 |

  남북통일이 된다면 토목사업은 북한과 매우 밀접한 관계를 가질 것이다. 현재 북한의 교량의 상태는 매우 부족하며 건설되어 있는 교량도 매우 노후 된 상태이다. 따라서 노후화가 진행된 교량에 대하여 보수, 보강사업을 실행하여야 되며 교량이 필요한 지역의 교량건설 사업도 고려되어야 한다. 또한, 철도사업은 남북한을 연결하는 한반도종단철도(TKR)로 끝나지 않고 중국, 러시아 등을 연결하는 시베리아횡단철도(TSR)까지 고려되어야 한다. 그 외에도 토목사업은 우리가 생활하는 데 있어 가장 필요한 사업이기 때문에 북한의 도로, 상하수도, 항만, 댐 등을 고려하면 북한지역과의 사업에서 가장 큰 부분을 차지할 수 있다고 생각한다.

  현재 토목·건설 사업은 스마트 건설을 향해 나아가는 중이다. 현재 토목·건설사업은 생산성이 타 사업에 비해 낮고 성장률 또한 저조하다. 그리고 인력 중심의 사업이기 때문에 노동집약적이다. 스마트 건설은 시공자동화를 통하여 인력을 최소화하고 OSC(Off-Site Construction)공법을 사용하여을 사용하여 공장에서의 과정을 늘리고 현장에서의 과정을 줄이는 등의 노력으로 주변 환경이나 기후의 영향을 최소화하여 공사기간을 단축시킬 수 있으며 노동집약적 방식에서 자동화 방식으로 변화하면서 공사비용을 줄일 수 있고 공장에서 일정하게 나오는 부품과 조립요소들로 인해 품질이 향상되어 생산성을 증가시킬 수 있다. 또한 보수, 보강 작업을 시행함에 있어서도 이처럼 규격화된 부품 등을 통하여 기존의 공정보다 적은 공사기간 내에 작업을 완료할 수 있다.

〈표 1〉 북한의 주요 인프라의 부문별 건설사업비 추정

구분	건설사업비		비고
	금액	비중(%)	
주택	106조 8,156억 원	34.9	• 매년 10만호 공급 • 10년간 총 100만호 공급 가정(본 연구)
전력·에너지	25조 7,972억 원	8.4	• 에너지: 25조 7,972.5억 원(국토연)
도로	43조 784억 원	14.1	• 34조 1,184.8억 원(국토연) • 경의축 고속 철도·도로: 240억 달러(26조 8,800억 원)의 1/3
철도	41조 4,332억 원	13.5	• 철도: 23조 5,133억 원(국토연) • 경의축 고속 철도·도로: 240억 달러(26조 8,800억 원)의 2/3
항만물류	8조 5,328억 원	2.9	• 항만물류: 22개 항만 물류 개선 사업비 (한국해양수산개발원)
공항	1조 6,477억 원	0.5	• 평양국제공항: 12억 달러(북한) ➡ 1조 3,440억 원 • 항공: 6,075억 원(국토연) – 청진(어랑)공항, 함흥(선덕)공항, 삼지연 공항 등 현대화 사업(남한 일부 추계)의 1/2
산업단지	72조 1,200억 원	23.5	• 48조 6,000억 원: 산업단지 6개(개성, 라선, 신의주, 해주, 남포, 원산), 경제개발구 22개(본 연구) • 490억~550억 달러(김책, 무산, 청진, 나선, 남포), 북한 추계 – 김책(무산 포함, 30억 달러) 및 청진 (180억 달러) 2곳 포함 ➡ 210억 달러(23조 5,200억 원), 북한 일부 포함
관광단지	5조 1,053억 원	1.7	• 5조 1,053.6억 원(국토연)
농업개발	1조 6,800억 원	0.5	• 15억 달러(농약공장, 종자기지, 종합 농기계, 축산업(북한) ➡ 1조 6,800억 원
총계	306조 2,102억 원	100.0	

출처: 북한의 주요 건설 수요와 '한반도개발기금' 조성 방안 연구, 한국건설산업연구원

북한은 스마트 건설을 적용한 토목사업을 진행하기에 가장 적합한 곳이라고 생각한다. 북한에서는 교량, 도로, 상하수도 등의 수요가 높다. 위 표는 약 10년간 북한의 인프라의 부문별 건설사업비 추정금액이다. 이처럼 북한은 아직 토목사업이 필요한 부분이 많으며, 따라서 통일이 되거나 국제개발협력 사업으로서도 좋은 분야라고 생각한다.

북한에서의 토목사업을 진행함으로써 지속적인 경제효과도 있다. 철도산업의 경우 한반도종단철도가 완성되고 시베리아횡단철도와 이어진다면 대한민국은 현재 반도이지만 섬 형태인 것과 달리 육로를 통하여 다른 나라와의 교류가 이루어질 수 있다.

이처럼 토목사업은 토목사업 뿐만 아니라 그 외의 사업에도 영향을 줄 수 있다, 타 나라와의 문화적 교류도 활발해 질 수 있을뿐더러 반도의 형태였지만 섬나라와 같았던 불이익이 사라질 것이다. 이처럼 북한에서의 토목사업은 그 자체만으로도 중요하지만 타 사업에도 긍정적인 영향을 줄 수 있는 중요한 사업이라고 생각한다.

10. 윈윈 테스트베드 구축　　　　| 황예찬 |

북한에서 전력난은 시급한 문제이다. 그래서 전력공급에 관련된 비즈니스 모델이 필요하다고 생각한다. 그리고 배터리 붐에 의해 2050년 세계전력 수요의 절반을 풍력과 태양광으로 공급하는 것이 가능할 것이라는 전망, 저탄소운동 등 세계적인 추세를 생각해 보았을 때 재생에너지를 통한 전력공급이 이루어져야 한다고 생각한다. 이를 북한에 적용시켜 보았을 때 풍력산업이 비즈니스모델 적용이 가능할 것이다.

국내 풍력회사들의 트렉레코드를 위한 테스트베드를 북한에 구축한

〈그림 5〉 아시아 횡단 철도의 기본망

출처: https://news.joins.com/article/2731341, 중앙일보

다면 좋은 산업이 될 수 있을 것이다. 테스트베드란 말 그대로 풍력발전기를 설치하여 실험할 수 있는 장소를 말한다. 풍력발전기가 제작되었다면 본인의 연구와 같이 컴퓨터로 시뮬레이션하여 안정성 평가를 할 수 있지만 실제로 터빈을 설치하여 실증하는 작업도 역시 필요하다. 그리고 이 실증하는 지역을 테스트베드라고 하는데 테스트베드의 경우 당연히 바람이 좋아야 한다. 그리고 북한이 남한에 비해 바람이 좋기 때문에 일반적으로 테스트베드를 구축하는데 유리한 위치에 있다. 특히 북한의 서해와 개마고원이 바람이 좋다고 알려져 있다. 그리고 바다에 풍력터빈을 설치하는 해상풍력의 경우 바다 밑까지 기둥을 박아 세우는 고정식, 튜브처럼 둥둥 떠 있는 부유식이 있다. 고정식의 경우 설치비용이 많이 들고 깊은 수심에서는 사용할 수 없다는 단점이 있지만 풍력터빈을 제어하기에는 비교적 수월하다. 하지만 부유식의 경우 바다 위를 다니기 때문에 제어하기 어렵다는 단점이 있지만 비교적 설치비용을 크게 절감할 수 있고 깊은 수심에도 이용할 수 있다는

장점이 있다. 이러한 이유로 전 세계적으로 부유식 발전기에 대한 많은 연구들이 진행되어가고 있다. 그러나 국내 해상 테스트베드에서 이러한 부유식 해상풍력을 연구하는 사례는 많지 않다.

따라서 북한의 서해 해상에 테스트베드를 구축하는 것이 좋은 비즈니스 모델이 될 수 있다고 생각한다. 해상풍력발전기를 설치하기 위해서는 육로가 아닌 해로를 이용하게 된다. 그렇기 때문에 남한과 북한의 지리적 상황을 고려할 때 육상보다 비교적 자유로운 설치가 가능해진다. 만약 북한의 해상풍력테스트베드를 구축하게 된다면 남한의 풍력터빈 제조사들은 관련된 트렉레코드를 갖게 되어 경쟁력을 확보할 수 있게 될 것이다. 또한 북한의 테스트베드에서 부유식 관련 연구도 함께 진행한다면 세계 풍력시장에서 국내 풍력업계가 선도할 수 있을 만한 기술력을 확보하게 될 것이다. 북한에서는 테스트베드에서 생산되는 전력을 확보할 수 있게 되어 전력보급이 보다 원활히 진행될 수 있을 것이고 북한 해상 이용료를 확보한다면 외부자원을 확보할 수 있을 것이다. 그리고 해상풍력을 하게 되므로 자연스럽게 전력계통, 풍력 이외의 다른 재생에너지 산업에도 남북한에 많은 교류가 이루어질 수 있을 것이다.

이러한 해상풍력발전 분야의 큰 발전은 남한의 전력구조에도 좋은 영향력을 확산할 것이다. 국내 육상 풍력발전의 경우 해상에 비해 바람이 좋지 못하고, 인근 주민들의 반발 등의 문제가 있다. 하지만 해상 풍력의 경우 육상에 비해 바람이 좋고 부유식 해상풍력터빈이 활성화 된다면 보다 먼 해상에서 발전이 가능하기 때문에 민원의 문제에서 보다 더 자유로울 수 있다. 따라서 남한의 기술력 확보, 기업의 경쟁력 확보, 관련 일자리 창출과 북한의 전력확보 및 자금확보가 가능한 비즈니스 모델이 될 수 있다고 생각한다. 그리고 이러한 비즈니스 모델을 통해 남한과 북한의 풍력 이외의 다른 산업(해양선박, 전력계통, 재생에너지)에도 교류가 확대될 수 있는 모델이 될 수 있을 것이다.

Step) 4

객체에서
주체로

이공계 출신 통일부 장관이 되다?! |

남북교류를 넘어 우리가 생각하는 통일을 이룩해 나가기 위해서는 다양한 이해관계자들의 아이디어와 적극적 참여가 필요하다. 그간 한국사회의 통일논의에서 평범한 이공계 대학원생들의 참여는 저조했던 것이 사실이다. 이공계 대학원생들에게 통일이라는 주제 자체가 다소 공상과학같은 소재일 수 있겠으나 상상의 수준이나 범위가 사적인 일상에서 공적인 일상으로까지 확장되면 책임감도 생기고 이에 따른 디테일한 생각들이 분명하게 드러난다. 학생들이 이공계 출신 통일부 장관이 되면 어떠한 일들이 생겨날지 재미있는 상상들을 살펴보고자 한다.

1. 우대사항, 관련 직종 경력자 우대 | 김민지 |

필자의 경우, 북한의 실상과 남북교류를 위한 노력과 결과 등 북한에 대한 정식 교육은 초중등 교육과정까지만 이루어졌던 것으로 기억되며, 그 이후로 고등교육 3년, 대학교육 4년 동안 북한에 대한 정보는 개인의 관심도에 따라 정보습득에 차이가 있는 것으로 판단된다. 대학원에 진학 후 남북교류와 국제개발협력에 대해 초중등 교육과정과는 달리 국익 도모와 관련하여 대북 지원 및 남북교류 사업을 위한 심도 있는 토론을 통해서 나를 위한 남북교류 사업 구상을 시작으로 지속가능개발로서 기업과 국가를 위한 사업 구상으로 생각의 시야가 한층 밝아질 수 있었다.

필자가 다양한 분야에 대해 넓게 관심이 있는 편이 아니기에 북한문제에 대한 관심도가 낮은 탓일 수 있지만, 대학원 수업에서야 비로소 현 정부가 북한과의 평화통일을 위해 어떠한 정책을 펼치고 있는지, 어떤 노력을 기울이고 있는지 알아보았다. 통일부에서 발표한 2020년도 국정감사 업무현황 보고에 의하면, 현 정부는 '한반도 평화 프로세스'정책 추진을 위한 방안으로 대북정책, 남북교류협력, 탈북민 정착지원, 통일교육 등 8개 분야를 통해 전략적으로 업무를 추진하고 있다.

그러나 필자는 해당 보고서를 읽으며 몇 가지 업무 추진에 있어 필요성에 대한 의구심이 들었다. 먼저 남북대화 및 재개를 위해 코로나 19 상황임에도 불구하고 일반 국민을 대상으로 판문점 견학 및 남북체육교류를 위한 체계 마련이 현시점에서 어떤 필요성이 있는지, 또한 이로 인해 얻을 수 있는 이익 등 구체적인 기대효과를 알기 어려웠다.

두 번째로, 대학 통일교육 활성화를 위해 6개 신규 선도대학 및 5개

협력대학을 대상으로만 강좌 지원이 이루어지면, 결국 2030세대 중 해당 대학에 속한 인원만 북한에 대한 지식을 얻을 수 있을 뿐이다. 2030세대의 관심 제고와 이해를 높이기 위해 정부는 소통·참여형 교육 프로그램 운영 계획을 밝혔지만, 이러한 노력이 교육기관에서 조차 필수가 아닌 선택으로 자리 잡는 한 지금까지와 마찬가지로 북한에 대한 개개인의 관심도에 따라 정보습득이 이루어질 것으로 예상된다. 나라의 안위와 관련하여 남북관계는 대중의 높은 관심과 일정 수준의 이해가 필요하고, 이러한 교육이 초중고 교육과정과 마찬가지로 대학 교육기관에서 필수교양을 통해서라도 2030세대의 관심을 제고시켜야 더욱 활발한 소통이 이루어질 수 있고 전략적이고 창의적인 방향으로 남북관계에 선한 영향을 끼칠 것으로 예상한다. 또한 국민 참여형 소통·공감을 위해 2030세대 눈높이에 부합하는 UNI-TV 콘텐츠('통일 왓수다' 등)를 지속 확충하는 계획을 밝혔지만, 해당 콘텐츠의 존재를 통일부 업무현황 보고서를 읽음으로써 처음 알게 된 내용이었다. 이처럼 정부가 통일에 대한 공감대 확산을 위해 다방면으로 노력하고 있으나 효과는 미미할 것으로 판단된다. 남북교류협력을 위해 이와 같은 국내에서 소통과 참여의 기회를 제공하는 것도 필요하지만, 국제사회의 대북 제재 완화의 불확실성을 고려한 효율적인 남북교류협력을 위해서는 효과가 미미한 프로그램을 지속적으로 운영하는 대신 기대효과를 초과하는 추진 업무에 대한 지원을 확충하는 방안이 더욱 필요한 상황이라고 판단된다.

통일부는 앞서 기술한 바와 같이 국내에서의 국민의 통일에 대한 관심과 이해를 높이기 위한 다양한 노력뿐만 아니라, 이산가족·국군포로·납북자·억류자 문제를 해결하고자 지속적인 노력을 기울이고 있다. 또한, 북한 주민들의 인권을 보장하고 개선하기 위해 북한인권증진기본계획을 수립하여 실태 조사를 추진하고, 북한인권을 위한 UN 총회 참여 및 관계자와의 면담과 같이 전문가와의 상시적인 소통을 위한 활동에 적극적인 지원을 가하고 있다. 남북교류협력은 이러한 노력뿐만 아니라 북한 주민의 생활에 직접적으로 단기적인 도움이 아닌 지속적이고 장기적으로 생계를 보장이 추가적으로 필요하다고 생각한다. 통일부의 업무 추진현황에 의하면 기술적인 측면에서의 접근이 부족한 것으로 보이며, 기술의 보급 및 개선은 북한 주민의 생활의 질을 높이는 가장 효과적인 방법이라고 생각한다. 기술 보급과 관련한 남북교류협력은 타 기관 또는 기업에서 추진 중일 수 있지만, 북한 주민의 생활 실태를 가장 잘 이해하고 있는 통일부가 북한 주민의 생활에 있어 필요한 부분을 채워줄 수 있는 기술분야에 대한 정책을 수립할 수 있어야 한다.

〈표 1〉 통일부 부서별 업무 현황

실국명	주요 업무
통일정책실	• 통일정책 총괄 및 기획 • 통일 대비 중장기 정책 및 법·제도 마련 • 국제협력 및 통일문화 확산
교류협력실	• 남북 간 교류협력 기획 및 법·제도 개선 • 남북 간 경제협력, 사회문화협력, 개발협력
정세분석국	• 북한 관련 자료·정보 수집 및 관리 • 분야별 북한정보 및 정세 분석
인도협력국	• 인도적 대북지원 • 북한인권 정책 • 이산가족 및 납북자, 북한이탈주민 지원

실국명	주요 업무
남북협력지구 발전기획단	• 개성공단 개발 기획 • 투자기업 지원
남북회담본부	• 남북대화 기획 및 운영 • 대북접촉 및 연락
통일교육원	• 통일교육 계획 수립 및 실시 • 교재개발 및 교육 지원
북한이탈주민 정착지원사무소	• 북한이탈주민 사회적응교육 • 북한이탈주민 정착지원
남북출입사무소	• 남북출입계획 수립 및 실시 • 남북 간 육로통행체계 개선
남북공동연락사무소 사무처	• 남북 당국 간 연락 및 협의 • 남북 간 교류협력 협의 및 지원
개성공단 남북공동위사무처	• 남북 간 개성공단 관리 및 운영 지원
북한인권기록센터	• 북한주민 인권실태 관련 수집·연구·보존·발간
한반도통일미래센터	• 남북 간 청소년교류 관련 사업 추진 • 통일체험연수 프로그램 개발 및 운영 • 세대·계층별 소통 활성화 프로그램 개발 및 운영 • 남북 간 인적교류 등 행사 지원
행정지원 (기조실, 대변인실, 운영지원과, 감사, 장·차관실)	• 예산, 회계, 조직, 정보, 인사, 법무, 서무, 보안, 감사, 비상안전, 대언론 공보, 정책홍보

출처: 통일부, 『2020 업무현황보고』표 인용[1]

　기술 및 에너지 분야의 다양한 사업을 위해서는 각 분야의 정계 출신 대표보다는 북한이 처한 상황과 여건을 고려한 전문가의 시선으로 문제점을 찾고 대책을 마련하는 등 북한 주민의 생활에 실질적으로 도움을 줄 수 있는 기술 보급 측면에서의 정책이 필요하다. 현재의 통일

1) 통일부, 『2020년도 국정감사 업무현황 보고』(서울: 통일부, 2020), pp. 21.

부는 14개 부서로 이루어져 있지만, 〈표 1〉과 같이 기술 보급 업무를 담당하는 부서는 없는 현황이므로 현실적이고 효과적인 기술 지원 방안 마련에 어려움이 있을 수 있다. 따라서 차후에는 효과적인 업무 소통을 위해서라도 통일부 내에 기술 지원 부서가 신설되어야 하며, 부서에는 현역 전문가와 전공자로 인력을 구성하고 구성원을 대상으로 북한 및 통일교육을 실시하여 통일부 주관하에 타 기관 및 기업과 협력하여 북한 주민에게 필요한 부분에 대해 정확하고 구체적인 방안을 마련하고 추진할 수 있기를 희망한다.

2. 손자병법-모공(謀攻)
| 김석일 |

손자병법의 저자인 손자가 생각하는 최상의 승리란 싸우지 않고 이기는 것, 미리 이기고 싸우는 것이다. 특히 손자병법의 모공편은 미리 전략적으로 유리한 상황을 만들어서 승리가 확정된 상황을 만들고 싸우는 것, 전면전 보다는 모략으로 평화롭게 이기는 것이라고 한다. 내가 생각하는 공학계열의 핵심은 최소의 비용으로 최대의 효율을 가진다 라고 생각한다. 이러한 부분에서는 손자병법과 공학은 비슷한 부분이 있다. 그렇다면 북한과의 문제에서는 어떻게 효율적으로 접근하는 것이 좋을까 생각해 보았다.

현재 김정은 정권은 전 집권자와 다르게 교류 개방에 매우 적극적으로 보인다. 그러나 핵 문제 관련해서는 굉장히 폐쇄적으로 반응하고 있다. 북한은 핵무기를 체제 안전의 수단으로 사용하고 있고, 사용하여 왔다. 체제 불안정은 외부에서부터 시작된다고 언급하고 있다. 미국으로부터 체제의 안정을 보장받고 미국과의 관계가 정상화가 된다면 비핵화를 할 의지를 보이고 있다. 이러한 상황에 계속해서 비핵화 하라고 언급 하는 것은 큰진전을 보기 어렵다고 보여진다. 나는 비핵화에 대한 직접적인 방법 보다 북한이 국제적인 교류를 할 수 밖에 없는 상황을 먼저 만들고 그때 비핵화 및 국제적인 문제에 대한 대화를 하는 방향이 더 효율적이지 않을까 생각한다.

이에 대한 방법으로 먼저 아주 자극적인 자본주의의 맛을 보여주는 것이다. 이 책을 읽고있는 독자들은 편의점이 없으면 의외로 불편함을 많이 느낄 것이다. 필자는 자취방을 개인 짐 보관, 씻거나 자는 용도 외에는 사용하지 않습니다. 특히 밥같은 경우엔 대부분 주말에도 학교를 나오기 때문에 자취방에서 먹지 않습니다. 때문에 마트갈 일이 거의 없는데 가끔 급하게 필요한 물품이나 간혹 집에서 밥먹을때는 편의점을 사용한다. 이처럼 편의점은 맛있는 제품들 외에 필요한 물품들을

〈그림 1〉 '대북제재 정면돌파' 북한공장 자동·무인화 거센바람

출처: 연합뉴스, 2020.02.16., https://www.yna.co.kr/view/AKR20200213138300504

바로 구매해서 살 수 있는 편리함도 지니고 있다. 북한에는 자체의 편의점이 있지만, 대한민국의 편의점은 개성공단에 단 한 개가 있었다. 이곳에서 아이스커피와 콜라가 최고의 인기를 얻었다고 한다. 콜라와 아이스 커피 외에도 정말 맛있는게 많은데, 필자도 편의점에 들어가면 눈이 돌아 의도치 않은 지출을 하게 된다. 분명 북한의 주민들은 이 편리함과 맛에 중독이 될 수 밖에 없다고 생각한다.

첫 번째로 자본주의의 자극적인 맛을 보여주었다면, 두 번째로는 자본주의 기술의 편리한 맛을 보여주는 겁니다. 이 글 이전에 필자는 계속해서 전기의 소중함과 편리함을 언급했다. 대한민국의 신재생에너지를 통해 생산된 전력으로 편리한 맛을 보여준다면 이 부분 역시 참지 못할 것이다. 전 세계적으로 전기차에 대한 관심이 많고 점점 증가하고 있는데, 북한 역시도 최근 전기차에 대한 연구가 진행되고 있다. 그리고 공장시스템의 자동화에 대한 관심과 연구도 많이 진행되고 있다고 한다. 결국엔 북한도 전기 수요량이 많을 것이고 앞으로도 더 증가할 것이다. 기본적으로 자동차나 공업생산 물품은 대량생산에 있어서 이득을 볼 수 있기 때문에 지금과 같은 북한의 전기생산량으로는 한계가 있다고 생각한다. 대한민국의 발전(發電) 기술을 교류하여 북한의 기술이 증진되어 수출할 수 있는 단계까지 올라간다면 북한의 문은 열릴 수 밖에 없고 이때 국제적인 문제에 대해서 대화하는 것이다. 물론 핵심기술을 알려줄 수는 없고, 개략적인 기술만 공유하고 지원하는 것이 핵심이다.

3. 오전 남풍 오후 북풍이면 내일은 맑음 | 김재천 |

　만약 이공계 출신의 공학자인 내가 통일부장관이 된다면? 지금까지 살아오면서 단 한번도 생각해 본 적 없는 질문이다. 대통령도 아니고, 다른 부서의 장관도 아닌 통일부 장관이라니. 당연하게도 태어나서 단 한 번도 '내가 통일부 장관이 된다면'이라는 상상을 해 본 적이 없다. 특히나 현역으로 군복무를 하진 못했지만 그래도 잠깐이라고 할 수 있는 한달간의 육군 훈련소 생활을 하고 군복무를 무사히 마치고 복학한 남학생이 득실거리는 공대에서 10년에 가까운 생활을 해 온 본인에게 있어서 북한은 우리 대한민국의 적이자 아쉬운 것이 있을 때나 수트릴 때 마다 생떼를 부리는 고집불통 이웃나라일 뿐 그 이상의 특별한 의미를 가진 나라는 아니었기 때문에 더더욱 통일부장관이라는 자리는 본인에게 관심의 대상이 된 적이 없었다. 이러한 상황에서 이번 '남북관계와 국제개발협력'수업은 색다른 충격으로 다가왔고 특히 '내가 통일부 장관이 된다면'이라는 질문은 본인의 머릿속을 매우 혼란스럽게 만들기에 충분했다. 하지만 한번쯤은, 이런 허무맹랑한 상상을 해보고 그에 대한 이야기를 풀어나가보는 것이, 지금까지 살아온 날보다 앞으로 살아갈 날이 많은 나에게 색다른 경험이 되지 않을까 생각하여 다음과 같이 이야기해 보고자 한다.

　우선 통일부장관의 역할을 알아보면 다음과 같다. 정부조직법 제 31조에 따르면, 통일부장관은 통일 및 남북대화, 교류, 협력에 관한 정책의 수립, 통일교육, 그 밖에 통일에 관한 사무를 관장한다고 한다. 본인은 통일부장관의 역할 중 교류, 협력에 관한 정책 수립 쪽에 대해서, '이공계' 출신으로서 전공인 풍력발전 분야와 관련지어 이야기해

보고자 한다. 검색을 통해 통일부장관의 역할에 대해 간단히 찾아 보았지만 통일부장관에게 허용된 권한 등에 대해서는 아는 바가 없기 때문에 그저 허무맹랑한 이야기로 들릴 수도 있겠지만 최대한 전공분야와 관련지어 생각을 이야기로 풀어보겠다.

　통일부장관이 된다면 첫째로 북한의 열악한 전력 상황을 개선시켜주기 위해서 교류 및 협력을 진행하는 정책을 수립할 생각이다. 북한이 겪고 있는 전력난을 해결하기 위해서는 큰 용량의 발전소도 필요하지만 발전소에서 발전한 전력을 수도권을 비롯한 각 도시에 송전하기 위한 전력계통 연계망이 우선적으로 필요하다. 튼튼한 심장을 갖고 있는 사람이라 하더라도 혈관이 건강하지 못하면 혈액순환에 문제가 생기듯이 많은 양의 전기를 발전할 수 있는 발전소가 지어지더라도 전력계통 연계망이 부실하다면 정상적인 송전이 이루어지지 못하기 때문이다. 따라서 북한의 주요도시를 잇는 전력계통 연계망과 연계망을 통해 발전된 전력을 보내줄 발전소를 건설하기 위한 정책을 수립하고 대규모 발전사업을 지원함으로써 북한의 전력부족에 대한 해결책을 제시할 생각이다. 물론, 이 과정에서 우리 남한의 자원을 북한에 조건 없이 지원해 줄 생각은 전혀 없다. 지금까지의 미국이 그래왔듯이 비핵화를 전제조건으로 하고 발전소 및 전력계통 연계망 건설과 관련된 기업은 전부 남한과 북한의 기업들로 구성되어야 하며 마지막으로 발전소 완공 이후 발전을 시작함에 따라 발생하는 이들의 일부를 이용하여 남한측에 원금과 이자를 일부 상납하는 방식을 조건으로 지원하는 것을 생각하고 있다.

　둘째로는 다른 챕터에서 설명한 것과 같은 내용의 사업을 진행할 수 있도록 정책을 수립하고 교류를 진행할 계획이다. 대형 발전소의 경우 전력계통 연계망 및 발전소 건설에 굉장히 많은 시간과 자금이 소요된다. 따라서 북한이 당장 겪고 있는 전력부족을 해결해 줄 수 있다기 보다는 좀 더 원시안적인 측면에서 북한의 전력부족을 해결하기 위한 방안이라 볼 수 있다. 따라서 당장의 전력부족을 해결하기 위한 방안도 필요하다고 볼 수 있다. 이러한 당장의 전력부족 문제를 해결하기 위해서는 소형 풍력발전기와 태양광 하이브리드 풍력발전기, 태양광 발전기 등을 이용한 소규모 발전이 필요하다 생각한다. 소규모 발전기들의 경우 대형 발전소와는 다르게 북한의 다소 빈약한 전력계통 연계망을 이용하더라도 문제없이 발전이 가능하며, 발전기를 설치하여 이용하는데 소요되는 시간도 적기 때문에 당장의 전력문제를 해결하기 위한 좋은 방안이 될 것이다.

셋째로 남북의 교육기관간의 교류 및 협력과 관련된 정책을 수립할 수 있도록 노력하겠다. 과학기술 측면에서 남한이 북한 보다 앞서는 분야가 많은 것은 사실이지만 모든 분야에서 그런 것은 아니라고 생각한다. 남과 북이 교육의 측면에서 교류함으로써 각국의 기술을 서로 배울 수 있다면 좋을 것이다. 또한 현재 북한의 경우 남한과는 다르게 실험과 연구에 필요한 인프라가 많이 부족한 것으로 알고 있다. 실험 및 연구 인프라가 부족하여 논문에 필요한 실험결과를 직접 실험하지 못하고 외국에 대리 실험을 맡기는 방법으로 실험 및 연구를 진행하는 경우도 있다고 들었다. 어차피 외국을 통해서 실험과 연구를 진행해야 한다면, 남한과의 교류 및 협력을 통해서 연구를 진행한다면 더 좋지 않을까라는 생각이다.

마지막으로 이 글의 제목인 '오전 남풍 오후 북풍이면 내일은 맑음'이 갖고 있는 뜻을 설명하겠다. 이 문구는 우리나라의 기상과 관련된 속담인데, 다음과 같은 뜻을 내포하고 있다. 서쪽으로부터 저기압이 접근하여 남풍이 부는 것은 저기압 중심권에 들고 있음을 의미하여 비가 온다는 뜻이라고 하고 이후 저기압이 통과하고 나면 고기압의 장출로 인해 북풍이 불어 날씨가 맑아진다는 의미라고 한다. 이 속담이 갖는 원래의 의미와는 다소 다를 수 있지만 다음과 같이 해석해 보면 어떨까? 남한이 먼저 손을 내밀어 주고 북한이 이에 화답하면 한반도는 맑게 갤 수 있다는 의미로 말이다. 우리 대한민국은 예전부터 북한에 먼저 손을 내민 적이 많았다고 생각한다. 평화를 위해서 먼저 손을 내밀기도 하고, 남과 북의 교류와 협력을 통한 서로의 발전을 위해서 손을 내밀기도 했다. 하지만 안타깝게도 남한이 먼저 내민 손을 북한이 거절한 경우가 많았던 것으로 알고 있다. 앞으로는 남한이 먼저 내민 손을 북한이 거절하지 않고 화답해주는 그런 날이 오게 되면 좋을 것 같다.

4. 동상이몽에 대한 해결책?? | 류경호 |

현재 내가 생각 하기로 북한은 통일과 평화의 역행하고 있다고 생각하고 있다. 통일과 평화에 역행하는 행위중 가장 기억에 남는 것은 김정은 정권이후 시행된 3, 4, 5차 핵 실험이다. 그 이유는 북한은 많은 미사일 실험을 하지만 핵 실험의 경우 이미 일본 히로시마와 나가사키에서 입증된 것처럼 다른 미사일과 피해 규모가 매우 많은 차이가 있기 때문이다. 내가 알고있는 것이 정답은 아니고 모든 상황을 알고 있는 것은 아니지만 현재 북한의 도발이후 대한민국의 국방부에서는 대응사격 및 군사적 접촉을 불사하며 행동을 보이고 있지만 통일부에서는 도발 당시에는 강력한 입장을 내비추어도 이후에는 북한과 대화 하려하고 도발이 없었던 것처럼 행동하는 것으로 보인다. 따라서 만약 내가 통일부 장관이 된다면, 이러한 느슨한 제제들을 보완하여 국방부가 하는 강력한 조치에 힘을 실어 북한에 더 큰 피해가 있도록 개성공단을 즉시 폐쇄 하거나 북한에 대한 지원을 바로 중지 하는 등의 행동을 보일 것이다. 이후 북한의 사과를 받을 때 까지 무관용 원칙으로 경제적인 압박을 계속 시행 할 것이며, 이러한 정책들로 인해 대한민국에서 피해를 보는 소상공인에게는 따로 경제적인 지원을 시행할 계획이다. 이러한 강경대응 및 강력한 대책들은 그때 그때 상황에 맞게 통일부와 국방부가 함께 나서 시행 하고 힘을 써야하지만, 내가 통일부 장관으로써 북한과의 대화 창구 또한 열어 놓을 계획이다. 어디까지나 내가 통일부 장관이 되었을때라는 가정이 포함되어 있고 만약 진짜 내가 통일부 장관이 되어도 이러한 정책들을 시행 할 수 있는지는 의문이지만, 통일부장관자리에 앉게 된다면, 현재 북한이 폭파시킨 남북의 연락사무소를 개성공단에 다시 재건 할 예정이며 북한에 사람을 보낼 수 있도록 하여 북한의 동태를 살필 것이다. 물론 여기서 북한에 사람을 보낸다는 것은 비밀스럽게 간첩을 보낸다는 것이 아니다. 북한과의 충분한 협의가 이루어져 평화의 상징으로도 많이 쓰이고 현재 남한에서 우편 및 소식을 전달하는 우체국의 마스코트인 비둘기에서 착안 하여 북한쪽에서 한명 남한으로 사람을 보내고 남한에서 북한쪽으로 사람을 한명 보내어 각국의 평화의 비둘기 역할을 할 수 있는 사람을 말하는 것이다.

5. 속닥속닥, 북한 속의 한국인 　｜이아인｜

1980년대 말 소련이 붕괴되고 남한경제가 북한보다 훨씬 앞서가기 시작할 때 쯤부터 우리는 자연스럽게 북한과 하나가 될 수 있을것이라 생각했다. 그러나 북한의 입장에서는 어떻게 느꼈을까? 북한은 이런 흡수통일에 대해 공포를 느꼈을 것이라 생각한다. 체제 위협을 느낀 북한은 스스로를 지키고자 핵과 미사일을 개발해야 한다는 생각을 했을 것이라고 짐작해 보며 이것이 비극의 시작이라고 판단된다. 만약 이 시기에 북한과 좀 더 많은 교류와 대화가 이루어졌다면 현재까지도 문제가 되는 북핵 문제도 어느 정도 희극으로 바뀌어 있지 않았을까라는 생각도 든다. 이후 수많은 비핵화 방안이 나왔으나 아직 뚜렷한 방안이 나오지 않고 있다. 북한은 해외 경제 의존도가 굉장히 낮기 때문에 대외적 압박은 큰 영향을 끼치지 못할 것으로 예상한다. 차라리 북한과의 협상을 통해 핵을 포기하게 만드는 것이 평화를 위한 가장 빠른 길이라는 생각이다. 이러한 협상과정은 대표적으로 통일부장관의 업무 중 하나라고 할 수 있다. 통일부장관은 통일부의 최고 책임자로서 통일에 대한 정책을 펼치고 발언할 수 있다. 또한통일 및 남북대화를 위해 노력하고 남북교류와 협력에 관한 정책을 수립하며 통일교육 및 홍보와 관련한 일을 한다. 그러나, 우리나라에서 통일부장관이 된다는 것은 너무나 어려운 일이라고 생각한다. 먼저 자신의 과거가 다 밝혀지기 때문에 과거에 어떤 일을 했다면 그 일이 옳은지 나쁜지에 대해 대중들에게 평가받게 된다. 이 과정을 겪는 것이 책임져야할 의무라고 생각이 들 수 있지만 자신의 삶이 과도하게 노출된다는 점은 안타깝게 느껴지기도 한다. 그럼에도 불구하고 만약 이공계 최초 통일부장관이 된다면 그저 자리 채우는 역할이 아닌 통일을 이룰 수 있는 실질적인 역할을 해야 할 것이다.

내가 통일부장관이 된다면 아마 대중들은 혁신적이고 기술적인 교류와 협력방안을 기대할 것이다. 전공도 에너지자원공학과 물리탐사이기 때문에 광물자원개발과 관련한 지식도 어느 정도 숙지하고 있으며 광업이라는 북한의 핵심산업과 연계외어 있기 때문이다. 북한 광물자원에 투자함으로써 남한은 자원을 안정적으로 수입할 수 있고 그에 대한 수송비 절감효과도 볼 수 있다. 또한 현재 남한에서 지양되고 있는 비금속 광물 가공산업을 북한으로 이전시켜 경제 순환 및 경쟁력을 다시 확보할 수 도 있을 것이다. 이처럼 남한이 북한에 광물자원 투자를 확대할수록 북한의 경제성장에 기여도가 높아짐은 분명히 알 수 있는 사실이다. 그러나, 현재 남북관계와 상황을 살펴볼 때 이러한 정책들은 아주 오랜 시간이 흐른 뒤 시행할 수 있는 보여주기식 정책들에 불과하다. 따라서 보다 현실적인 측면에서, 남북사이에 존재하는 소통의 어려움을 어떻게 해결할 수 있을지에 대해 고민해 보고 싶다. 남북한 주민간의 이질감을 해소하는 것이 소통에 대한 문제를 해결하는 열쇠로 보여진다. 먼저, 우리가 현재 가장 쉽게 접근할 수 있는 북한출신사람을 직접 만나 함께 노력할 수 있는 방안을 생각해 보아야 한다. 바로 탈북민과의 교류를 통해 직접적이지 않더라도 간접적으로나마 북한(주민)의 생각과 니즈를 파악하고 이를 정책에 자연스럽게 스며들게 해야 한다. 현재 남한이 북한에 인도적 지원을 하는 것과 같이 일방적으로 선진국이 개발도상국(혹은 후진국)을 돕는 것이 아니라, 서로가 파트너로서 함께 프로젝트를 운영하고 주체적으로 참여할 수 있도록 지지해야 한다. 탈북민은 북한과 다른 남한의 경제시스템을 경험한 사람들로 양국 주민들의 이질감을 해소하는데 큰 역할을 할 것으로 판단된다. 예를 들면 탈북민들이 주체적으로 운영하는 사업을 더욱 적극적으로 지원하기 위해 창업자들간의 정기모임, 남한사람들과의 기술협력 등을 추진하여 북한 내 여론 및 북한주민들이 원하는 아이템 등을 파악할 수도 있을 것이다. 이처럼 남한이 탈북민과 함께 적극적인 협력을 추구한다면 더 큰 성장을 이끌어 낼 수 있을 것으로 기대할 수 있다. 이를 통해 남북교류가 더 활성화 된다면 앞서 이공계 통일부장관으로서 시행하고 싶었던 광물자원의 교역과 투자를 추진할 수 있는 기반을 마련하는데에도 도움이 될 수 있을 것이다.

6. 적대관계에서 협력관계로 협력관계에서 한반도로 | 이형덕 |

남과 북은 제2차 세계대전 이후 일본이 패배하면서 식민지 통치에 벗어남과 동시에 주둔해 있던 소련군과 미군에 의하여 38선을 기점으로 남과 북으로 갈라지게 되었다. 이에 남과 북은 서로 다른 체제가 수립되었고, 미국, 소련, 영국 그리고 중화민국이 5년 내 한반도를 신탁 통치하게 되었다. 이에 남한과 북한은 각각의 정부가 수립되었고, 이후 1950년 6월 25일 북한의 불법 기습 남침으로써 한국전쟁이 발발하게 되었다. 한국전쟁은 1953년 7월 27일 휴전협정에 따라 휴전이 되었고, 현재까지 지속되고 있다. 이후 남과 북은 교류를 통하여 평화협정을 위한 길을 걷던 도중 북한의 핵개발 그리고 군사적 도발 등에 의하여 번번히 무산되고 있던 와중에 최근 2018년 4월 27일 판문점 선언을 통하여 종전선언과 평화협정을 체결하겠다는 합의가 선언되었다. 그러나, 2020년 6월 16일 북한에서 개성공단에 위치한 남북공동연락사무소를 폭파한 사건이 발생하게 되었다. 이러한 사건이 발생하게 된 사유에 대하여 당시 상황을 놓고 판단하자면, 북한에서는 비핵화에 대하여 외부적 압박을 심하게 받는 것으로부터 시작된 것으로 보여진다. 이로 인하여 북한에서는 체제의 보존과 자신들의 영위를 위하여 핵개발을 포기 못하고 더이상 다른 국가와의 합의를 하지 않으려는 의지를 보여주기 위하여 남북공동연락사무소를 폭파한 것으로 보여진다.

〈그림 2〉 남북공동연락사무소 폭파 장면[2]

이와같이 현재는 아직도 남한과 북한은 적대관계를 벗어나지 못하고 있는 실정이다. 이에 만약 내가 통일부 장관이 된다면, 적대관계를 협력관계로 풀어가기 위한 외교정책을 수립할 것이다. 외교정책의 가장 중요한 것은 북한의 비핵화를 포기하게끔 하는 것이 아닌 다른 국가들과의 평화적 교류를 할 수 있도록 하는 것이다. 북한이 현재 비핵화를 포기하지 않는 이유 중 큰 것으로 앞서 서술하였듯이 현 체제를 보존하고, 주변국가로부터 압박을 받을 시 본인들을 보호하기 위한 방책으로 가지고 있는 것으로 알고 있다. 그러므로, 현재의 체제를 인정하면서 평화적인 교류 및 협력관계를 추구하여 북한이 더이상 위협을

2) 조선중앙통신

받지 않도록 해야할 것이다.

여기서, 한가지 문제가 되는 점은 핵무기 개발이다. 북한에서 핵무기 비확산조약(Treaty on the Non-Proliferation of Nuclear Waepons)에 의거하여 더이상 핵무기 개발을 하지 않도록 해야 할 것이다. 이것이 경제협력관계를 수립하기 위한 첫 단계가 될 것이다. 핵무기 개발에 대한 문제가 해결된다면 더이상 주변국가에서도 북한을 압박하는 태도를 보여주지 않을 것으로 예상된다. 다음으로는 개성공단과 남북공동연락사무소와 같은 남북한이 서로 교류할 수 있는 시설을 구축하는 것이다. 이러한 남북한 합작으로 구축될 시설들의 경우 건설되어질 부지선정이 매우 중요할 것이다. 왜냐하면, 대외적으로 남북한이 서로 평화적으로 경제협력관계를 수행한다는 것을 나타내기 좋아야하고, 실제로도 남한과 북한이 서로 교류하기 편한 지역으로 선정해야 하기 때문이다.

따라서, 남북한 합작 시설물을 건설하는 지역을 남한 혹은 북한만의 땅이 아닌 남북 연합국의 땅으로 지정하여 각 국에서 지원 및 관리 인원을 충원하고, 자유롭게 이동이 가능한 곳으로 해야한다. 이렇게 지정될 경우 해당 지역을 통하여 서로간의 의견소통을 할 수 있는 대표적인 지역이 될 것이고, 발생가능한 사고를 빠르게 파악하여 미연에 방지할 수 있을 것으로 보인다.

이와 같이, 남한과 북한이 경제협력관계를 유지할 경우 각국에 발생되는 이점들이 많을 것으로 판단된다. 먼저, 북한의 핵실험을 통하여 쌓여진 원자력에 대한 기술들을 원자력발전소 개발에 적용한다면, 보다 효율적이고 안전한 원자력 발전소를 개발할 수 있을 것이고, 추후 비무장지대(Demilitarized zone, DMZ)에 생태공원을 조성하여 세계 어디서도 보지 못할 자연 그대로의 관광지로 개발 할 수 있어 해외 관광객들을 유치하고, 이를 계기로 남한과 북한의 협력관계에 대한 홍보도 할 수 있을 것이다. 이러한 홍보는 북한에 대한 인식을 개선시킬 수 있을 것으로 예상되고, 이를 통하여 북한과 타국가간의 외교도 활발해질 수 있을 것으로 판단된다.

이외에도 남북한 협력관계를 통한 많은 이점들이 발생되어질 것이다. 이러한 이점들을 토대로 남북한이 같이 성장해 나가고 수 많은 교류를 거쳐가면서 남북합작사업등이 많이 추진될 수 있을 것이다. 그리고 어느 순간부터 남한과 북한이 아닌 한국 혹은 한반도로 불려지는 날이 올 것이라고 희망한다.

7. 북한과의 우주개발협력 | 전용중 |

만일 내가 통일부 장관이 된다면 북한과의 주요 협력과제로 우주개발협력을 첫 번째로 수행할 것 같다. 현재 내가 전공하고 있는 분야는 우주개발협력과는 상당히 거리가 먼 전공분야이지만 만약 내가 통일부 장관이 된다면 북한이 현재 무기로서 활용하고 있는 대륙간탄도미사일(ICBM) 기술을 한국의 기술들과 융합하여 본격적인 우주개발 시대에 활용한다면 좋은 시너지 효과를 이룰 수 있다고 생각한다. 탄도미사일 개발과 우주발사용 로켓의 개발은 흔히 동전의 앞뒷면 같다고 하는데 이러한 근거로 현재 북한이 우주개발이라는 명목으로 신형 탄도미사일을 지속적으로 개발하고 있다. 특히 김정은 위원장 집권 이후 우주개발 5개년 계획에 돌입하고 '우주개발법'을 선포한 북한은 2016년 제 2차 '국가 우주개발' 5개년 계획에 나서는 등 우주과학 연구에 힘을 쏟고 있다. 유엔총회에서 북한은 우주개발은 각국의 보편적 권리라고 주장하며 특정 국가에 의한 '우주군사화'를 반대한다는 입장을 표명하였다. 북한 단장의 경우 "우주 공간에는 국경선이 없으며 매개 나라는 우주를 평화적으로 개발하고 이용할 수 있는 보편적 권리를 가지고 있다"면서 "우주 활동 분야에서의 선택성과 이중기준의 적용 우주의 군사화를 반대하는 것은 공화국의 일관한 립장"이라고 발언했다. 하지만 공식적인 석상에서의 북한의 발언과 실제 북한의 행동에는 현재 많은 차이가 있다. 현재 북한이 쏘아올린 광명성 1, 2호 위성은 궤도 진입조차 하지 못했고 광명성 3, 4호는 궤도는 돌고 있으나 신호는 잡히지 않아 위성으로서의 기능을 하지 못하고 있는 것으로 알려져 있다. 이러한 점들은 북한이 단지 위성 발사라는 명목으로 대륙간탄도미사일 실험을 한 것으로 대부분의 나라는 생각하고 있다. 게다가 최근에는 잠수함발사탄도미사일(SLBM) 시험 발사까지 실시하는 것으로 알려져 한국에게 상당히 위협적인 비대칭전력으로 판단된다. 하지만 이러한 북한의 탄도미사일 기술을 이용해 한국과 우주개발에 있어서 협력하게 된다면 마치 미국과 러시아가 국제적인 관계에서는 서로 경쟁하지만 우주개발에 있어서 국제우주정거장을 같이 설립하여 협력했던 것처럼 남북 사이의 관계 개선의 출발점이 될 것이라 생각한다. 남북의 최근 우주개발 현황을 살펴보면 북한은 한국보다 약 한 달 정도 빠른 2012년 12월 12일 은하 3호를 발사하면서 세계에서 열 번째로 성공하였고 한국은 2013년 1월 30일 나로호를 발사하여 세계에서 열한 번째로 성공하였다. 이러한 점들을 보았을 때 북한이 충분히 우주개발 분야에 있어서는 협력이 가능한 대상으로 판단되고 현재 북한이 가지고 있는 기술들을 탄도미사일 분야가 아닌 우주개발 분야에 활용할 수 있다면 우주 개발에 열을 올리고 있는 세계 강대국들을 조금이라도 더 따라갈 수 있는 발판이 되지 않을까 생각해본다. 특히 이 분야의 협력을 이룰 수 있다면 기존에 북한과 협력하는 대부분의 분야가 관광과 제조업 등의 상대적으로 첨단 기술력이 필요하지 않은 분야였다면 우주개발 분야의 경우 현재까지 나온 기술들을 집약하는 분야라고 할 수 있다. 우리가 만약 북한과 이러한 첨단 산업 분야에서의 협력을 성공적으로 이루어낸다면 지금까지의 협력사례보다 더 큰 결과물로 받아들일 수 있을 것이다. 현재 한국의 우주개발 현황은 올해 한국형발사체인 누리호를 10월에 발사할 계획을 가지고 있고 2024년을 목표로 한 미국이 주도하는 달 착륙 프로젝트에 참여할 수 있는 아르테미스 협정 회원국의 일원이 됐다. 이 협정은 달뿐만 아니라 화성, 혜성, 소행성 탐사와 이용에 관한 원칙과 함께 평화적 목적의 탐사와 투명한 운영, 탐사 시스템의 상호운영, 비상시의 상호지원, 분쟁방지 등 다양한 내용들로 구성되어 있다. 만약 내가 통일부 장관이 된다면 북한과 이러한 내용의 협정을 조약하고 양측 간 적대적인 무기 개발보다 남북의 미래와 인류의 미래를 위해 함께 연구 개발을 할 수 있도록 관련 기구를 설치하여 통일부 산하에 한반도 우주협력본부를 설치하여 평화적인 우주 연구만을 위한 정책을 한 번 추진하고 싶다.

8. 기술협력은 통일을 싣고 | 주상현 |

통일과 평화에 역행하는 행위를 생각나게 하는 사건으로는 대표적으로 판문점 도끼만행사건과 김정은 집권 이후 2020년 개성 연락사무소 폭파사건을 언급할 수 있다. 1992년 남북기본합의서에 따른 판문점설치를 계승하여 소통의 수준을 높이기 위해 2018년 9월 개성공단에 세워진 남북공동연락사무소는 김여정이 발표한 일방적 폐지 선언

이후 2020년 6월 남한과의 논의 없이 일방적으로 남북공동연락사무소를 폭발시켰다. 이것은 북한 김여정에 대한 언사가 강력한 차후행동력을 암시하는 발언임을 증명하는 동시에 남북소통관계 단절의 의지를 굳건하게 세우고자 하는 뜻이 담겨있음을 알 수 있다. 실제적으로 건물의 취약부를 강타한 것이 아닌 의지표명을 위한 폭파였으므로 건물의 잔해가 많이 남아있지만, 이것을 직접 눈으로 확인한 한 명의 남한국민으로서 경제적, 시간적 손실을 고려할 수 밖에 없었다. 보도에 따르면 지불된 건설 및 유지/보수비용은 235억 원 상당이며 이는 모두 대한민국 정부에서 부담했다고 한다. 이 사건에 따라 2018년 6월 17일 김연철 통일부 장관이 직위를 내려놓게 되었다. 내가 만약 이 자리를 이어받게 된다면, 북한 내부와 국제정세에 대한 의견들을 종합하고, 손해배상에 대한 구체적 항목들을 제시하여 국제사회에 북한에 대한 배상권을 청구할 것이다. 영상을 통해서 한 가지 의문스러웠던 점은 건물폭파 이후의 분진 및 처리 문제이다. 북한의 개성이라고 하면 연락사무소가 상주해 있을 만큼 인구의 밀집도가 높은 곳이다. 이러한 곳에서 단지 국가적 선전을 위해 폭파분진가루와 파편을 무작위로 날린 다는 것은 주변에 거주하는 시민들에 대해 어떠한 고려도 하지 않을 만큼 의식수준이 낮다는 것을 의미한다. 이것을 공학적인 관점에서 본다면, 500kg에 해당하는 화약을 사용하면서 추가적인 건물철거 비용에 대한 경제적 손실과 인근생활권에 대한 안정성 모두를 무시한 행위이므로 이념적 차이를 넘어서 인간에 대한 기본적인 권리가 보장해주지 못하는 현실이라고 비판할 수 있다. 하나의 사건을 집중적으로 살펴보면 과도하게 해석하지 않는 선에서 다양한 관점으로 북한의 현상황을 분석할 수 있다. 이에 따라, 위 사건을 분야를 나누어 체계적으로 분석해 국제사회에 보다 객관적이고 명확하게 알리는 것이 해결

방안을 제시하는 데 있어 첫 걸음이 될 수 있을 것이다. 국제사회에 북한의 표면적 행위를 넘어서 그 의의를 각인시킨 후의 행보는 배상권에 대한 처리와 국제적 비판에 대한 처분에 대하여 대응 안으로써 방법들을 제시하는 것이 될 것이다. 국내에서는 해외에 건축기술에 대한 수출과 해체 후 처리에 대한 다양한 방법들이 개발되고 있다. 미국의 건설잡지 ENR(Engineering News-Record)에 따르면 한국 국내의 설계/엔지니어링사의 해외매출은 연 12,000억 규모이며, 세계 10위를 웃도는 정도의 기술력을 가지고 있다. 이를 활용하여 통일부 예산의 일부를 북한 개성공단 내 건물설계에 대한 사업발주에 할당시키고, 북한의 개성공단과 연계함으로써 개성공단 개발에 대한 청사진을 제시할 수 있을 것이다.

자금원조를 넘어서는 기술원조는 현재 북한이 가장 원하는 협력으로 분석된다. 북한-미국간의 대담을 통한 원자력발전소는 이제 뒤로 하고 우리의 기술로 제안하며, 장기적인 소통의 길로 갈 수 있는 길을 연다면 협력의 본질적인 의미를 수행하며 나아가 통일로 가는 길로 이어질 수 있을 것이라고 생각한다.

9. 협력사업으로 함께 성장하는 남북한 　｜ 최찬용 ｜

국내만이 아니라 세계가 주목하고 있는 북한의 무력도발은 20여년을 살면서 항상 뉴스에 나오던 얘기이다. 김정은 체제에서도 이것은 변하지 않았다. SLBM은 잠수함발사탄도미사일로 SLBM 발사는 잠수함으로 잠항해 접근한 뒤 기습 발사할 수 있다는 점 때문에 미국이 본토 위협으로 간주하는 무력도발이다. 지난 4월 6일 북한은 이와 같은

〈그림 3〉 신형 잠수함발사탄도미사일(SLBM) '북극성-3형' 시험 발사 장면

출처: https://news.kbs.co.kr/news/view.do?ncd=5012415, KBS NEWS

도발을 다시 시도했다. 이처럼 북한이 무력도발을 계속해서 행하는 이유는 군사력의 건재함 및 전쟁 분위기 조성 등을 위함이다. 대한민국에서 군 복무를 마친 남성들의 경우 가장 신경 쓰이는 북한의 행동 중하나가 무력도발이라 생각한다. 필자 또한, 북한의 무력도발이 일어나면 피곤한 몸으로 좀 더 빡빡하게 근무를 해야했던 적이 있는 군필자이므로 북한의 무력도발은 꼭 사라져야 한다고 생각한다. 이처럼 때때로 무력도발을 하는 북한에 대하여 만약 필자가 이공계 출신 통일부장관이 된다면 무력도발에 사용하는 무기를 개발하고 있는 그 기술을 활용할 생각을 해볼 것이다.

　현재 북한의 무력도발은 빈번하게 일어나고 있으며 무력도발이 진행되는 과정은 다음과 같다. 북한의 경우 언제나 협상의 주제 중 하나인 무력도발을 위하여 항상 무기를 개발하고 그것에 대한 실험을 준비한다. 하지만 공개적으로 무기에 대한 실험을 진행한다면 세계적으로

질타를 받고 불리해지기 때문에 그를 시행하기 위하여 우주개발 사업 등 다른 사업에 가려 실험을 진행하거나 실험을 진행한 뒤 묵묵부답으로 일관하는 태도를 보인다.

그리고 무력도발이 계속되면 안보문제와 불안감 조성 등 다양한 문제가 발생하지만 그 중 필자가 가장 큰 문제점으로 생각하는 것은 무력도발을 협상의 중심 안건으로 상정하면 항상 주도권을 빼앗긴 상황으로 협상이 진행되는 것이다. 한반도에너지개발기구도 북한이 핵무기 개발에 사용한 것으로 추정되는 흑연감속형 원자로 2기를 동결하는 대가로 경수로 2기를 건설하는 것을 목적으로 설립하는 등 무력도발 및 군사력 증강을 위한 기술개발에 대하여 그에 대한 근절을 약속받고 대가를 지불하는 식의 사업이 이루어졌다. 이는 북한이 주도권을 가지고 유리한 조건으로 협상을 진행할 수 있게 되고 타 국가는 북한의 행동에 대하여 수동적 움직임을 취하고 불리한 조건으로 협상을 진행되게 한다.

따라서 우주개발사업 등에 가려서 진행하고 있는 대륙간탄도미사일 기술개발 사업 등에 대하여 무조건 그에 대한 제제를 가하고 그에 대한 보상을 대가로 주는 식의 외교는 현재 단계를 계속 반복하고 더 나은 국제개발협력 과정으로 나아가지 못할 것이라고 생각한다. 근본적으로 북한의 숨은 의도를 제거하고 억제할 수 있어야 한다. 그리고 무력도발을 하기 위하여 진행된 기술개발을 진짜 우주개발사업 등으로 전환해 국제개발협력 사업으로 진행하여 양측 모두 이익을 볼 수 있는 상황이 만들어져야 한다. 또한, 진행된 사업이 북한이 무력도발로 얻는 이익보다 많아져야 한다. 이 사항들이 이루어진다면 사업의 목적에 맞지 않는 북한의 의도를 사전에 차단하고 우주개발사업에 집중한다면 양측에 많은 이익이 돌아올 것이다. 그리고 무력도발에 대한 우려와 그를 대비하기 위하여 기울이는 시간과 자원도 아낄 수 있을 것이다.

만약 필자가 통일부 장관의 자리에 위치하고 있고 위와 같이 군사력 강화에 대한 사업을 다른 상호 간에 이익이 되는 사업으로 전환해 사업을 진행하였을 때 의도와 맞지 않는 행동에 대하여 사전에 차단하지 못하고 문제가 발생한다면 자리에서 물러나는 것만으로 해결이 되지 않을 수 있는 위험이 발생할 수도 있다. 하지만 의도에 맞게 진행된다면 그것은 북한의 경제뿐 아니라 국내에도 많은 기술개발 및 경제적 이익을 추구할 수 있다. 지금까지 해왔던 기술개발에 대한 무조건적인 제제만이 답이 아니라 그를 다른 방향으로 활용하여 북한도 경제적으로 성장하고 더 나아가 남북관계가 긴밀해질 수도 있는 기회가 될 것이라 생각한다.

10. 때를 기다리며 | 황예찬 |

나는 남과 북이 통일해야 한다고 생각하는 사람이다. 물론 한민족이라는 이유도 있지만 통일을 통해 남한의 경제성장과 국가경쟁력 제고에 더 도움이 될 수 있을 것으로 생각하기 때문이다. 하지만 경제성장과 국가경쟁력 제고를 위해서는 급진적인 통일이 아닌 점진적인 통일을 할 때 가능할 것이라고 생각한다. 1989년 노태우 정부가 제시하고 1994년 김영삼 정부에서 남한의 공식 통일방안(민족공동체통일방안)이 변함없이 계속없이 유지가 된 것도 이러한 이유에서 비롯된 것이라고 생각한다. 그리고 점진적, 단계적 통일이 되기 위해서는 무엇보다 교류와 소통이 가장 중요하고 우선시 되어야 한다.

하지만, 북한의 비핵화문제로 대북제재가 계속되는 가운데 2021년

4월 9일 조선중앙통신에 따르면 김정은 위원장은 고난의 행군을 할 것이라고 말했다. 대북제재를 완화하기 위한 조치를 취하는 것이 아닌 내부기강을 다져 위기를 극복하겠다는 의도로 풀이되고 있다. 그리고 이러한 행보는 더욱 북한 스스로 더 굳게 국제사회의 문을 닫으려 하는 것으로 판단된다.

내가 만약 통일부장관이 되었다고 가정해 보았을 때 결론은 '기다림'이다. 자세한 설명을 해보도록 하겠다. 우리나라의 경우 역대 대북지원 현황을 보면 18년도 말까지 약 3.3조가 북한에 지원되었다. 1995년 김영삼 정부부터 대북식량지원을 시작으로 대북 인도적 지원이 지속적으로 이루어지고 있다. 물론, 정부에 따라 대북지원의 크기가 달라지긴 하였지만 북한으 이에 맞는 태도변화나 경제적 성장이 없었다. 또한 계속되는 핵실험 및 핵기술개발로 주변국가로 하여금 위협을 느끼게 만들고 있다. 1996년 강릉 무장공비사건, 1999년 제1연평해전, 2002년 제2연평해전, 2010년 천안함 피격, 연평도 포격사건 등 군인과 민간인들이 부상을 입거나 사망한 북한의 도발도 있었다. 남한의 대북지원이 이루어진 이후에도 말이다. 물론 2018년 남북정상회담이 열리고 북한의 태도변화가 이루어지나 싶었지만 결국 지금와서 볼 때에는 큰 변화가 없는 것으로 보여진다. 여태까지 북한의 대북지원이 의미가 없었다고 하는 말이 아니다. 하지만 이러한 대북지원이 결국에는 제자리걸음이라는 생각이 든다. 그래서 어쩌면 지금은 북한에 대한 단호가 필요하다고 생각한다. 비핵화 이전에는 어떠한 교류도 시작하지 않겠다는 입장이다. 북한이 비핵화를 약속한 이후에 교류가 시작되겠지만 물론 그 전에 교류할만한 것들을 알아보고 준비는 해야 될 것이다. 1992년 1월 31일 한반도 비핵화 공동선언이 있었음에도 불구하고 비핵화는 이루어지지 않았지만 그럼에도 북한이 비핵화에 대한 확실한 약속과 입장표명이 필요하다고 생각한다.

국제사회의 경우 북한에 대한 인도적 지원을 북한의 정치 및 안보문제와는 별개로 분리하는 것을 원칙으로 하고 있다. 이러한 인도적 지원을 통해 북한 내의 인권수준을 올리고 정치개혁을 통해 민주주의의 발전이 가능하다고 생각하기 때문이다. 본인도 마찬가지로 북한에 인도적 지원(식량지원)은 비핵화 이전에도 할 수 있다고 생각한다. 하지만, 그 이전의 교류와 소통은 북한의 확실한 입장변화가 있을 때, 그러한 모습이 보일 때 시작할 수 있다고 생각한다. 2021년 5월 22일 한미정상이 미사일지침 철폐를 합의해 국방력에 더욱 힘이 실릴 수 있는 이런 상황에서 북한에 대한 단호한 태도가 필요하다고 생각한다.

대북제재가 이루어진 이 시점에서 북한은 경제난을 극복하기 위해 후에 어느 정도 개방적인 태도로 바뀔 것이라고 생각한다. 북한 체제를 유지하기 위해 개방을 하고 있지 않는 것인데 오히려 개방을 하지 않다가는 스스로 자멸 할 수 있겠다는 생각을 수뇌부에서 가져야 본격적인 이야기가 될 것으로 예상된다. 따라서, 북한에 손은 내밀되, 북한이 내민 손을 스스로 잡기까지 기다릴 것이다.

대통령 연설 |

앞서 이공계 출신 통일부 장관 상상하기가 남북관계, 통일을 비롯한 신북방 신남방 문제 해결을 위한 객체에서 주체되기의 첫 번째 단계였다면 두 번째 단계는 남한사회에서 한반도로 생각을 확장하고, 국제사회에서 중요한 이슈로 부상된 SDG와 연계한 미래전략을 들어보고자 한다. 학생들이 대통령이 되었을 때 국민들을 대상으로 한반도 미래전략을 어떻게 세련되게 제시하고 있는지 대통령 연설 형식으로 들어보고자 한다.

1. 통일한국의 첫 발걸음, 평화를 위한 UNIK-SDGs 발족

| 김민지 |

친애하는 한반도, 한민족의 우리 국민께,
안녕하십니까, 통일한국 초대 대통령 김민지 인사 올립니다.

그동안 한민족 국민분들 모두 고생 많으셨습니다. 함께하면 이룰 수 있다는 기적을 우리의 손으로 이룩하는데 모두가 한 뜻, 한 마음으로 협력하기에 가능할 수 있었습니다. 통일한국의 대표로 여러분들의 앞에서, 더 나아가 세계에 목소리를 낼 수 있는 기회를 주셔서 감사드립니다. 국민 여러분, 여기에 안주하지 않고 이제는 우리가 일궈낸 협력의 사례를 통해 협력의 전문국가로서 국제사회의 파트너 국가로서 리더쉽을 보여 주변 국가 및 빈곤 국가를 위한 국제개발협력을 위해 힘쓸 차례입니다. 그러기 위해서는 우리 통일한국의 내실을 우선순위로 하여 국가의 사회 안정과 경제 성장, 국민의 굳건한 통합을 위한 전략적인 국가 지속가능발전 방안을 수립할 때입니다. 그동안 통일한국을 위한 노력으로 지쳐있는 분도 많을 거라 생각합니다. 우리 통일한국은 외적으로는 높은 경제 성장과 평화통일에도 불구하고 아직까지 소득의 양극화, 미세먼지 등 환경악화, 양질의 일자리 부족 등 국민의 삶의 질은 국가의 성장 및 통일과는 달리 실질적으로 나아지지 않는 모순이 지속되어 왔습니다. 이를 위해 과거 남한에서는 국가 지속가능발전목표인 K-SDGs를 통해 '체감할 수 있는 국민 삶의 변화'의 토대를 제공을 통한 성공 사례가 있습니다. 그 목표체계를 기관으로 새로운 통일한국을 위한 UNIK-SDGs(Unified Korean Sustainable Development Goals) 정책을 실현할 때입니다.

'UNIK'는 통일한국(Unified Korea)이라는 의미 이외에도 우리의 독자적인 지속가능개발목표를 뜻하는 고유성(Uniqueness) 및 통일한 국으로서 단합력을 뜻하는 단합(Unity), 국가와 기업, 국민이 함께 이룩한 통일한국의 혁신성장을 뜻하는 혁신(Innovation)의 뜻을 함축하고 있습니다. 국민의, 국민에 의한, 국민을 위한 국가의 시작으로 국민 참여로 이루어지는 상향식 방석의 추진을 위해 민간기업·관계부처·학계 공동작업반을 구성하여 UNIK-SDGs를 수립하겠습니다. 여기서 정부는 국민께서 걱정하고 있는 부분이 무엇인지 정확하고 확실한 정보를 얻기 위해, 각 지자체별로 UNIK 정부기관 산하 센터를 설립하고 각 목표에 맞는 관계부처와 협력을 통해 사회적 공론화의 장을 열고, 논의 결과를 정리하는 조력자 역할을 수행하여 실제 목표설정 작업은 SDGs 목표별 민·관·학 합동 작업반에서 주도합니다. 특히 국가 SDGs 포럼, 일반국민 설문조사 등을 통해 사회적 공론화 과정을 거쳐 최종적으로 국무회의에서 의결하는 절차를 거쳐 UNIK-SDGs를 마련하겠습니다.

UNIK-SDGs의 첫 번째 전략은 '사람(국민)'의 전략입니다. 이 전략은 통일한국의 건립에도 불구하고 국가 사회 서비스의 사각지대에 남아있는 국민들을 위한 사회안전망 강화를 위한 방안으로 식량 문제와 지속 가능성을 함께 고려하여 일대일 맞춤 농업·어업·축산·원예교육을 통한 국민의 자립성 강화를 도모하기 위함입니다. 이를 통해 국민 모두의 행복하고 건강한 삶을 보장하고, 평등한 양질의 교육 수혜, 성평등 등 의식주의 확실한 보장뿐만 아니라 아동과 여성 인권의 보장을 함께 수립하겠습니다.

UNIK-SDGs의 두 번째 전략은 '행복증진(웰빙)'을 위한 사회개발 서비스 측면의 전략입니다. 이 전략은 첫 번째 전략에서 더 나아가 성평등, 인권 등 모든 분야에서의 평등과 관련한 심도있는 전략입니다. 교육에 있어 모두가 나이를 불문하고 모두가 평등한 교육의 기회를 가질 수 있도록 소외 계층 아동 및 장애아동의 교육비 지원을 통한 양질의 교육 기회 보장을 위해 힘쓸 것입니다. 또한 아동뿐만 아니라 평생교육의 기회를 보장 및 증진함으로써 가장 취약한 집단의 삶의 질 제고에 만반의 준비를 다할 것입니다. 여성과 노인의 경우, 면역력 증진과 기본적인 의료 지원을 통해 질병을 예방하여 모성사망률(Maternal Mortality Ratio, MMR)과 유아사망률(Infant Mortality Ratio, IMR)의 감소를 위한 전략을 수립하겠습니다.

UNIK-SDGs의 세 번째 전략은 '번영(복원력)'의 보장과 확립의 전략입니다. 코로나19 팬데믹과 같은 국제사회의 위기 상황에서도 기본적인 보건과 관련된 사회 안전망 및 서비스의 지연 없는 지속적인 관리와 위기 대처 방안을 수립하여 사회 복원 및 빠른 경제 회복을 위해 힘쓰겠습니다. 이는 국내에서의 차원이 아닌 국제적인 차원의 노력이 함께 이루어져야 국가 간의 간극없는 건강한 교류가 가능하므로, 국제기구와의 적극적인 협력을 통해 국제 위기에서도 함께 이겨낼 수 있는 방안을 마련하겠습니다.

UNIK-SDGs의 네 번째 전략은 '친환경'의 전략입니다. 국내의 산림파괴, 토양침식, 해양 및 육상 생태계의 보전 등의 문제 뿐만 아니라 국제사회의 생태계 파괴, 기후변화, 재난 등에 대응하고자 마찬가지로 국제사회적인 차원에서의 협의, 협력을 통해 함께 해결하는 파트너, 커다란 공동체의 일원으로서 책임감 있는 방안을 마련하겠습니다.

UNIK-SDGs의 마지막 전략은 '협력과 개발'입니다. 통일한국 이전에 남북교류 및 남북협력을 통해 이룩한 통일한국의 평화통일을 사례로 국제협력를 위한 리더쉽을 통해 국제사회 모두가 평등하고 행복한 삶을 누릴 수 있도록 앞장서겠습니다. 국제사회 및 국제기구와의 협력을 통해 정보의 입수 및 습득, 접근성 확보 등을 통해 취약 국가의 인프라에 알맞은 기술지원 및 교류를 통해 기술 개발을 이룩하고, 경험을 통한 효율적인 관리체계를 수립할 수 있도록 협력하여 향후 국가가 자립성을 갖고 독자적인 경제 성장을 이룩할 수 있는 역량 강화에 힘쓰겠습니다.

국민 여러분, 그동안 고생 많으셨습니다.
앞으로 국민들과 통일한국은 평화와 협력의 등불이 되어 사각지대 없는 평등 공동체의 등불이 될 것입니다. 이를 위해 우리는 늘 그랬듯이 함께할 것입니다.

2. 한반도의 하나의 국가 통일한국 | 김석일 |

존경하는 통일한국의 국민 여러분 감사합니다.
여러분은 통일한국이 미래를 향해 나아가는 위대한 한걸음을 같이 하였습니다.
다시 한 번 모든 국민들에게 감사의 인사를 드립니다. 감사합니다!

비로소 이 한반도에 평화가 찾아왔습니다. 한 개의 민족 한 개의 국가였던 이 한반도는 두 개의 나라로 갈라져 서로를 증오하면서 너무나 오랜기간 동안 살아왔습니다. 4계절이 뚜렷하고 금수강산이 있는 이 한반도에서 차가운 총으로 대립하고 날카로운 철조망으로 대립하였습니다. 이제 더 이상 이 한반도, 통일한국에서는 서로에 대한 증오와 대립은 없습니다. 대한민국과 조선민주주의인민공화국, 남한과 북한이 아닌 통일한국만 존재합니다. 오랫동안 분단되어 문화, 정치, 경제 모든 것이 사뭇 다릅니다.

저는 이제 통일한국의 대통령이 되었습니다.

앞으로 전진하기엔 많이 어려울 수 있습니다. 그러나 한 민족이 다시 뭉쳐 살아가다보면 그 어려움은 금방 극복할 수 있을겁니다. 제가 그렇게 될 수 있도록 국민 여러분들을 도울 것이고, 국민 여러분 또한 저를 많이 도와주셔야 합니다.

저는 대통령에 당선되기 전, 이 한반도의 역사를 돌이켜봤습니다. 고조선 삼국시대 통일신라 고려 조선, 유구한 역사와 아름다운 문화가 참 많은 한반도였습니다. 한반도의 역사를 토대로 이 나라를 여러분과 함께 만들어 가고자합니다.

고조선은 단군왕검이 홍익인간의 이념으로 이 땅에 최초의 국가를 세웠습니다. 통일한국 역시 홍익인간의 이념을 바탕으로 널리 인간을 이롭게 하라, 즉 이 땅에 있는 모든 사람은 단 한사람도 소외되지 않고, 사람답게 살 수 있는 포용사회를 구현 할 것입니다. 차이를 인정하고 차별하지 않는 사회를 만들어 삼국시대처럼 서로 시기하며 증오하는 분위기를 배척하여 전 남한 국민과 전 북한인민의 화합을 구축하고 싶습니다. 첫술에 배부를 수 없고 한걸음에 천리를 날아갈 수 없습니다. 그러나 여러분들과 함께 하면 한걸음, 한걸음에 힘이 실릴 수 있을 것입니다. 고구려의 기상을 본받아 강국이 무시할 수 없는 강한 나라를, 신라의 아름다운 문화를 본받아 아름다운나라를, 백제의 외교정책을 본받아 주변국가와 화합할 수 있는 나라를 만들겠습니다.

우리나라의 자랑스러운 여러 문화유산 중 세계 최초의 금속활자가 있습니다. 이는 고려시대에 만든 것으로 당시 고려의 기술력은 강하였습니다. 전 대한민국에는 세계 최고의 반도체 기술이 있습니다. 이제는 통일한국입니다. 북쪽지역의 자원을 토대로 한국내에서 반도체를 완전하게 생산할 수 있습니다. 온전히 made in korea 가 되는 것입니다. 그러나 반도체로 만족하는 것이 아닌 첨단 기술, 선진 기술 개발에 힘을 쏟아 기술강국이 될 것입니다.

고려말의 권문사족의 부패로 새로운 국가 조선이 세워졌습니다. 저 역시도 기존의 나쁜 것을 타파하고 모든 국민이 잘사는 나라를 만들고 가겠습니다.

한반도의 과거의 모든 걸음이 합쳐져 통일한국이 될 것입니다.

이 아름다운 금수강산과 한반도를 부끄럽지 않게 후대에 물려줄 수 있도록 노력하겠습니다.

이땅에 모든 국민들이여 영광이 있으라!

3. S(outh)yN(orth)ergy effect | 김재천 |

친애하는 국민여러분, 안녕하십니까? 통일한국의 초대 대통령을 맡게된 김재천입니다. 우선, 이 위대한 통일한국의 초대 대통령이라는 막중한 책임이 부여된 자리에 추대되어 어깨가 한없이 무겁습니다. 수많은 남한의 선대 대통령들과 북한의 선대 위원장들께서 다져놓은 굳건한 기반과 끊임없는 성원에 힘입어 이 자리에 설 수 있었다고 생각합니다. 제가 이 자리에 설 수 있게 해주신 국민여러분께 다시 한번 감사하다는 말씀 전하면서, 앞으로 우리 통일한국이 나아가야 할 방향에 대하여 한 말씀 드리고자 합니다.

두 개의 나라로 분단되어 있던 우리 남한과 북한은 이제 하나의 나라로 다시 재결합하였습니다. 우리는 재결합한 통일한국의 완벽한 통합과 발전을 위하여 새로운 목표를 설정하고 밝은 미래를 향해 나아가야합니다. 이 목표를 달성하기 위해, 우리 통일한국은 철거된 한반도 군사 분계선 이남 지역과 이북 지역의 경제적인 차이에 대하여 논할 필요가 있습니다. 안타까운 일이지만, 통일 전 남한과 북한은 상당한 수준의 경제 수준 차이가 존재했습니다. 북한이 꾸준한 국제개발협력을 통해 경제 수준 향상에 많은 노력을 쏟은 결과, 경제 수준 차이가 다소 줄어들은 것은 사실이지만, 남한과 북한의 차이를 메꿀 수 있는 수준은 아니었습니다. 그로 인해 남과 북의 통일이 이루어진 현재까지도 군사 분계선 이남과 이북의 경제 수준 차이는 상당한 차이를 보이고 있는 게 현 상황입니다. 우리는 이 차이를 최대한 감소 시킴으로써, 남과 북의 지역별 격차를 감소시키고 이북 낙후 지역의 경제를 활성화 시키기 위하여 많은 노력을 투자해야 할 것입니다.

우리는 이러한 상황을 개선시키기 위하여, 2017년부터 2021년까지 5년 에 걸친 기간 동안 북한에서 진행될 유엔의 활동, 즉 '유엔전략계획 2017-2021(UNSF)'을 되새겨볼 필요가 있습니다. 우리는 이북 지역의 발전을 위하여 크게 네가지 전략 우선순위를 선정할 수 있습니다. 첫 번째로는 식량 및 영양안보 차원입니다. 식품 및 영양안보를 충족시키기 위해서는, 통일한국의 모든 국민들이 물리적, 사회적, 경제적으로 언제든 식량에 접근할 수 있어야 합니다. 또한, 식품에 대한 개인의 요구와 선호가 충족될 수 있어야 하며, 양질의 음식을 충분히 섭취할 수 있어야 합니다. 더불어 건강하고 활동적인 생활을 가능하게 하는 적절한 위생, 보건 서비스, 돌봄도 중요합니다. 우리는 지금까지 남과 북으로 나뉘어져 서로에게 우리의 기술과 노하우를 공유할 수 없었습니다. 하지만 이제는 우리는 하나의 나라로 통일이 되었기 때문에, 얼마든지 우리의 기술과 노하우를 공유할 수 있습니다. 이남 지역의 기술과 노하우를 이북지역에 공유하고, 이북 지역의 자원과 일자리를 이남 지역의 사람들에게 제공함으로써 우리는 서로의 지역에 이득이 되며, 결과적으로 통일 한국의 발전에 기여할 수 있을 것입니다. 두 번째로는 사회개발 서비스 차원입니다. 모든 사람의 건강한 삶을 보장하고 웰빙을 증진하며, 포용적이고 공평한 양질의 교육을 보장함으로써, 모두를 위한 평생교육 기회를 증진시키는 것. 그리고 모두를 위한 물과 위생시설 접근성을 제고하고 지속가능한 관리를 확립시키는 것이 목표입니다. 첫 번째 차원에서의 목표와 마찬가지로, 이남 지역의 기술을 이북 지역으로 확산시키는 것이 가장 우선적인 목표라 생각합니다. 수자원의 경우 이북 지역 역시 이남 지역만큼 깨끗하고 우수하다고 생각하지만, 관리 측면에서는 다소 부족한 것이 사실입니다. 수십년에 걸쳐 이남 지역에서 정돈된 기술과 관리 노하우를 바탕으로 이북 지역의 우수한 수자원을 관리해야 합니다. 또한, 세계적으로 유명한 남한의 의료 체계를 이북 지역에 적용시킴으로써 후진 질병들을 예방 및 치료하여야 합니다.

　세 번째 전략적 우선순위는 복원력과 지속가능성입니다. 모두를 위한 저렴하고 신뢰할 수 있는 지속가능한 현대적 에너지에 대한 접근을 보장하는 것, 포용적이고 안전한 복원력 있는 지도시 및 거주지 조성, 지속가능한 소비 및 생산 양식 확립, 기후변화와 그 영향에 대처하기 위한 긴급 행동 실시, 육상 생태계 보호, 복원, 지속 가능한 방법으로 이용, 산림 관리, 사막화 방지, 토지 황폐화 방지, 생물 다양성 감소 억제가 이에 해당합니다. 통일 전의 남한은 이와 관련하여 국제적인 범위에서 노력을 기울이며 데이터를 쌓아오는 등 연구를 지속하였습니다. 이북 지역의 경우 이남 지역에 비해 기반시설을 비롯한 인프라가 부족한 것은 사실이나, 이북 지역 역시 꾸준히 노력을 기울이고, 그에 따라 훌륭한 기술 및 인재를 보유하고 있다고 생각합니다. 이남과 이북 지역이 각각의 장점으로 서로의 단점을 보완해야 합니다. 특히 이북 지역은 이남 지역에 비해 바람 자원과 태양광 자원이 풍부한 것으로 알려져 있습니다. 반대로 이남 지역의 재생에너지 기술력은 이북 지역보다 우수합니다. 이러한 각각의 장점을 하나로 합치면 훌륭한 결과물을 산출해 낼 수 있을 것입니다.

마지막으로 데이터와 개발관리 측면에서의 전략입니다. 유엔은 과거부터 통일 이전 북한의 인구 관련 데이터를 꾸준히 축적해왔습니다. 이는 북한 전체를 위해서 진행된 것도 맞지만, 유엔의 대북프로그램을 위해서도 필요한 과정이었습니다. 이제 남과 북이 통일되었기 때문에, 우리 통일 한국은 유엔이 축적해온 데이터를 이용하여 우리 스스로 발전하기 위하여 노력할 필요가 있습니다. 이 데이터를 이용하여, 이북 지역의 부족한 부분을 알고 그 부분을 채우기 위하여 노력할 수 있고, 반대로 이북 지역의 뛰어난 부분을 이남 지역의 부족한 부분에 채워넣음으로써 한반도 전체의 이익을 위해 노력할 수 있습니다.

저는 이 막중한 책임이 부여되는 자리에서 우리 통일 한국의 발전에 모든 노력을 기울이겠습니다. 감사합니다.

4. 국민 여러분, 함께합시다!　　ㅣ 류경호 ㅣ

친애하는 통일한국의 국민 여러분 지난 수많은 세월동안 우리가 염원하던 통일의 순간이 왔습니다. 남과 북이 XX년 동안 염원을 담아

이룬 통일한국의 첫 시작점에서 제가 초대 대통령으로 여러분 앞에 서게 된 점 매우 영광스럽게 생각합니다. 남북한이 함께 손을 잡고 미래를 생각해야 하는 이 시점에서 저는 몇가지 말씀을 드리고자 합니다. 제가 20XX년 시점에서 통일한국의 지속가능한 발전이 가능하기 위해서 중요한 키워드를 인간, 지구, 번영, 평화, 파트너십으로 총 5가지로 생각해 보았습니다. 각 키워드에서 제가 하고 싶은 말이 있습니다. 먼저 "인간"의 키워드에서는 통일한국은 모든 형태와 차원의 빈곤과 기아를 종식하고, 모든 인간의 존엄과 평등, 건강한 환경 속에서 자신의 잠재력을 실현하여야 할 것입니다. 다시 말해 통일한국에서는 개인을 존중하고 인권을 중요시할 것입니다. 두 번째로 "지구"라는 키워드에서는 현재 사회적, 세계적으로 큰 이슈가 되고 있는 기후변화에 관하여 기후변화에 대한 시급한 조치를 하는 등 지구가 황폐화 되지 않도록 세계 각국과 협력하여 우리가 살고있는 지구를 보호해야 할 것입니다. 세 번째로 "번영"의 키워드에서 자연을 해치지 않고 사람과 자연이 공존하며 경제, 사회, 기술의 발전이 있도록 노력해야 할 것입니다. 네 번째로 "평화"의 키워드입니다. 5가지 키워드 중 통일한국에 가장 중요한 키워드라고 생각이 되는데 우리는 지난 XX년 동안 서로 총과 칼을 겨누며 군사도발도 서슴치 않고 자행 했던 행위를 모두 중단하고 사회에서 공포와 폭력이 없는 평화롭고 공정하며 포용적인 사회를 만들도록 노력 하여야 합니다. 그 이유는 평화가 없는 불안속에서는 지속가능한 개발은 있을수 없으며 평화가 있어야 지속가능한 개발이 가능하기 때문입니다. 마지막 다섯 번째 키워드로는 "파트너십"입니다. 통일한국은 세계각국과 강화된 글로벌 연대의 정신에 기초하고, 최빈곤층과 취약층의 요구에 초점을 맞추며 많은 국가, 많은 사람이 참여하는 활성화된 지속가능발전 개발을 수행해야 할 것입니다. 통일한국의 지속가능한 개발을 말하는 이 시점에서 국민들께 한 가지 드리고 싶은 말씀이 있습니다. 여러분 현재 각자의 삶에서 바쁘게 살아가고 있겠지만 도전과 모험을 멈추지 마십시오. "MoonShot Thinking"이라는 말이 있습니다. 1962년 라이스대학에서 존F케네디 대통령은 "10년안에 사람이 달에 가게 될 것입니다"라는 말을 했습니다. 그 당시 모든 사람들은 말도 안되는 얘기라고 생각을 했습니다. 그러나 7년 뒤인 1969년 7월 20일 인류가 달에 사람을 보냈고 사람이 달에 가는 일이 발생하였습니다. 달을 더 잘 보기 위해 성능 좋은 망원경을 개발할 수도 있지만, 가장 달을 잘 보는 방법은 직접 달에가서 달을 관찰하는 것 일겁니다. 이것은 아주 사소한 생각 직접 달에 가보겠다는 마음에서부터 시작합니다. 과거 구글이라는 기업에서는 이러한 생각을 바탕으로 무인 자동차를 만들고 열기구로 인터넷을 보급하는등 엉뚱한 생각에서부터 많은것들을 이루어 냈습니다. 통일한국도 마찬가지로 국민 여러분들이 서로 협력하고 상생하며 도전과 모험을 멈추지 않는다면 세계 일류 국가로 발전할 수 있을 것입니다. 대통령 취임 연설을 마치면서 드리고 싶은 말씀은 지금의 통일한국은 제가 만든 것도 아니고 몇몇의 기득권층이 만든 것이 아니고 국민 여러분 모두의 힘이 모아져서 만들어진 것입니다. 남과 북이 분단된 시간이 매우 길다보니 지금 시작하면서 맞춰가야 할 것이 매우 많이 존재 합니다. 빈부격차도 해결 해야 하는 문제이고 남한의 지역보다 비교적 개발 및 의료시설이 낙후한 북한 지역의 개발 및 의료체계를 만드는 것이 급선무일것입니다. 지금은 통일한국이 어색하고 서로의 반대되는 지역의 사람들은 낯설고 그렇지만 하루 빨리 남과북의 국민들이 잘 어우려져 거리낌 없이 지내는 날이 오길 염원합니다.

5. 분단의 아픔을 승화합시다!　ㅣ이아인ㅣ

　친애하는 국민 여러분 안녕하십니까. 제 XX대 대통령 이아인입니다. 여러분 덕분에 저는 아직도 꿈에서 덜 깬 것처럼 지금 제 눈 앞에 놓인 한민족이 현실인지 분간하기 어렵습니다. 오늘 같은 평화통일을 이루는데 길다면 길고 짧다면 짧은 시간이 흘렀습니다. 1950년 6월 25일 새벽 우리는 이날의 뼈아픈 과거를 떠올리지 않을 수 없습니다. 어릴 적 통일전망대에서 북한 땅을 망원경을 이용해 바라본 적이 있습니다. 같은 나라인데 우리는 왜 망원경에 의지하여 서로를 볼 수 밖에 없는건지 의문이 들었습니다. 휴전선을 중심으로 남과 북으로 나뉘어진 우리는 오늘부로 다시 하나가 되었습니다. 이 과정들이 순조로웠다고 하면 거짓말입니다. 한번 분리된 국가를 몇 십년이 흐른 뒤에 다시 하나로 만든다는 것은 정말 어려운 일입니다. 그러나 지금 북한은 30년에 걸쳐 만든 핵을 세계 최초로 포기하고 남한은 북한에 대한 경제적인 지원과 철도 건설 등을 아끼지 않았습니다. 우리는 서로 협력하고 배려함으로써 여기까지 올 수 있었습니다.

　우리는 민족 통일을 이룸으로써, 전쟁 종식을 선언하였습니다. 이 계기로 국방비가 감축되고 사회적 불안감이 해소되는 등 많은 이익들이 있었습니다. 또한, 우리의 큰 염원이었던 대륙형 경제개발과 사회문화 발전을 통해 동아시아의 리더로 성장할 수 있는 밑거름이 되었습니다. 그러나, 현재 우리는 한민족으로 가는 길의 첫 번째 계단을 올랐을 뿐입니다. 저는 여러분들과 손을 잡고 제 임기 기한 내에 대한민국의 꼭대기까지 올라 가보려 합니다. 지금부터 흑심 없이 진솔하게 여러분께 저의 생각과 의지를 말씀드리겠습니다. 현재 형식적으로 휴전선이 없어졌다고는 해도 경제적으로나, 사회적으로나 보이지 않는 휴전선이 존재합니다. 저는 앞으로 어떠한 정책을 내세우기 전에 이 정책을 함께 이끌어나갈 국민들의 마음을 먼저 하나로 모아야 된다고 생각합니다.

또한, 현재 직면한 문제로는 남북한 사이의 경제 격차가 있었습니다. 그 차이를 틈틈이 줄여 지금 통일까지 오게 되었지만 아직 완전히 메꿀 수 없었습니다. 국민들의 불균형한 소득수준과 빈부격차 문제에서 벗어나기 위해 우리는 국가개발 역량을 강화시켜야 합니다.

첫 번째로, 국가 체제의 확립입니다. 북한의 사회주의 체제와 남한의 자유 민주주의 체제 중 하나의 체제를 밀고 나가는 것이 아닌 두 체제의 적절한 융화가 필요하다고 생각합니다. 어느 한쪽에 유리하도록 서는 것은 제 스타일이 아닙니다. 두 나라의 체제가 자연스럽게 스며들 수 있도록 총력을 기울일 것입니다.

두 번째로, 지난 분단 국가의 공백을 채우기 위한 소통의 문을 만들 것입니다. 몇 십년을 다른 체제, 정치, 언어로 살다보니 서로 소통하는데 어려움이 있습니다. 현재 남한의 IT기술은 세계에서 손꼽을 정도로 높은 기술력을 자랑하고 있습니다. 이 기술력에 힘을 실어 남북이 서로 공유할 수 있는 플랫폼과 소셜미디어를 구축하여 이러한 문제를 빠르게 해결하도록 할 것입니다. 저도 공대를 나오다보니 여러 가지 아이디어가 생각났는데, 예를 들면 남북한 일상 회화를 번역해주는 어플입니다. 제가 어느 분야에 신경을 쓸지 감이 오시나요 여러분?

세 번째로, 세계 속에서 외톨이가 되지 않고 관심종자가 되어 글로벌 선진국으로 도입할 것입니다. 이전의 북한은 핵실험 등 군사적 위협으로 인해 여러 제재들을 받으며 세계에서 위협적인 존재로 다가왔습니다. 그러나 비핵화 평화통일을 이룬 지금 이 판도를 바꿀 때가 온 것입니다. 저는 분단의 아픔을 숨기지 않고 오히려 당당하게 내보이는 것이 더 파격적으로 다가올 것으로 예측됩니다. 이를테면 강원도 쪽에 끊어져 녹슬어버린 철도들과 휴전선의 일부를 유지하고 공개함으로써 미래에 대한 기대를 할 수 있도록 하는 것입니다. 이제 녹이 슨 철도는 남한과 북한 더 나아가 북아시아를 잇는 교통의 요충지로 탈바꿈할 것이고, 휴전선의 일부는 풍요로운 자연 생태계와 분단의 아픔과 고난을 동시에 느낄 수 있는 자연전시관이 될 것입니다.

우리나라의 통일과정은 다시 생각해봐도 롤러코스터와 같습니다. 한 때 서로의 멱살을 잡으며 적화통일 우려까지 갔던 사이에서 이제는 훌훌 털고 한민족으로 다시 태어났습니다. 저는 앞으로 우리나라의 비약한 발전이 기대되고 한시라도 빨리 일을 하고 싶은 마음이 큽니다. 단기적이고 성과에만 치중된 목표보다 아직 보이지 않는 역사에 우리나라에 어떻게 새겨질지 생각하며 국민여러분들과 함께 이끌어나가도록 하겠습니다. 다시 한번 여러분들게 감사의 인사를 전합니다.

6. 평화한국의 길 | 이형덕 |

존경하는 국민 여러분! 여러분들의 피땀으로 이룩한 평화한국이 드디어 첫 걸음마를 시작하게 되었습니다. 그리고 그 첫 걸음마를 시작으로 지속적으로 걷고, 뛸 수 있도록 저를 선택해주셔서 감사드립니다. 저는 여러분들의 염원을 모아 앞으로 우리 한반도, 평화한국을 성장시켜 나갈 것입니다.

먼저, 저는 평화한국의 평등을 이룩해 나갈 것입니다. 기존의 남한과 북한으로 분단되어 우리는 서로 다른 문화를 가지고 있습니다. 서로 다른 문화를 가지고 있음은 서로 간의 불평등을 야기할 수 있습니다. 따라서, 저는 지속적으로 공존하는 문화를 위한 여러가지 정책들을 제시할 것입니다. 우선적으로, 기존 남한과 북한의 문화에 대하여 배울 수 있고, 체험할 수 있는 시설을 건립할 것입니다. 이러한 시설들은 후대에 평화한국이 분단국가로 있던 시절을 배움으로써 교훈을 얻을 수 있고, 서로의 문화를 이해할 수 있는 공간으로 서로를 이해할 수 있는 시간을 가질 수 있도록 할 것입니다.

다음으로, 일자리의 평등을 추구할 것입니다. 일자리의 평등은 국가 및 공공기관을 필두로 모두가 공정하게 기회를 가질 수 있고, 취업과정 및 취업 후의 서로 간의 불평등이 없도록 법과 정책을 수립하겠습니다. 이를 위하여 북한에 계시던 주민분들에게는 직업을 가질 수 있도록 여러가지 교육정책들을 확립해 나갈 것이며, 이러한 교육기회는 남한의 주민분들과 같이 이행해 나갈 것입니다. 이러한 정책을 통하여 서로 간의 문화를 보다 이해할 수 있는 장이 마련될 것이고, 기존의 정보적인 측면에서의 고립된 주민들에게 새로운 배움터가 될 수 있도록 하겠습니다.

마지막으로, 성평등이 아닌 모두가 평등한 사회를 만들어나가겠습니다. 기존 대한민국 정부에서는 성평등을 주장하며 남성의 평등은 배제한 여성의 평등만을 주장하였습니다. 이러한 것은 실로 진정한 성평등이 아닙니다. 제가 여러분들에게 제시하는 모두가 평등한 사회는 성별, 나이, 지역등에 따른 평등을 요구하는 것이 아닌 각 개인별 역량과 능력만으로 취업할 수 있고, 의견을 낼 수 있고, 발전할 수 있는 사회로 개발하고 싶은 것입니다. 우리는 그동안 성별, 나이, 지역에 따른 불평등이 많다고 불만들이 많았습니다. 그리고 이를 해결하기 위한 정책들은 한쪽의 위한 평등정책들이 많았습니다. 따라서, 앞으로 평등정책에는 성별, 나이, 지역이 중요한 것이 아닌 사람 그자체의 능력과 발전가능성을 판별하고, 이를 통한 취업이 가능하도록 법과 정책을 수정하도록 하겠습니다.

다음 정책으로는 모두가 공평하게 교육을 받을 수 있는 나라가 될 수 있도록 노력하겠습니다. 현재 서로 다른 문화로 인하여 교육을 받는 수준 및 로드맵등이 다른 실정입니다. 이를 해결하기 위하여 각 문화별 교육자를 육성하여 서로 다른 문화권 주민들에게 교육을 할 수 있는 정책을 지향하겠습니다. 물론, 이러한 과정은 매우 많은 시간을 요구할 것입니다. 하지만, 이러한 교육정책을 통하여 어느 순간부터는 서로를 이해하고 모두가 동등한 교육수준 및 교육을 받을 수 있는 기회를 가질 것이라고 생각합니다. 이와같이 교육정책을 진행하면 평화한국은 많은 인재들을 발굴 할 수 있을 것이고, 이러한 인재분들이 평화한국을 발전시키는 큰 원동력이 될 것입니다.

다음 정책으로는 모두가 공평한 의료혜택을 받을 수 있도록 할 것입니다. 기존 대한민국의 경우 의료복지 수준은 전세계에서도 매우 높은 수준이었습니다. 이러한 의료복지가 시행될 수 있었던 것은 국민분들의 도움이 매우 컸습니다. 그러므로, 앞으로 평화한국 전체에도 기존과 동등한 아니면 더욱 발전된 의료복지를 받을 수 있는 나라가 되었으면 합니다. 이에 일부 국민분들은 반대할 수 있습니다. 하지만, 이러한 의료복지에 필요한 예산은 국방비로 소모되던 예산을 활용할 수 있습니다. 그러니, 국민분들이 부담하던 경제에는 변동이 없을 것입니다.

마지막 정책으로, 평화한국 전국민이 어디든 마음대로 갈 수 있는 평화한국이 되겠습니다. 우리는 기존부터 대륙으로 향하는 교통수단을 원하였습니다. 이제는 그 교통수단을 개발할 수 있는 시대가 도래하였습니다. 먼저, 철도와 고속도로를 건설하겠습니다. 철도의 경우 기존 선로를 유지한 채로 최소한의 개선 및 유지보수를 통하여 보다 빠르게 개통할 수 있도록 하겠습니다. 그리고 고속도로의 개편을 통하여 북부지역의 노후한 교통환경을 개선해 나갈 것이며, 이와 동시에 인터넷 보급도 활발하게 진행하겠습니다. 물론, 이러한 과정들이 빠르게 진행 될 수는 없습니다. 하지만, 주요 노선을 선정하고, 이에 집중하여 정책을 수행한다면, 보다 빠르게 대륙으로 진출할 수 있는 교통수단을 얻을 수 있을 것입니다.

평화한국의 주요 정책들은 지금까지 말씀드린 바와 같습니다. 이외에도 빈곤층 감소 및 사회안전망 강화, 식량안보등에 대하여도 지속가능하고, 보다 실리적인 정책을 수립해나갈 것이며, 이러한 정책에는 국민 여러분들의 관심과 참여가 필요합니다. 저는 우선적으로 평화한국을 진정한 하나의 나라로 확립할 수 있는 기틀을 마련해나갈 것입니다. 그러나, 이러한 기틀은 저 혼자만으로는 만들 수 없습니다. 국민 여러분들이 서로서로 이해하고, 관심을 가지고, 도와가는 "행동"이 없다면 절대로 만들 수 없습니다. 그러니 제가 제시하는 정책과 여러분들의 관심을 일치시켜 진정한 평화한국을 이룩하고 진정한 국민의 나라로 각성시켰으면 합니다. 긴 연설 끝까지 들어주어 감사드립니다.

7. 위대한 선택, 새로운 미래 | 전용중 |

존경하는 국민 여러분 저는 오늘 통일된 한반도의 초대 대통령으로서 취임하기 위해 이 자리에 섰습니다. 국민 여러분의 위대한 선택으로 저는 오늘부터 새로운 미래를 향해 한 걸음 내딛으려 합니다. 국민 여러분께 감사드리며 특히 북측의 국민들께서도 저에게 열렬한 지지를 보내 주신 것에 특히 감사드립니다. 저는 앞으로 오직 통일한국의 국민들의 화합과 저에게 주어진 소명을 위해 국민들과 함께 앞으로 나아갈 것입니다. 저는 통일한국의 대통령직을 수행하면서 먼저 통일한국이 나아가야할 국가 지속가능발전목표 17개 분야의 목표 달성을 위해 맡은바 직무를 성실하게 수행할 것입니다. 그 중 대표적인 몇 가지 저의 공약에 대해 설명 드리겠습니다. 첫 번째 빈곤층 감소와 사회안전망 강화 분야에 있어서 늘어나는 노인 인구와 이와 동반된 노인 빈곤을 줄이기 위해 노후소득보장체계를 위해 노인 일자리 사업의 질과 양을 모두 늘릴 것입니다. 또한, 사회보장제도의 사각지대를 최소화하기 위해 고용보험 및 산재보험 적용대상 확대 및 의료비 부담 비율을 경감시킬 것입니다. 특히 생애주기별/대상별 세부적인 복지 정책을 통해 모든 국민들이 공평하게 복지를 받을 수 있도록 노력할 것입니다. 물론 재원 마련의 어려움이 있겠지만 선진국가로 도약하기 위해서는 모든 국민들이 보편적 복지 혜택을 누려 통일한국의 성장 원동력이 되도록 할 것입니다. 두 번째 목표인 식량안보 및 지속 가능한 농업 강화에서는 기후변화에 의한 토양 개량과 함께 한반도 각각의 지역에서 생산하기 적합한 신품종 종자들을 개발하여 통일한국의 식량주권을 공고히 할 것입니다. 이를 위해서 국민여러분들께 우리 땅에서 생산되는 식량작물의 적극적인 소비를 부탁드립니다. 세 번째는 국민들의 건강증진을 위해 만성질환 예방과 감염병 예방 대비 태세를 철저히 유지할 것입니다. 이를 위해 지난 2020년 청으로 승격된 현재 보건복지부 산하의 질병관리청을 국무총리 직속의 질병관리처로 승격시켜 환경오염과 기후변화로 발생하는 국민들의 질병에 적극적으로 대응할 것입니다. 네 번째는 에너지의 친환경적 생산과 소비입니다. 2020년을 기점으로 전 세계는 수소에너지와 신재생에너지 등을 이용한 큰 혁신을 겪었습니다. 덕분에 오늘날 통일한국은 탄소배출량 제로라는 목표를 달성할 수 있었습니다. 이는 국민 여러분들의 노력과 함께 각각의 분야에서 고생해주시는 연구진과 기술진분들의 공이 컸습니다. 앞으로도 친환경 분야에서 앞서나가는 국가가 되도록 관련 연구와 기술 개발에 적극적으로 지원하겠습니다. 다섯 번째는 지속가능한 도시와 주거지 조성입니다. 아직까지도 많은 인구가 서울과 평양 등의 특정 지방에 몰려있습니다. 이러한 특정 지역 쏠림현상을 해결하고 국토의 고른 균형 발전을 위해 국토교통부 산하에 주택도시개발청을 설립하여 특히 주거지 환경이 열악한 북한 지역을 적극적으로 개발할 생각입니다. 마지막으로 오염된 생태계 보전문제입니다. 과거 북한은 핵 개발을 위해 영변지역에서 핵실험을 실시하였습니다. 또한 수많은 광산들이 난개발 되어 주변지역의 물과 땅이 오염되었습니다. 이로 인해 현재까지 주변 지역에 동식물들에게 많은 피해가 있고 또한, 주민들이 살기 불편한 환경입니다. 조속히 이 지역에 제염작업을 실시하고 주변으로의 오염 확산이 되지 않도록 지속적인 관리를 실시할 것입니다. 국민 여러분 저는 통일한국의 초대 대통령이라는 막중한 책임을 가지고 이제 통일한국의 미래를 위해 한 걸음 내딛으려합니다. 물론 이 길 앞에는 어떤 고난과 역경이 저희를 가로막을지 아직 아무도 모릅니다. 하지만 국민 여러분들께서 언제나 저와 함께해 주신다면 반드시 다가올 고난과 역경을 이겨낼 것입니다. 존경하는 국민여러분 언제나 제가 행하는 모든 일들을 봐주시고 못할 때는 엄격하게 질책을 해주시어 통일한국의 첫 매듭을 잘 묶을 수 있도록 도와주십시오. 감사합니다.

8. 더 넓은 땅에서 더 큰 모습으로 세계의 무대에!

| 주상현 |

감사합니다. 여러분 모두에게 감사드립니다.

김영지 전 통일부 장관님, 저의 가장 훌륭한 친구인 전용중 국회의원, 그리고 위대한 한반도의 존경하는 전 국민 여러분, 깊은 감사와 겸허한 마음으로 여러분의 통일대한민국 초대 대통령 후보직 지명을 수락합니다. 저와 이 여정을 함께 해온 후보자들께도 감사를 드립니다. 그리고 특히 이 여정에서 끝까지 저와 경합을 벌였던, 북측 대한민국의 5대 지도자 김정운 후보께도 진심으로 감사드립니다. 지금까지 통일대한민국의 밝은 앞날을 기대하며 끝까지 저를 믿어준 저의 두 아들과 여러분들의 아이들에게 용기를 일으켜준 이아인 전 남측 대통령께도 진심으로 감사드립니다.

제가 서 있는 이 자리는 여러분들의 피와 땀 그리고 강력한 의지가 만들어낸 자리입니다. 김영지 전 통일부 장관님께서는 북한에 대하여 오래도록 공부하면서, 한반도의 통일의 꿈을 끝까지 실현하고자 하였습니다. 1953년 7월 한반도를 가로짓는 하나의 경계를 두고 우리는 민족분담의 아픔과 눈물을 머금고 한걸음이면 갈 수 있는 곳을 바라만 보고 있었습니다. 당시의 휴전선을 우리 후손들은 대한민국이 반드시 이루어야할 영겁 속의 의무라고 생각하며, 그 벽을 허물고자 부단히 노력했습니다. 하지만, 바다에 도사리고 있는 파도처럼 분단선을 둔 남과 북은 외세의 강력한 개입과 강압 속에 평화와 번영으로부터 멀어지는 아픈 과거도 있었습니다. 한반도의 평화를 위협받는 이 시기 속에서 우리 남과 북은 서로에 대한 믿음을 놓으려하지 않았고, 학생과 군인, 농부와 선생님 등 나라 각 분야의 역군들이 보여준 용기로 통일이라는 발걸음을 힘겹게 한 발씩 내딛었습니다. 한반도의 비핵화를 실천하며, 양 국간의 약점을 상호간에 보충하며 한 발씩 맞춰나간 것이 그 시작이였습니다. 이 나라는 역사를 답습하는 나라가 아닙니다. 미국과 중국의 군사개입과 함께 앗아간 우리 국민의 목숨들은 우리에게 총과 칼이 통일을 위한 길이 아님을 알려주었습니다. 20년전 고인이 되신 반기문 전 유엔사무총장님께서는 대한민국의 지속가능발전목표에 대해 말씀해주셨습니다. MDGs를 넘어서 SDGs 나아가 남한에서 수립한 K-SDGs는 남한의 발전을 넘어서 남북한의 화합의 장을 만드는 중요한 열쇠라며 오늘 제가 있는 이 화합과 평화의 장을 그리셨습니다.

저는 이 시점에서 K-SDGs의 성과를 돌아보고 부족한 점을 보완하고 보다 구체적인 목표를 설계하여 앞으로 한 단계 도약해야한다고 생각합니다. 모두가 사람답게 살 수 있는 포용사회 구현, 모든 세대가 누리는 깨끗한 환경 보전, 삶의 질을 향상시키는 경제성장, 인권보호와 남북평화구축, 지구촌 협력 이상의 5대 전략에서 우리는 기술협력을 통해 경제성장률을 유지시켰고 남북평화에 대한 시스템을 구축해왔습니다. 38도의 분계선을 간도 이북으로 옮겨놨고, 동시에 신북방 정책을 대안으로 채택하여 무역의 새로운 장을 열었습니다. 한반도에 육로를 개통한 것은 우리에게 큰 과제였고 우리는 이것을 달성함으로써 분단아픔을 치료하고, 새로운 경제성장의 지평을 열었다고 생각합니다.

이제 우리는 뿌리를 굳건히 하고 내실을 다져야합니다. 한반도의 평양과 서울의 행정체계의 통합은 그 첫 번째 과제가 될 것입니다. 지속가능목표의 원칙에 따라 우리는 국내의 불평등을 완화하고, 식량 및 영양 안보를 확보할 것입니다. 지난날 서울과 평양의 평화적인 협력

아래 진행되었던 통합행정시스템의 안정화과정은 도시 간의 인구밀집을 해소시키고 지역 간의 새로운 일자리를 창출할 것입니다. 앞으로 남과 북의 원자력기술을 통합하고 데이터 베이스를 구축하여 북쪽의 경제지역구를 설립하고, 이에 발맞추어 한반도 내 전력체계를 설계하고 각 지역의 전력과 통신망을 구축하여 남쪽의 해남부터 북쪽의 청진을 잇는 에너지의 다리를 만들도록 하겠습니다. 우리의 실내무대는 더욱 넓어졌고 우리는 이를 활용해야 합니다. 지자체를 특별행정구역으로 나누어 지역특색에 맞게 농업, 원예, 어업, 축산 등 1차산업에서 생산량을 늘릴 수 있도록 세금을 내리도록 하겠습니다. 특별지구의 감세혜택은 업종 내 많은 전문가와 일자리 생성이 가능하도록 유도될 것입니다. 식량 생산, 생산성, 가공의 지속가능성을 위한 기반을 마련하기 위해서는 1차산업의 맞춤형 첨단기술에 대한 도입도 필요할 것입니다. 첨단의 기술인재들을 등용할 수 있는 교육기관과 사업체를 설치하고, 특성화된 지역에 맞춤형 IT기술을 도입할 수 있도록 만들겠습니다.

지난날 우리는 중국의 THAAD보복 등 외세의 무역안보에 대한 위협을 받아왔습니다. 통일대한민국은 남한과 국한에 제한되어있던 광물생산에 대한 규제를 해소해 주었습니다. 자국의 전략광물확보는 우리의 또다른 국력이 되어 전문화된 광물확보를 통해 원자재 생산에 기반한 기술력을 높여줄 것입니다. 2021년에 신설된 광물광업공사는 과거 북한과의 자원협력안을 토대로하여 국내 자원량 집계와 광물생산 활동을 위한 사업들을 확장하고, 국내 희토류광물은 현재 확인된 광종과 매장량을 구체적으로 집계하여 자원의 전략화를 계획할 것입니다. 정부의 주도하에 국내 자원량 확보를 위한 사업체를 출자하고 동시에 광물의 사업화를 위한 법을 새롭게 마련하여 자원개발활동을 장려할 수 있도록 만들 것입니다.

사랑하는 통일대한민국 국민 여러분, 우리는 더 넓은 땅에서 더 큰 모습으로 세계의 무대에 서게 될 것입니다. 함께 발을 맞추는 작업에 전진이 늦어질 수는 있지만, 결코 뒤로가지 않겠습니다. 새로운 통일 대한민국을 설계하면서 우리는 서로에 대한 믿음과 화합을 만들어나 가야 합니다. 지금 이순간, 우리는 미래로 나아가기 위해 다시 한 번 맹세해야 합니다. 우리가 고백하는 소망을 굳게 믿고 통일대한민국의 약속들을 지키도록 합시다. 감사합니다.

9. 다시 하나가 된 한반도를 위하여 | 최찬용 |

존경하는 국민 여러분.

오늘 저는 통일대한민국의 제1대 대통령에 취임하기 위해 이 자리에 섰습니다. 국민 여러분의 위대한 선택으로, 저는 대한민국의 새 정부 를 운영할 영광스러운 책임을 맡게 되었습니다.

국민 여러분께 뜨거운 감사를 올리면서, 이 벅찬 소명을 국민 여러 분과 함께 완수해 나갈 것임을 약속드립니다.

존경하는 국민 여러분.

이제 우리 한반도는 다시 하나가 되었습니다. 다시 하나가 된 한반 도는 매우 경사스러운 일이지만 그에 대하여 새로운 문제가 발생하고 있습니다. 우리는 많은 것이 닮아 있는 한민족이지만 오랜 분단으로 많은 것이 다르게 변해왔습니다. 남한과 북한이었던 당시 남한에서는 당연한 것이 북한에서는 이질적인 것이 되어버렸고 북한에서 당연했 던 것이 남한에서는 이질적이 되어버렸습니다. 이에 저는 한반도의 안정과 평화를 위해 몇 가지 전략을 추진하겠습니다.

첫째, 식량 및 영양안보에 대하여 농업, 원예, 어업, 축산 부문에서 식량 생산, 생산성, 가공의 지속가능성을 위해 노력하겠습니다. 그리고 모든 가계가 언제든 충분하고 다양한 식품군에 접근할 수 있도록 하여 주민들, 특히 가장 취약한 집단들의 삶의 질을 높이겠습니다. 또한, 가임기 여성, 5세 미만 아동, 노인 및 기타 취약계층의 영양상태를 개선하도록 하겠습니다.

둘째, 사회개발 서비스를 추진하겠습니다. 북한지역의 주민들, 특히 가장 취약한 인구집단과 외딴 지역의 주민들에 대한 의료시설 개선 및 일관되고 공평하며 보편적인 보건의료 서비스 보장하겠습니다. 그리고 전염·비전염성 질환, 특히 가장 취약한 여성과 아동들이 겪는 모성·유아 질환에 대한 개선된 의료 서비스 제공에 힘쓰겠습니다. 또한, 보건 분야 긴급 상황에 대한 준비와 대응역량 강화에 힘쓰며 가정, 교육기관, 의료시설, 특히 가장 취약한 가구와 집단들을 신경쓰도록 하겠습니다.

셋째, 혁신적인 성장을 통한 국민의 삶의 질을 향상시키도록 하겠습니다. 좋은 일자리 확대와 경제성장을 위하여 북한지역을 개발하고 경제성장을 위해 힘쓰겠습니다. 그리고 북한지역의 산업의 성장과 혁신 활성화 및 사회기반 시설 구축에 힘쓰겠습니다. 모든 종류의 불평등 해소를 위해 노력할 것이며, 지속가능한 생산과 소비를 위해 노력하겠습니다.

넷째, 미래세대가 함께 누리는 깨끗한 환경 전략을 추진하겠습니다. 건강하고 안전한 물을 후대에 넘겨줄 수 있도록 노력하겠습니다. 친환경적인 에너지 생산과 소비를 통하여 환경을 보존하여 하나된 한반도를 후대에 물려줄 수 있도록 하겠습니다. 기후변화와 해양생태계, 육상 생태계 보존을 위해 지역주민들 및 전문가와 함께하는 자리를 마련하여 국민들의 목소리를 듣고 소통할 수 있도록 하겠습니다.

존경하는 국민 여러분.

오랜 세월 동안 우리는 분단되어 살아왔습니다. 때로는 서로를 미워하고 원망하며 살아오기도 했습니다. 그러나 이제 우리는 새로운 전기를 맞았습니다. 하지만 이제 우리는 새로운 시대를 맞아 다시 하나가 되었습니다. 이제 하나 된 대한민국으로 세계로 나아갈 기회가 찾아왔습니다. 우리는 이 기회를 살려 나가야 합니다.

우리의 역사는 수많은 위기가 있었고 또한 그 위기를 극복한 사례가 있습니다. 위기마저도 기회로 만드는 지혜가 있습니다. 그런 위기의 극복사례들로 하여금 오늘날 우리 앞에 있는 문제를 극복합시다. 앞서 계속해서 씨앗을 뿌려온 선조들의 통일이라는 열매를 오늘날 우리가 수확하여 옛 염원을 이룬 것처럼 이 다음 후손들을 위한 씨앗을 뿌려 그 달콤한 열매가 그들의 손에 수확될 수 있도록 노력합시다.

우리는 이제 마음을 합칠 수 있는 한 국가의 국민입니다. 우리 모두 마음을 모읍시다. 새로운 대한민국이, 하나 되는 한반도가 이제 세상 앞에 서게됩니다. 그 새로운 대한민국에서 하나 된 국민 여러분과 함께 저도 있겠습니다.

감사합니다.

10. 나와 너의 나라가 아닌 우리 나라를 위하여

| 황예찬 |

여러분 우리는 통일을 이루었습니다. 북한과의 계속되는 교류로 문

을 조금씩 열고 북한 내의 경제성장이 일어나고 그에 따른 변화가 일어나게 되었을 때 조금씩 통일이 가까워졌다 라는 것을 알고는 있었지만, 이렇게 빠른 속도로 하나가 되어 한 나라로 될 수 있을 줄을 미처 생각하지도 못했습니다.

그러나 우린 해냈습니다. 어려운 관문들을 뚫고 이제 세계의 중심이 될 한반도를 우린 만들었습니다. 그 시작은 북한과의 지속가능개발을 위한 교류였습니다. 국가 내, 국가 간 불평등을 완화시키기 위해 남한이 비핵화를 실현한 북한에게 각종 산업의 인프라 구축을 도와주었습니다. 그런 움직임 속에서 일자리가 창출되었고, 북한도 눈부신 발전을 이룰 수 있었습니다. 그로 인해 조금씩 개방된 북한 주민분들이 바뀌게 되었습니다. 그리고 남한 분들도 북한과의 교류를 통해 바뀌게 되었습니다. 스포츠, 예술 등 각종 문화산업에 교류가 있게 되고 그 뒤 산업기술개발의 교류가 있게 되어 경제협력의 기틀을 마련할 수 있게 되었습니다.

끝내 한반도 국민들이 더 나은 성장, 더 높은 단계로 올라가기 위해 통일을 실현하게 되었습니다. 국민들의 수가 늘어나, 이제, 1억에 가까운 내수시장이 생겨나게 되고 산업이 더 성장할 수 있었습니다. 더 많은 자원을 자국 내에서 감당할 수 있게 되었습니다. 통일을 통해 세계 분단국은 사라지게 되었으며 한국이 평화를 상징하는 나라로 올라서게 되고 국가 브랜드 역시 올라올 수 있게 되었습니다. 또한, 한반도 동해에 부유식 풍력단지를 건설하게 됨으로 신재생 에너지 강국을 이룰 수 있게 되었습니다.

이렇게 강대국이 되었지만 가야할 길은, 넘어야할 산들은 아직도 존재합니다. 남북이 분단된 시간이 길다보니 문화적 차이나 지역감정이 아직 우리 안에 남아있습니다. 북한에 속했던 사람이 남한사람들을,

남한에 속했던 사람이 북한사람들을 다른 나라 사람처럼 대한다는 것을 알고 있습니다. 전 나와 너의 나라가 아닌 우리 나라에 살고 싶습니다. 우리나라를 만들고 싶습니다. 우린 한 민족이며 같은 뿌리를 갖었으며 동일한 나라에서 살고 있는 사람들입니다. 이러한 의식을 고취시키기 위해 문화, 역사 사업에 관한 많은 정책을 세우고자 합니다. 또한 남과 북의 교육이 다름으로 인한 불평등이 나오지 않게 교육제도를 재편성할 것입니다. 그리고 이렇게 잘 만들어진 교육의 제도로 하나됨과 동시에 남쪽의 대학들과 북쪽의 대학들의 국내 학술대회를 매년 크게 개최하여 한국의 독자적인 기술개발을 이루어낼 것입니다. 그러한 기술들을 토대로 대부분의 산업물품의 국산화를 이루어내어 내수시장을 더욱 더 탄탄하게 만들어낼 것입니다. 그리고 기존에 뿌리 깊게 박혀있던 부정부패를 뽑아내어 정직한 나라로 만들 것입니다. 구체적은 법의 개정으로 이를 증명할 수 있도록 하겠습니다. 하지만, 법 이전에 우리의 가치관이 먼저 바뀌어야 진정 정직한 나라가 만들어 질 것입니다. 우리의 가치관이 조금씩 더 본질적인 것에 맞춰지길 소망합니다.

여러분은 어떤 나라에서 살고 싶으십니까? 어떤 나라를 저와 함께 만들어 가고 싶으십니까?

전 모든 사람을 웃게 만드는 정치는 할 수 없습니다. 그런 정책을 만들 수 없습니다. 그렇다고 모든 사람을 울지 않게 만드는 정치도 할 수 없습니다. 그런 정책도 만들 수 없습니다. 하지만 여러분의 지금 삶보다 더 많은 웃음을 짓게 만들어 보이겠습니다. 여러분이 울 때 눈물을 닦아 줄 수 있는 정책을 만들어 보겠습니다.

감사합니다.

미래의 자식들에게 |

남북관계, 통일, 그리고 우리가 아우르고자 하는 신북방·신남방 문제를 국제 개발협력을 통해 지혜롭게 해결해 나가기 위해서는 현 세대 뿐 아니라 다음 세대에 대한 고려가 필요하다. 현 세대에서 쉽게 해결되지 못한 일들은 사회적·문화적 가치의 공유를 통해 다음 세대로 자연스럽게 연결될 수 있기 때문이다. 학생들은 미래에 태어날 본인의 자식들을 상상하고 주제와 관련된 영상을 감상 후 그 내용을 부모가 되었다고 상상하고 설명해 나간다.

1. 아프지 말고 착하게만 자라다오 | 김민지 |

https://www.youtube.com/watch?v=iZwPJrSo-ns
출처: KOICA, 2021.6.10. '제44회 개발협력포럼_코로나 19 보건위기와 다면적 취약성' 유튜브 영상

우리 강아지에게,

강아지야, 엄마야. 매일 공부하느라 힘들지? 어제는 우리 강아지가 감기몸살 때문에 하루종일 누워있었잖아, 병원에 갈 정도로 크게 아픈 게 아니라 다행이야.

엄마가 대학원 다니는 중에 세계적으로 큰 위기가 있었어. 2019년 말에서 2020년 초반쯤에 19년도에 발생한 바이러스라고 코로나19라는 질병이 대유행했었어. 증상은 사람마다 달랐는데, 위험한 경우에는 중증 폐렴을 일으킬 수 있고 실제로 많은 사람들이 돌아가시기도 했어. WHO 알지? 세계 인류가 가능한 선에서 최고의 건강 수준에 도달하기 위한 목표를 갖고 있는 UN 기구인 세계보건기구야. 엄마가 박사 1학기를 마칠 무렵이 코로나19가 거의 1년 반 정도 지속됐을 시기인데, 이때만해도 WHO에서 밝히길 전 세계적으로 1억 7200만 명이 코로나19 확진 판정을 받았고, 이 중 370만 명이 사망할 정도로 무서운 질병이 오랫동안 지속되고 있었어. 2021년에 이렇게 많은 사람들이 감기와 같은 질병으로 인해 사망하다니... 안타까운 일이지.

이때부터 환경과 보건에 대한 문제에 전 세계가 관심을 갖기 시작하고, 코로나19 발생 이후로 우리나라 안에서만 열심히 질병을 예방해봤자 외부와의 소통과 교류가 있는 한 소용이 없다는 걸 몸소 깨닫게 되었어. 그렇다고 우리가 다른 나라와 교류를 끊고 살 수는 없어, 기업들은 수출하면서 이익을 취해야 하고, 또 필요한 부분은 수입을 해야

돌아가는 구조가 오랜 시간에 걸쳐 형성되었기 때문에, 이런 질병이 발생했을 때 전 세계 모두가 힘쓰지 않으면 우리도 그만큼 계속 고통받게 되는 거야. 병원 체계나 보건과 안전에서 최고라 할 수 있는 우리나라도 그때는 정말 힘들게 모두가 노력해서 극복할 수 있었지만, 경제력이나 기술력이 약하고 보건이 열악한 나라에서는 무너진 사회 보건 체계를 회복하는데 더 많은 시간이 소비됐고 다른 나라의 도움이 없었다면 더 많은 사람들이 희생됐을거야. 더 무서운 게 뭐냐면, 이런 큰 보건 위기가 발생하면 그런 나라에서는 우리 강아지 또래나 더 어린 친구들, 그리고 엄마처럼 어른 여자들의 안전은 더욱 위험해지는 점이야. 질병이 가져오는 1차적인 문제 해결을 위한 방안 마련이 필요하지만, 또한 젠더 인권 침해와 아동 문제와 같은 2차적인 문제가 발생하는 것을 과거에서부터 경험해왔기 때문에 이에 대해 정확한 분석과 예측을 통해 충분한 대응과 대안을 찾아야 해.

이런 문제들을 국제사회가 다 같이 해결하기 위해 공동의 목표를 갖고 노력하고 있어. 이 목표를 지속가능개발목표라고 하는데, 가장 취약한 사람들을 위해 공정하고 정의로운 세상을 위한 목표라고 할 수 있지. 공정하고 정의로운 세상은 뭐라고 생각하니? 엄마는 사람들이 모두 평등하고 더 나아가 국가의 경제력과 상관없이 국가 간으로도 평등한 세상이 공정하고 정의로운 세상이라고 생각해. 엄마뿐만이 아니라 국제사회 모두가 같은 생각을 하고 평등과 차별없는 세상을 만들기 위해 약속을 했어. 이 약속을 지키기 위해서 어떻게 해야 할까? 우리 강아지가 제일 좋아하는 체육시간에 피구하는거! 옆반 친구들은 운동장에 나가서 피구도 하고 축구도 하고 재밌게 놀고 있는데, 너는 학교에도 못 가고 집에서 엄마 도와서 청소하고 빨래하면 불공평하다고 생각하잖아. 그런거랑 비슷한거야, 국제사회가 취약한 국가를 위해 교육, 보건, 식수, 위생 등과 같이 우리가 일상에서 기본적으로 접하는 것들과 같은 사회서비스를 확충하는 게 필요하겠지.

어떤 어른들은 코로나19 팬데믹이 불평등을 심화시키는 측면에서는 위기지만 한편으로는 기회가 될 수 있다고 말하기도 해. 기회라고 말하는 이유는 세계가 질병과 관련하여 인류 문명 사회와 기후, 자연의 사태를 되돌아 볼 수 있는 기회가 되었다고도 하네. 기회라고 말하는 이것을 효과적인 방법으로 접근하고 구체적인 방안을 수립하고 행동으로 옮기기 위해서는 질병으로 인해 재원과 역량이 부족한 상황에서 한 국가 내에서의 영향으로 생각할 게 아니라 세계 여러 기구가 긴밀하게 협력하여 다 같이 해결해야하겠지. 이를 위해 사회복지 서비스와 같이 제도적인 측면으로 최빈국을 포함한 개발도상국에서 구호적으로 WHO가 지속적으로 추구하고 있는 사회 보장의 사각지대 없이 모두의 보편적인 건강 보장을 위한 제도를 만들고 그 역량을 키우기 위해 노력중이야.

이처럼 국가적인 차원에서 정부의 거버넌스를 강화하기 위한 접근법도 있지만 우리처럼 일반 시민으로만 이루어진 시민사회가 커뮤니티를 이루어 정부와 함께 활동할 수 있는게 가장 좋은 방법이겠지. 기업의 경우에는 디지털 제도를 도입함으로써 감염병 예방을 위한 기술 개발을 통해 국제사회와 시민과 뜻을 함께할 수 있겠지.

하지만 잘 모르겠어. 여러 나라의 뛰어난 인재들이 이런 문제를 해결하기 위해서 머리를 맞대고 고민하고 있는데, 왜 큰 성과를 이루지 못할까? 국제개발협력 이전에 국가 간 협력이 아닌 원조부터 과거의 오랜 기간부터 현재까지 많은 노력들이 이루어져 왔다는 건 학교 수업을 통해서도 잘 알고 있겠지. 근데 아직도 과거의 여러 빈곤 국가가 재난이 발생하면 이런 문제들이 오랜 기간 경험을 통한 올바른 대처로 빠르게 회복되지 않고, 오히려 악화되는 등 사회적인 기능이 다시 퇴보하는 등의 모습을 보이는 점이 아쉬움으로 남아있지. 이런 문제를 해결하기 위해서는 이러한 문제들이 반복적으로 발생하는 데 있어, 학계 또는 실제 노하우를 갖고 있는 전문가가 모여 과거에서부터 정확한 원인을 찾고 이러한 장벽을 허물수 있는 방안을 마련해야 반복적인 악순환이 끊길 수 있다고 생각이 들기도 해.

2. 아들과의 대화 | 김석일 |

https://www.youtube.com/watch?v=f3lse2PKIM4
출처: 한국일보, 2018.9.20. '문재인 대통령, 능라도 경기장 연설' 유튜브 영상

아들: 아버지, 남북정상회담이란 무엇입니까?

본인: 남북정상회담이란 대한민국과 북한의 대통령 둘이 모여서 이야기를 하는 거야.

아들: 그거를 왜 하는거에요?

본인: 옛날에 남한이랑 북한은 원래 한 개의 나라였는데, 6.25전쟁 때문에 지금은 분단이 되어있어, 근데 그전에는 서로 싫어하고 미워했었는데 이제는 화해하고 같이 잘 살아보자고 이야기 하는거야.

아들: 그러면 다른나라 아니에요?

본인: 지금은 전쟁이 끝난 것이 아니라 잠시 전쟁을 쉬고있는거야. 이거를 우리는 휴전이라고 불러~ 그리고 우리나라 법에는 북한도 우리나라 땅이라고 되어있어.

아들: 근데 왜 굳이 친하게 지내야되는거에요?

본인: 음.. 지금은 여러개의 나라가 다양한 이유 때문에 친하게 지내고 있는 중이야, 근데 북한이라고 싫어하고 그러면 다른나라에서 우리나라를 싫어하고 그렇겠지? 그래서 친하게 지내려고 하는거야~

아들: 아.. 그렇구나... 근데 북한 핵무기 얘기는 왜 나오는거에요?

본인: 원래 북한은 대통령이 계속 대통령 하려고 북한만의 특별한 체재를 만들었어 철저하게 외부와의 대화를 막고 점점 나라를 고립되게 만들었어 물론 우리나라랑도 친하게 지내지 않았고 우리를 적대시 했지. 그러면서 핵무기를 이용해서 북한 정권의 체재를 지키려고 하는중이야 쉽게 말해서 너의 친구가 너한테 자꾸 내가 하고싶은거 못하게하면 주먹으로 때린다! 라고 말하는거랑 비슷해,

그런데 이번에 김정은이라는 사람은 점점 나라의 문을 열려고 하는거야. 다른나라와 대화도 하기 시작했고 우리나라가 친하게 지내자고 했는데 그거에 응답을 해준거지. 그러면서 주먹을 쓰는게 아니라 대화로 서로의 문제를 해결하려고 하는거야. 그래서 이번 남북정상회담은 의미는 특별하단다.

아들: 아~ 그렇구나 그러면 이산가족 상봉은 뭐에요?

본인: 이산가족은 한국전쟁 이후로 나라가 분단되었잖아? 그 시기에 많은 사람들이 남쪽으로 또는 북쪽으로 이동을 했어 그러면서 가족이 흩어지게 되는 상황이 나타난거야 그 가족들이 지금 서로를 찾지못하고 만나지 못해서 나라가 나서서 만날 수 있게 해주려고 하는거야.

아들: 그러면 같이 살 수 있는거에요?

본인: 안타깝게도 지금 북한과 남한은 국가 개방이 완전히 되지 않아서 서로의 지역에 마음대로 돌아다니지 못하고 있어. 사실 아빠의 할아버지랑 할머니도 원래는 북한땅에서 살았었는데 한국전쟁이 일어나면서 남한땅의 부산으로 내려왔어 거기서 너의 할아버지가 태어나신거야.

아빠의 할아버지랑 할머니는 친척들이랑 떨어졌고 가족들을 그리워 하면서 살았다고 들었어. 어때 아빠의 할아버지랑 할머니는 너무 안타깝지 않니?

아들: 아.. 그렇구나.. 그러면 하늘에서라도 만날 수 있게 통일이 되었으면 좋겠어요.

3. 비 온 뒤 더 굳어지길
| 김재천 |

https://www.youtube.com/watch?v=f3lse2PKIM4
출처: 한국일보, 2018.9.20. '문재인 대통령, 능라도 경기장 연설' 유튜브 영상

애들아, 오늘은 2018년에 평양을 방문해서 15만 명의 북한 시민과 김정은 앞에서 문재인 전 대통령이 연설했던 일화에 대해 알려줄게. 우선 문재인 전 대통령은 남북이 이렇게 한자리에 모여 함께 새로운 시대를 만들고 있다고 했어. 아마 나를 비롯한 대부분의 남한 사람들은 이렇게 남과 북이 한자리에 모여 국민들 앞에서 연설을 한다는 것 자체를 그저 비현실적인 일이라고만 생각했을 거야. 그만큼 남과 북은 항상 티격태격하며 싸우고 다퉜기 때문이야. 그런데 이렇게 남한의 대통령이 북한 평양에서 평양 국민들과 김정은 위원장의 앞에서 연설을

하고 있으니, 문재인 전 대통령의 말처럼 새로운 시대를 만들고 있다고 할 수 있는거지.

문재인 전 대통령은 한반도에서는 더 이상 전쟁이 없을 것이며, 새로운 평화의 시대가 열렸다고, 우리 8천만 민족구성원과 전세계를 대상으로 엄숙히 천명한다고 했어. 이제는 남과 북이 더 이상 싸우지 않고, 사이좋게 지내겠다고 전세계를 대상으로 말씀하신거야. 그리고 우리 민족의 운명은 우리 스스로 결정한다는 민족 자주의 원칙을 타결했다고 말하셨어. 세계에는 미국이나 중국, 러시아 같은 강대국이 많고, 그들로 인해 우리 나라가 스스로의 이념과는 다른 행동을 하게 되는 경우도 있었지만, 이제는 그들의 영향을 받지 않고, 우리끼리 우리 스스로의 운명을 결정한다는 뜻이야.

그리고 거기에 더해서, 남북관계를 전면적이고 획기적으로 발전시켜, 끊어진 민족의 혈맥을 잇고, 이루어지지 못했던 공동 번영과 자주통일을 앞당기자고 약속했다고 하셨어. 남과 북이 싸우고 다툼으로 인해서, 발전이 더디게 되고, 같은 민족임에도 불구하고 만나지 못했으며, 서로의 영토를 왕래하지도 못했던 과거를 청산하고 통일을 이루어내자는 의미인 것 같아. 문재인 전 대통령은 과거 평양에 방문하기로 약속을 했을 때, 한반도에서 전쟁의 공포와 무력 충돌의 위험을 완전히 제거하기 위한 조치들을 구체적으로 합의했다고도 말씀하셨어. 이제 더 이상 서로 싸우는 일이 일어나지 않도록 구체적인 조치를 취함으로써, 전쟁이라는 미지의 공포와 무력 충돌의 위험을 없애고자 한다는 거지.

또한, 우리 한반도에서 가장 높은 산이자 북한의 북부에 위치한 백두산부터, 남한에서 가장 높은 산이기도 하고, 가장 남부에 위치한 한라산까지 우리 한반도, 우리 강산을 영구히 핵무기위 핵위협이 없는 평화로운 삶의 터전으로 만들어서, 너희 같은 후손들에게까지 물려주자고 확약을 하셨다고 해. 정말 이 아름다운 한반도에 너희가 맘 편히 살 수 있도록 현재 발생하고 있는 문제들을 해결해주려고 하는거야. 그리고 남북이 싸워서 분단된 상황이잖아? 이렇게 분단으로 인해 발생한 이산가족을 다시 만나게 해주고, 다시는 이렇게 이산가족이 발생하지 않도록 근원적인 문제들을 해소하기 위한 조치들을 신속히 취하도록 하셨다고 해. 아빠가 너희와 헤어지고 다시 만나지 못한다면 얼마나 슬플지 짐작이 가니? 그런 상황이 발생하기 전에 방지하고자 하는 거였어.

문재인 전 대통령은 평양에서 며칠 지내면서, 북한 사람들이 얼마나 큰 그림을 그리고 있는지, 발전을 위해 어느정도의 노력을 기울이고 있는지 확인하셨다고 해. 또 김정은 위원장이 북한을 어떤 나라로 만들려고 노력하고 있는지를 확실히 보았고, 우리 남한과 화해와 평화를 위해 노력하고 갈망하고 있는지도 확인하셨다고 해. 마지막으로 어려운 시절임에도 불구하고 민족의 자존심을 지키며 끝끝내 스스로 일어나고자 하는 그들의 불굴의 의지도 확인할 수 있었다고 해. 우리 남한이 북한과 화해하고 통일하고자 끊임없이 노력했던 것과 마찬가지로 북한은 나라의 발전을 위해 노력해왔던 거야.

마지막으로 우리 민족은 아주 우수하고, 강인하며, 평화를 사랑하고, 또한 함께 살아야한다는 말씀을 하셨어. 우리는 건국 이래 반만년을 함께 살아왔지만, 근래 들어 70년이란 길다면 길고 짧다면 짧은 시간을 헤어져서 살았어. 이 70년이란 지난 시간 동안 지속되어 온 남과 북의 적대 관계를 완전히 청산하고, 다시 하나가 되기 위한 평화의 큰 걸음을 내딛자고 제안하셨어. 8천만 우리 민족구성원들이 손잡고 새로운 미래를 걸어가자고 말씀하시면서 연설을 끝마치셨어. 연설의 마지막까지 우리 민족의 통일을 바라는 말을 하신거지.

우리는 문재인 전 대통령의 말을 가슴에 새기고 노력할 필요가 있다고 생각해. 절이 싫으면 중이 떠나야 한다고 하지만, 우리는 이 한반도에서 떠날 수가 없잖아? 그렇기 때문에 우리는 더욱더 북한과의 화해와 협력에 더 큰 노력을 기울일 필요가 있다고 생각해. 북한이 자꾸 말썽부린다고 해서 너무 미워하지 말고, 같이 사이좋게 지낼 수 있는 방안을 찾기 위해 노력하면 좋을 것 같아.

4. 열린 생각을 통해 　　　　　　　　　　　　　ㅣ 류경호 ㅣ

 https://www.youtube.com/watch?v=qw_4SzpVndE
출처: JTBC News, 2017.7.6. '문재인 대통령 한반도 평화구상 연설' 유튜브 영상

아들, 딸아 내가 어렸을 적 대학원 과정에서 남북관계와 국제개발 협력 분야에 대해서 수업을 들을 일이 있었단다. 그 수업을 들을 때 처음에는 수업을 필수로 들어야 해서 들었지만 가면 갈수록 남북관계에 대해서 더 심도 있게 생각하게 되고 국제개발 협력에 대해서 깊게 생각해 보는 기회가 되었단다. 내 생각에 남북관계에 관한 것은 주입식 교육으로는 이루어질 수 없고 모든 사람이 생각하는 것은 달라서 모든 사람의 생각을 존중하며 함께 발맞춰 나아가야 한다고 생각한다. 내가 과거에 들었던 그 수업의 교수님도 수업을 듣는 학생들에게 주입식 교육보다는 서로의 생각을 존중해주시며 우리의 생각을 펼칠 수 있게 많이 이끌어 주셨지. 너도 어디선가 그런 스승을 만나길 빌면서 내가 남북관계와 국제개발 협력의 주제에 대해서 과거 우리나라의 대통령인

문재인 대통령께서 연설한 영상을 하나 보고 너에게 설명해주고 너의 생각을 들어보고 싶어 얘기해보려 한단다. 대한민국은 1945년 일본으로부터 광복이후 남과 북이 나뉘어진 분단국가로 살고 있단다. 2017~2022년 대한민국에는 문재인 대통령이 있었는데 이 분은 남북 관계 개선에 있어서 많이 힘을 쓰신 분이란다. 연설이 이루어진 장소로는 유럽의 독일 베를린에서 연설이 진행 되었는데 독일이라는 나라는 현재는 하나로 통일된 나라지만 과거에는 우리와 마찬가지로 분단 국가로써의 아픔을 가지고 있는 나라였단다. 이 연설의 주된 내용은 남북 관계에 대해서 어떻게 발전해야 하는지에 대해서 말하고 있는데, 문재인 대통령은 독일의 통일 경험은 지구상 마지막 분단국가로 남은 우리나라에게 우리가 나아가야 할 방향을 말해주고 있다고 말씀 하셨어. 첫 번째로는 통일에 이르는 과정의 중요성을 말씀하시면서 독일 통일은 상호 존중에 바탕을 둔 평화와 협력의 과정이 얼마나 중요한지를 일깨워 주었다고 말씀 하셨지. 이는 우리나라도 통일을 하기 위해 앞서 먼저 북한과의 관계 개선 뿐만 아니라 경제협력등 많은 분야에서 협력이 필요하다고 말씀 하신 것 같아. 관계가 개선 되고 여러분야에서 협력이 된다면 현재 우리나라에서도 통일에 반대하는 입장이 있는데 이러한 사람들의 닫힌 마음을 열수 있겠지? 우리나라에서도 마음을 열 준비를 하고 있으면 북한의 군사도발이나 비핵화를 해야 한다는 의견이 있어. 한반도의 평화를 위해서는 북한의 비핵화가 꼭 필요하고 문재인 대통령은 이 연설에서 북한의 비핵화를 말하며 북한이 돌아올 수 없는 다리를 건너지 말라 라는 말을 하면서 북한에 메시지를 던졌지 남북관계 개선에 있어 북한이 대화의 장으로 나오거나 대화의 장을 발로 차는 어떠한 행위든 북한의 의지에 달렸다는 메시지도 던졌단다. 지금까지는 잘 실천하지 못하였지만 과거 남북한의 관계 개선을 위해 여러 협약들을 마련하였는데 앞으로는 잘 지켜져야 할 것이고, 수해, 산불 등 남북 공동대응 협력을 꾸준히 추진해야 하고, 이산가족 상봉 등도 인도적 차원에서 계속 추진을 해야 한다고 생각한단다. 그래서 너도 나중에 어른이 된다면, 북한을 우리나라의 적이라고 생각 하지 말고 협력의 대상이라고 생각하며 북한과의 관계 개선에 힘을 쓰기를 바란다. 영상을 보고 느낀점이 많겠지만, 앞으로 우리나라와 북한이 나아가야 할 방향 등에 대해서 다시 한번 생각해 보기를 바란다.

5. 맹수야, 게임은 그만하고 ｜ 이아인 ｜

https://youtu.be/jxa0wda_o7k
출처: 영남통일교육센터, 2021.3.8. 'EP.8 평화경제와 남북경협' 유튜브 영상

아이고 벌써 2040년이네... 맹수야 너도 조금 있으면 중학생인데, 게임 그만하고 겨울방학 숙제는 다 했니? 저번에 학부모 단톡방에 올라온 방학 숙제 공지문 보니까 '평화경제와 남북경협'에 대해 알아 오는 숙제가 있던데 설마 아직도 안한건 아니겠지? 엄마가 예전에 대학원 다닐 때 남북관계와 국제개발협력이라는 수업을 들었었는데, 그 때 이후로 무지했던 남북 관계와 정치, 외교, 협력에 대해 알게 되었지...얕은 지식이지만, 엄마가 좀 도와줄까? 그래도 너희 아빠보다는 엄마가 많이 알고 있을거다. 일단 너한테 알려주려고 어제 밤에 유투브로 옛날 영상들도 많이 찾아봤단다. 그 중 최천운 교수님의 '평화경제와 남북경협' 강좌를 보고 과거의 경색되었던 남북 상황이 바로 머리 속에 그려졌어. 20년 전만 해도 지금처럼 북한이 개방적이지 않았

어. 세계적으로 대북제재도 있었고, 북한의 사정도 그렇게 좋지 않았지. 그때는 내가 신혼여행을 신의주로 갈지 생각도 못할 정도로 남북 관계가 많이 경색되어 있었어. UN안보리 대북제재와 소극적인 북한의 호응 그리고 코로나 19라는 무시무시한 전염병으로 인해 두 나라 모두 이도저도 못하고 있었지. 특히 대외적인 변수도 심했는데, 트럼프 정부 때 미중 무역갈등으로 인해 결과적으로 한반도 정세에 큰 영향을 미쳤지. 그래도 우리는 북한 사정이 나아지면 경협이 다시 활성화 될 수 있다고 생각했고, 북한의 자력갱생과 재자원화를 추진하려고 했지! 우리는 조언자로서 협력방안을 모색하고 통일경제교육분야를 먼저 개선하려고 했어. 이 분야를 개선함으로써 단계적으로 주거환경, 사회문제에 대비하고 신북방, 신남방 정책을 실현시켜서 한반도 내수시장을 1억 명 이상으로 확대하려고 했었어. 덕분에 한반도 관계는 많이 발전했고, 자유로운 교역이 가능한 시대가 왔지. 당시 북한에서도 큰 변화가 있었어. 김정은 집권 이후에도 많은 변화가 있었는데, 대표적으로 신흥 부유층이 나타나서 자기 능력 만큼 자율성이 강조된 시대가 왔지. 물질적인 인센티브제가 도입되고, 시장의 자율성 또한 높아져서 더 이전의 과거에 비하면 많이 진대된거지. 북한에 고층빌딩, 아파트들도 우후죽순 만들어지고 부동산과 관련된 일들이 굉장히 많았어. 원래 김정은 정권 이전에는 토지, 건물 모두 국가 소유로 정부의 관여가 필수적으로 이루어졌는데 건물은 개인 간의 매매가 허용되어 획기적인 변화를 이루었었어.

그때 우리나라는 지금 당장 할 수 있는게 무엇이 있을지에 대해 많은 고민을 하고 있었어. 북한이 붕괴되고 흡수통일 되는건 원치 않았기 때문에 어떻게 하면 북한을 끌어올릴 수 있을지에 대해 생각이 많았어. 그 당시에는 남한에서도 북한에 대한 인식이 그렇게 좋은 편이 아니었기 때문에 내부의 인식 전환, 즉 대국민의 인식 전환이 필요한 시점이었고 북한의 니즈를 파악하는 것이 우선이었지. 이때 발상을 전환해서 북한이 당시에 부동산 개발에 관심이 있었던 상태였는데, 이에 대한 충분한 옵션과 주거 인권 개념을 도입하여 충분한 신뢰를 쌓을 수 있었지. 이러한 지속 가능한 담보를 통해 한반도는 지금처럼 경협이 활성화된 상태까지 변화할 수 있었던거지. 현재에 만족하고 머물러 있는 것 보다 앞으로 걸어나가는게 좋겠지? 앞으로 남북 경협을 위한 아이디어에 뭐가 있을지 한번 생각 해보도록하자. 현재 우리에게 필요한건 선택과 집중이라고 생각해. 우리나라만의 노하우를 살려서 투자 유치가 될만한 곳, 외국인들이 군침을 흘릴만한 곳을 찾고 사회 간접자본이 뒷받침 된다면, 우리나라뿐만 아니라 세계적으로 경협이 활성화 되겠지? 마치 한국의 경제자유구역처럼 공항, 항구 근처에 입지한 도시를 찾아서 스마트시티를 함께 만들어가자는 전략이지. 지금 북한에서 개성공업지구와 금강산 국제관광특구는 이미 성공한 개발특구 사업으로 유명하지만, 나선 경제 특구는 아직도 초기단계에 머물러있어. 현재 1단계 진행 중인데 양쪽 입장 차이가 있는 모양이야. 도대체 어떤 의견 차이로 인해 이행되지 않는건지 각자의 주장을 찾아보고 어떻게 하면 이행될 수 있을지 생각해보도록. 방학 숙제도 이걸 중심으로 작성해서 엄마한테 보고하도록 하고...대충 쓰면 우리 가문의 수치로 생각하고 오늘 저녁은 없다.

6. 이것이 바로 대한민국이다 | 이형덕 |

https://www.youtube.com/watch?v=0EsO8D_rjtw
출처: KDI 한국개발연구원, 2019.3.4. '남북교류협력 활성화 및 제도화
방안' 유튜브 영상

    한반도는 아직도 분단국가로써 각 국간의 갈등으로 인한 여러 문제
들이 발생하고 있는 상태이고, 이를 해결하기 위하여 대한민국 정부와
여러단체들이 노력을 하고 있지만, 대부분 정부의 주도 하에 교류협력
이 진행되었단다. 그런데 아빠는 이런 교류협력은 단순히 정부의 주도
하에 진행되는 것은 옳지 않다고 본단다. 왜냐하면, 현재 대한민국의
정부는 대통령 임기인 5년에 맞춰 제도 및 정책이 유지되는데, 남북교
류협력이란 과제는 5년만에 달성할 수 있는 과제가 아니고 지속적으
로 몇년이 되든 꾸준하게 진행되어야 할 과제로 생각한단다. 그렇기
때문에 정부 독자적으로 제도 및 정책을 유지하는 것이 아닌 민간단체
와의 협력을 통하여 지속적인 남북한 교류협력을 달성할 수 있는 제도
및 정책을 만드는 것이 좋다고 본다. 또한, 국제개발협력을 위하여 대
한민국내에서도 많은 노력을 하고 정책을 만들어왔었단다. 그런데 이
중 제대로 성공한 사례는 많이 없다고 본다. 왜냐하면, 대부분의 정책
들은 너무 막연한 개념으로 시행한 것들이 많고 이 중 제대로 실현가
능한 것들이 초기에 제대로 제시가 안되어있었기 때문이라는 내생각
이란다. 그렇다고 각 정부들이 시행한 국제개발협력들이 모두 잘못되
었고, 쓸데없이 국민의 세금을 낭비한 것이라는 말은 아니란다. 실제
로 ODA(Official Development Assistance)라고 하는 선진국에서
개발도상국 등에 원조를 하는 활동, 쉽게말해서 조금 더 잘 사는 나라
에서 도움을 필요로하는 나라에게 도움을 주는 것들을 많이 해왔고,

step 4. 객체에서 주체로 **283**

도움을 받은 나라에서 필요로하는 것들을 해결한 사례들이 있기 때문이란다.

동남아시아의 일부국가에는 식용수를 확보하는 것이 매우 어려운 문제들이 있었는데, 대표적인 예로 스리랑카의 남부지역인 골(Galle)은 산업발달의 중심지로, 공장 및 인구의 증가로 인하여 식수와 산업용수가 부족하였고, 특히, 갈수기인 5월부터 9월 사이에는 취수량이 줄어들고, 해수 역류현산이 발생하여서 골 지역의 하루 급수를 12시간으로 제한하는 조치를 하기도 했었다고 하더라. 이에 대한민국 정부는 골 지역에 취수시설, 정수처리시설, 해수제방시설 등 상수도 시설을 만드는 상수도 개발사업등을 진행하였고, 1차 사업 후 약 9.5만 명의 골 지역주민에게 상수도를 공급할 수 있게 하였고, 1차 사업에서 만든 상하수도 시설에 추가적으로 급수관로를 연결한 2차 사업 후 약 20만 명의 지역주민에게 용수를 공급할 수 있게 하였단다. 또한, 대한민국의 도움 없이 스리랑카 상하수도청에서 지속적으로 관리 할 수 있도록 상하수도와 관련된 엔지니어링 전문지식 등 기술을 이전하여서 자체적으로 유지보수를 할 수 있도록 하였단다.[1]

이처럼 대한민국 정부에서 주도적으로 진행한 것들 중에 성공한 사례도 있지만, 지속가능성을 본다면 여기서, 더 발전된 제도 및 정책이 필요한 시점이라는 생각이 든단다. 처음에는 남북한의 교류사업에서 국제개발협력으로 갑자기 주제가 바뀌었는데, 이렇게 말한 이유는 국제개발협력을 위한 사업들이 과연 남북한의 교류사업을 타겟으로 진행한다면 보다 좋은 결과를 보여줄 것으로 생각하기 때문이란다. 북한을 제외한 다른 개발도상국에는 이미 다른 선진국들이 도움을 많이 주

---

1) 대한민국 ODA 통합홈페이지 (https://www.odakorea.go.kr/oz.main. OdaMain.do)

고 있고, 대한민국 보다 더 좋은 개발사업을 수행하는 국가들도 있을 것이란다. 그렇다면, 북한을 제외한 개발도상국에는 다른 선진국들이 도움을 줄 것이라고 생각하고, 우리는 남북한의 교류협력에 더 집중을 한다면 좋지 않을까라고 생각한단다. 그리고 남북한의 교류협력을 위한 북한과 평화적인 화해와 협력을 이뤄낸다면, 이를 기반으로 보다 많은 개발도상국들에게 우리가 도움을 줄 수 있는 것들이 많아질 것으로 생각된단다.

아빠가 말한 것들을 모두 정리하자면, 대한민국에서 해왔던 ODA 사업들을 참고하여, 남북한 교류사업을 위한 제도 및 정책을 수립하는 것이 일단 최우선 과제로 보여지고, 제도 및 정책을 수립하는 과정의 제일 첫번째로 정부와 민간단체 등이 협력하여 초기 로드맵을 잘 정립해야한다고 보여진단다. 여기서, 제일 중요한 것은 정부와 민간단체가 협력을 하는 것이란다. 다른 나라와의 협력을 위해서는 우선적으로, 대한민국 안에서의 협력이 이루어져야 할 것이란다. 정부와 민간단체 등이 협력하는 과정은 초기에는 매우 혼란스러울 것이란다. 마치 운동장에 정리가 되어있지 않은 아이들이 발자국들을 마구 찍어되어 혼잡한 것들과 같이 말이다. 하지만, 서로 협력의 뜻을 모아가고 작은 성과들이 발생하게되고 이러한 것들을 홍보하다보면 질서가 잡히게되고 초기에 짜여진 로드맵들이 보다 정교해지고 남북한 교류사업에 많은 사람들이 관심을 가지게 되면서 많은 발자국들이 생기고, 점점 정리가 되고, 점점 더 깊어지게 되어 많은 사람들이 같은 목표를 같는 순간 우리들은 남북한 교류협력체계를 다질 수 있는 기회가 생길 것이란다. 또한, 이를 통하여 남북한의 경제협력이 발생되어진다면, 우리는 한강의 기적을 뛰어넘는 기적을 다른 나라에게 보여줄 수 있고, 이러한 행동들을 정리하여 다른 개발도상국들을 위한 ODA의 표본이 될 수 있을 것이란다. 물론, 아빠의 이러한 생각들이 아주 허황된 꿈이라고 생각하지만, 대한민국에서 이룩한 한강의 기적도 모두가 생각지도 못했던 것이지만 우리는 해내었단다. 모두의 뜻을 합쳐 관심을 가지고 행동을 한다면 기적을 행할 수 있는 나라가 바로 대한민국이란다. 그러니 우리 모두 대한민국부터 뭉치는 것부터 시작해보자.

7. 국제무대에서 큰 꿈을 펼쳐라 ｜ 전용중 ｜

 https://www.youtube.com/watch?v=_ggdl-L0jtQ

사랑하는 우리 아이들아 이 글을 너희들이 읽을 때가 언제일지는 모르겠지만 꼭 한 번쯤은 소개해주고 싶은 영상이어서 너희들에게 이 소개 감상문을 남길게 보통 살아가다보면 많은 사람들이 젊은 시기에 해외봉사라는 것을 한 번쯤 생각을 하게 되는데 너희들이 만약 그런 꿈을 가지고 있다면 이 영상을 한 번쯤 보는 것이 좋을 것 같아 만약 너희들이 해외에서 국제개발협력 단체들을 통해 봉사를 하고자 한다면 너의 주위 사람들은 대부분 너희들의 활동에 관해 "국내에도 못 사는 사람들이 많은데 왜 우리가 해외까지 가서 그들을 도와줘야하지?"라는 질문을 많이 할거야 그리고 실제 국제개발협력 활동을 수행하면서 단순히 봉사만 하는 것이 아니라 부가적으로 수행해야하는 많은 행정업무들과 현지에서의 외로움과 열악함으로 인해 너희들이 생각한 이상과의 괴리감도 올 수 있단다. 이러한 부분들을 잘 고민해고 생각해보았을 때에도 너희들이 국제개발협력 활동을 하고 싶다면 국제무대

에서의 큰 꿈, 소망을 가지고 활동을 해주기를 아빠는 바란단다. 국제
개발협력에 관한 아빠의 생각은 이렇단다. 아빠의 할아버지, 할머니
세대 분들께서 정말 열악한 환경에서도 열심히 일을 하셔서 한강의 기
적이라고 불리는 경제성장을 이루셨단다. 이러한 한강의 기적은 세계
에서 믿기 힘들 정도의 사건이었단다. 전쟁 후 믿기 힘든 경제성장률
을 통해 어느덧 2010년대가 되었을 때 우리나라는 세계에서 최초로
원조를 받던 나라에서 원조를 주는 나라가 되었고 국제무대에서 모든
개발도상국에게 우리도 할 수 있다는 희망을 주게 되었단다. 아빠도
이러한 경제성장 덕분에 태어나면서부터 경제, 교육, 환경 등 모든 분
야에서 큰 어려움이 없이 자라온 것 같구나 너희들 세대는 더욱 좋은
환경에서 자랄 수 있어서 아빠는 참 행복했단다. 하지만 아빠도 아직
까지 해외에서 열악한 환경에서 자라는 아이들을 본다면 항상 안타까
움이 많았단다. 특히 환경 분야에서 직업을 가지고 종사하는 사람으로
서 해외에 나가서 직접 가서 활동할 기회가 없어서 항상 아쉬움을 가
지고 있었단다. 만약 너희가 아빠 대신 국제개발협력을 위해 활동해준
다면 아빠는 기쁜 마음으로 환영할 것 같아 세상을 살아가다보면 사람
들은 각자의 가치관에 따라 자신의 인생의 길을 선택하는 순간이 오게
되는데 요즘 대부분의 사람들은 단순히 돈이라는 재화를 자신 인생의
목표로 삼아 살아가고 있는데 아빠는 너희들이 단순히 돈이라는 물질
적인 가치만을 바라보지 않고 너희들이 한 번뿐인 인생을 살아가는데
있어서 후회하지 말고 조금 더 남들을 도우면서 더불어 살아가야한다
는 것을 알려주고 싶어 물론 이것이 절대 쉬운 일은 아니지만 너희들
의 건강한 육체와 건강한 정신이 함께 있다면 앞으로 다른 어떤 일이
든 쉽게 헤쳐나갈 수 있을 거야 아빠는 항상 너희들이 바른길로 나아
가면서 세상에 도움이 되는 사람들이 되기를 바랄게 아빠가 한 말들

잊지 말고 항상 건강하고 씩씩하게 한 번뿐인 인생 알차게 살 수 있도록 노력해보자 안녕~

8. 너의 의지를 날개삼아 | 주상현 |

 https://www.youtube.com/watch?v=vBFc2okEtrl
출처: 생태대를 위한 PLZ포럼, 2021.1.7. '이인영 통일부장관 기조강연'
유튜브 영상

사랑하는 아들아, 너는 내가 세상에서 가장 사랑하는 하나밖에 없는 나의 핏줄이란다. 요즈음에 나는 과거 나와 함께한 대한민국이 어떤 모습으로 발전해왔는지 자주 생각한단다. 사랑하는 너를 보면 나의 아들이 성장해나가는 환경이 더 넓은 한반도 무대에서 꿈을 꾸기를 희망한단다. 오늘은 바르게 자라고 있는 나의 아들에게 우리나라에서 가장 맑고 깨끗한 공간이면서, 동시에 가장 위험하고 비극적인 장소를 이야기해주고자 한단다. 나의 할머니와 할아버지는 1950년 6월 25일 전쟁과 분담의 아픔을 동시에 겪었고, 전쟁의 난리통에 생활고를 극복하고자 함경북도 이북에서 이렇게 남한으로 내려오셨단다. 이것은 그분들의 일부 형제들, 다시말해서 우리의 가족이 아직까지도 갈 수 없는 북한에서 살고 있다는 사실을 의미한단다. 이것은 너무나 슬픈 일이란다. 내가 이렇게 밝게 웃고 마주하는 너와 한 순간의 다툼으로 더 이상 보지 못한다면 얼마나 가슴이 미어질지 상상이 가질 않는구나. 이처럼 우리는 그들의 슬픔을 내재화하고 우리는 그것을 극복하기 위하여 노력해야한다고 아빠는 생각한단다. 1953년 7월 14일 우리는 전쟁의 마무리 작업으로 한반도의 중앙에 선을 하나 그어놓고 휴전과 동시에 무장해제구역으로 설정하였단다. 위도 38도선은 DMZ로 불리기도 하는데 이곳은 우리의 분단아픔을 상징하기도 한단다. 지금 너가 자라나는 지금까지 아무도 접근하지 못하는 지역이 되었단다. 숲과 나무가 우거지고 식물과 동물이 인간의 손길이 닿지 않고 자유롭게 생장하고 있으니 하늘에서 본다면 매우 푸르른 모습일 것이란다. 그렇다면 왜 위험한지 알 수 있겠니? 아직까지 우리정부는 북한과의 교류와 협력을 시도하고 있지만 아직 열매를 맺지 못하고 있단다. 먼저, 우리는 북한과의 관계뿐만 아니라 미국과 대화도 계속해서 이루어지고 있는 상황이란다. 우리와 미국이 원하는 것은 미국의 비핵화인데 이것이 잘 이루어지지 않고 자꾸 무산이 되는구나. 북한과의 이야기가 지속되지 못하니 DMZ도 더 접근하기 어려워지는 문제가 있지. 두 번째는, 우리가 전쟁을 급하게 중단하고 DMZ구역을 설정하였기 때문에 오래된 폭발장치들이 매설되어있단다. 이것들이 언제 터질지도 모르는 상황에서 몰래 접근해서 해체한다는 건 사실상 불가능한 것이지.

　나는 다행히 분단의 아픔을 부모님께 들었지만 휴전이후 더 이상의 전쟁을 겪지는 않았단다. 당시 남한과 북한은 모두 전쟁의 잔해만을 남긴 채 지쳐 쓰러져있었고 더 이상 성장할 수 있을 것 같지 않았지만 우리는 한강의 기적이라는 이름으로 높은 경제성장을 이루었단다. 너가 이렇게 밝고 건강한 웃음으로 맛있는 밥을 먹고 자랄 수 있는 것도 다 나의 엄마 아버지 세대들의 노력이기도 하지. 나는 어렸을 때 전쟁으로 인해 잘려나간 할아버지의 손을 만지고, 당시의 슬픔을 할머니로부터 구전동화처럼 듣고 자랐단다. 과거 나는 분단의 슬픔을 듣고 자랐지만 사실 평화로운 통일은 힘들다고 생각했단다. 내가 중학교될때쯤 우리나라는 많은 경제적성장을 이룩해서 원조를 받는 나라에서 원조를 해줄 수 있는 나라로 성장하였는데 우리가 북한과의 이야기 할 수 있는 물꼬를 트기 위해 시도할 수 있는 것은 북한의 낮은 경제성장에서 비롯된 식량부족에 대한 지원과 의료지원이 있었단다. 하지만 그것마저도 북한이 갑작스러운 영해침범과 여러차례의 미사일시험을 시작하면서 내가 성인이 될 즈음에 단절되었지. 하지만, 이렇게 할머니 할아버지의 이야기를 듣고 자란건 나 뿐만이 아니었단다. 한반도에서 북한을 포함한 모든 국민들이 다 이러한 슬픈 이야기를 가슴 속에 담고 있지. 그래서 그 때즈음에, 우리는 평화로 나아가는 길을 열심히 찾다가 DMZ구역을 더 평화적으로 사용하기로 결정했단다. '냉전의 공간'에서 '평화의 공간'으로 탈바꿈에서 생태환경을 그대로 보전하고 전쟁의 아픔을 조금씩 지워나가고자하는 우리의 의지였지. DMZ는 남한과 북한에게 좀 더 의미있는 공간으로 만들 수 있을 것이라는 생각이 그 단초였단다. 그곳에는 싸움에 희생된 우리 선조들의 유해와 유골들이 있기 때문에 이 분들을 위해서라도 DMZ의 평화해결은 그 의의가 매우 크단다. 이렇게 협력을 위한 직접전인 대화는 할 수 없었지만 우리는 남북한 경계선으로부터 GP배치를 철수시키는 등의 행동을 지속적으로 보이도록 노력했단다. 이 때즈음 우리는 협력의 방법을 바꾸기로 했단다. 너는 잘 모르겠지만 당시 우리는 코로나라는 심각한 전염병에 시달리고 있었지. 그래서 남한은 북한에게 협력의 의지를 간접적으로 표명하는 것 뿐만 아니라, 보건의료분야에 대한 구체적인 협력방안과 재해재난과 기후변화 협력 등 북한이 필요한 분야에 대해서 구체적인 고민을 시도하였단다.

　사랑하는 아들아, 나는 너가 이 이야기를 통해 두 가지를 배워갔으면 좋겠단다. 첫 번째는, 우리가 이렇게까지 노력해왔던 이유에 대해서 깊이 고민해보고 가슴에 담아가길 바란다. DMZ에서 평화를 구축해 나가려는 이유와 북한의 지속적인 단절에도 불구하고 한반도의 비

핵화를 비롯한 평화협력시도의 의미를 잘 생각해보길 바란다. 두 번째
는, 의지란다. 너가 살아가는데에 있어 의지는 매우 중요한 역할을 한
다. 북한과의 협력에서 남한이 의지를 상실했다면 한반도는 영원히
두 개의 국가로 분단된 채 살아갈 것이였단다. 하지만 포가하지 않고
의지를 구동력 삼아 계획을 세우고 실천해 나간다면 나는 언젠가 한반
도에서 금강산을 갈 수 있을 것이라고 생각한단다. 너도 북한과의 통
일을 통해 더 넓은 곳에서 세상을 배울 수 있을 것이란다. 이렇듯 너의
인생도 너가 하고싶은 것을 정하고 의지를 가지고 반드시 이루어나가
길 바란다. 나의 경험상 그것만큼 짜릿하고 재미있는 것은 이 세상에
없다고 생각한단다. 너의 의지를 날개삼아 세상을 자유롭게 누비면서
살거라, 사랑하는 아들아

9. 사랑하는 아들아

| 최찬용 |

https://youtu.be/92KRwktUSvc
출처: KOICA conference, 2012.12.21. '인간중심 국제개발협력을 위한
소통 키워드 7가지' 유튜브 영상

아이: 아빠는 무슨 일을 하는 사람이야?

본인: 아빠? 음... 아빠는 다리를 만드는 사람이지. 정확하게는 우리
　　　나라보다 북한에 만들 다리를 생각하는 사람. 그런데 갑자기
　　　그게 왜 궁금할까?

아이: 아니 다른 애들은 자기 아빠들이 무슨 일을 하시는지 아는데
　　　나는 정확하게는 몰라서. 근데 저 큰 다리를 아빠가 만들어?

본인: 당연히 혼자 못 만들지. 저번에 아빠랑 같이 얘기하던 삼촌하

고 이모들 기억나? 그 삼촌들하고 이모들하고 같이 만드는 거야. 그리고 그 삼촌이나 이모들 말고 저어~~~기 북한에 있는 다리 만드는 삼촌들이랑 이모들하고도 같이 만드는 거고. 다리를 만드는 건 여러 사람들이 모여서 어떻게 만들지 이야기하고 또, 어떤 다리를 어디에 만들지를 많이 생각해. 아무데나 만들었다가 다 만들어졌는데 아무도 그 다리를 지나다니지 않으면 속상하잖아? 또 우리나라에서 만드는게 아니니까 북한에 있는 이모하고 삼촌하고 어디에 지을지 곰곰이 생각하고 거기서 마지막에 정해지면 다리를 만들기 시작하는 거야. 그러니까 우리나라에서 아빠랑 같이 일하는 분들도 중요하고 북한에서 아빠를 도와주는 사람들도 잘 찾아야겠지?

아이: 아~ 그렇구나. 근데 왜 우리나라 말고 북한에다 만들어? 우리나라에다 만들면 되잖아?

본인: 우리나라는 이미 다리가 많아서. 아까 아빠랑 차타고 오면서 다리 봤지? 다리 몇 개나 봤는지 기억나?

아이: 음 안세봤는데... 그래도 한 4개는 본거 같은데?

본인: 그렇지? 근데 북한에는 우리나라처럼 그렇게 다리가 많지 않아. 아까 본 다리들이 하나밖에 없다면 우리가 그 강 건너갈 때 어떻게 해야될까?

아이: 다리가 있는 쪽으로 가서 건너가야지?

본인: 그렇지? 북한이 지금 그렇게 다리가 부족해. 그래서 우리나라보다는 북한에 다리가 더 필요하고. 차가 지나가는 다리만 부족한게 아니라 기차가 지나가는 다리도 부족해서 우리나라처럼 기차가 많지도 않고 우리나라처럼 기차로 우리나라 전체를 갈 수도 없어. 그래서 북한에서 다리를 만들려고 하는 거야.

아이: 아빠는 그러면 북한에다 맨날 다리 만드는거야? 근데 북한은 저번에만 갔다 왔고 계속 우리나라에 있잖아. 아빠 거짓말쟁이 아니야?

본인: 맨날 북한에 가 있을 수는 없지. 학교에서도 배웠겠지만 남한과 북한은 휴전 중이고 다른나라처럼 마음대로 왔다갔다 할 수 없어. 그래서 북한에 있는 삼촌이모하고 우리나라에 있는 삼촌이모들하고 먼저 언제 어떻게 다리를 만들지 연락하고 이야기하는 거야. 일을 시작하기 전에 언제부터 일을 시작해서 언제 끝나고 아빠나 다른 삼촌들이 언제까지 북한에 있을지를 정하고 시작하는거지. 중간에 잘못되면 생각하고 있던 일을 못하게 될 수도 있지만 일이 잘 된다고 하면 북한사람들이 더 편하고 행복하게 살 수 있을테니까 항상 북한에다 다리를 만들 생각을 하고 공부하는거야.

아이: 대충은 알 것 같아. 그러면 다리는 어디에다 만들어? 아무데나 지으면 안된다고 했잖아.

본인: 아빠는 북한 삼촌들하고 서로 도와가며 일을 하고 있는 거니까 북한에 살고 있는 삼촌들이 어디에 다리가 필요하다고 말하는지 잘 들어야지. 아빠나 여기 있는 삼촌들은 북한에 살고 있는게 아니니까 정확히 어디에 필요한지 몰라. 그렇다고 방금 말한 것처럼 아무대나 마음대로 지을 수 있는 것도 아니고. 그래서 북한에 살고 있는 사람들이 어디에 다리가 필요한지 들어 봐야 해. 물론 무조건 그 사람들의 말에 다 맞출 필요는 없어. 그쪽에서 생각한 자리가 아빠나 삼촌들이 생각하기에는 적당한 자리가 아닐 수도 있으니까. 그래서 서로 이야기해서 그 중 가장 적당하다고 생각하는 곳으로 결정하는 거야. 그리

고 아빠하고 삼촌들끼리만 다 생각하고 만들고 할 수는 없어. 그래서 북한에 사는 삼촌들하고 같이 일을 하는데 어떻게 같이 일을 할지도 정해야 되. 어떤 다리를 만드는 것부터 같이 할지, 아니면 다리 만드는 것만 같이 할지, 그리고 참여를 하면 아빠가 다니는 회사하고 북한 삼촌들 회사 둘다 좋은 결과가 있는지 등을 생각하는거지.

아이: 그럼 아빠는 어떤 삼촌들하고 일해? 아무나 아빠하고 일할 수 있는거야?

본인: 아빠는 다리를 잘 아는 사람들하고 일하지. 다리를 이상하게 만들면 차가 지나가다가 다리가 무너져 버릴거야. 다리가 무너지만 많은 사람들이 다치겠지? 그렇게 되면 아빠랑 삼촌들도 더이상 다리도 못 만들고 우리 ○○이 좋아하는 게임 하나 못 사주는걸? 아빠가 하는 일은 전문성이 필요한 일이야. 그러니까 다리에 대해 공부를 많이 해야 할 수 있는 일이라는 거지. 그리고 아빠랑 일하는 삼촌들은 다리를 많이 공부한 사람들이야. 만약에 아빠랑 삼촌들이 다리를 공부하지 않았으면 북한 삼촌들한테 설명도 못해서 북한 삼촌한테 다리 만들겠다고 해도 안 믿어줄걸?

아이: 그럼 아빠는 북한에 대해서도 잘 알아?

본인: 음 북한에 대해서는 알긴 알지만 잘 알진 못할거야. 아빠보다 잘 알고 있는 이모삼촌들이 있거든. 아빠는 다리에 대해서 전문적으로 하는거고 북한에 대해서는 다른 이모삼촌들이 그리고 다리를 지을 곳에 대해서는 또 다른 이모삼촌들이 아빠보다 많이 알고 있어. 이렇게 많은 이모삼촌들이랑 모여서 이야기하고 일을 어떻게 할지 정하는거야. 그리고 이렇게 하는 일

을 국제개발협력 사업이라고 하고.

아이: 국제개발협력 사업? 어려운데. 왜 근데 그렇게 어렵게 국제개
발협력 사업?을 하는거야

본인: 이 부분은 어려울거 같은데. 우리나라도 잘 살고 북한도 잘 살
게 하고 싶어서 하는거야. 그리고 북한에서 일하는 이유는 나
중에 통일이 되면 북한에 아빠랑 이모삼촌들이 만들어 놓은
다리로 우리 OO이 여행도 갈 수 있을걸? 그러니까 처음에는
북한에 있는 OO이랑 비슷한 나이의 친구들이 좀 더 편하게
부모님하고 여행다니고 즐거웠으면 좋겠고 나중에 통일 되면
OO이랑 북한으로 여행가고 싶어서 그러지.

아이: 응 무슨 말이지 조금은 알겠어. 내일 학교가서 친구한테 말해
줘야지.

10. 나의 세대보다 더 살기 좋은 나라에서 네가 살길
ㅣ 황예찬 ㅣ

https://www.youtube.com/watch?v=DnLj3s_6OEA

출처: YTN news, 2018.9.19. '문재인 대통령, 북측 참석자 15만명 앞에서
연설' 유튜브 영상

2018년 9월 18일~20일 동안 문재인 대통령과 김정은 국무위원장
이 평양에서 남북정상회담을 진행했어. 이 때 문재인 대통령이 했던
연설이 위의 동영상에 담겨있어. 2018년에는 북한과 많은 일들이 있
던 해였어. 남북한과 정상회담이 3차례나 열렸던 해였고, 북미정상회
담도 열렸던 해였지. 사실 이 때 정말 통일이 가능할 수도 있겠구나 싶

었었어. 동영상을 보면 문재인 대통령도 이런 희망찬 이야기를 하고 있는 것을 알 수 있어. 가장 가슴에 와닿았던 것은 백두에서 한라까지 아름다운 우리 강산을 영구히 핵무기와 핵 위협이 없는 평화의 터전으로 만들어 후손들에게 물려주고자 했다라는 말이였어. 비핵화에 관해 북한 땅에서 언급했다라는 것이 뭔가 낯설고 어색했지만, 분명 한반도에서 해결해야하는 문제이기 때문에 이러한 문재인 대통령의 언급이 기억에 많이 남는 것 같아. 물론 이 이후에 북한이 핵을 포기하진 않았고, 계속해서 핵미사일 실험을 했고 그에 따른 대북제재가 계속되었지. 북한은 그에 굴하지 않고 오히려 문을 굳게 잠구고 북한내의 힘으로 경제난을 해결하려고 했지. 우리의 노력과는 별개로....그렇다면 이러한 북한과 친하게 지내려하는, 점진적 통일을 하려고 하는 남한의 노력이 의미가 없는 것일까? 평양에서 연설을 한 문재인 대통령의 연설 역시 단순히 역사속으로 사라지는 이야기가 될까?

　나도 이것에 관해서 정답을 바로 내리긴 어려운 것 같아. 하지만, 북한이 비핵화를 해야한다는 것은 아마 대부분의 사람들이 동의할 거야. 만약 비핵화가 된다면 북한과의 교류는 하기 싫어도 할 수 밖에 없는 상황까지 갈 수도 있을거야. 그러면 아까 원래 질문으로 가서 북한과의 이러한 노력을 해야하는 것은 맞지만, 어쩌면 결과가 좋지 못했다라는 결론과 과정이 좋지 못한 것일 수도 있다 라는 결론이 나올 수 있겠지. 나의 생각은 북한과의 교류 노력은 해야하지만 남한의 태도가 다소 아쉬웠다라는게 내 생각이야. 북한이 비핵화를 하면 우리가 무엇을 줄게 라는데에서 시작한 것 같거든. 차라리 반대로 북한이 우리에게 손을 내밀만큼 필요성을 느낄 무엇인가를 우리가 준비하는게 맞지 않나싶어. 북한에게 무엇을 줄 수 있느냐를 생각하는 것이 아니라 북한이 우리에게 무엇을 바라는지를 먼저 생각해야하고 그것을 이용해야한다는 거지.

그러면 북한이 우리에게 바라는 것은 무엇일까? 체재 유지일 듯 싶어. 북한이 개방하지 않는 이유는, 북한 내의 기득권 새력들이 자신의 위치를 놓지고 싶어하지 않겠지. 그렇다면 북한의 기득권 새력들이 자신의 위치를 내려놓지 않는 선에서 개방을 하고 싶어할텐데.... 그 선을 내려놓는 것이 핵심인 것 같아. 그 선을 내려놓으면서 북한내의 사람들이 조금 더 밖을 보게 되어 조금 더 열린 사고를 갖게 된다면 북한 내에 스스로 바뀌는 운동들이 일어날 것이라고 생각해. 따라서, 북한의 개방의 선을 낮추기 위해 이러한 노력들을 했던 것이고, 이러한 노력은 쓸모없는 것은 아니다 라는게 내 생각이야. 그리고 더 나은 외교를 할 수 있게 우리 남한도 정책을 가다듬고, 정리하고, 분명하고 확실한 이행 계획안(명확한 지표를 갖고 있는 계획안)을 세워서 실행해 나가는 것이 중요할 것 같아. 진짜 실행할 수 있는 것으로 말이지. 물론 어려운 이야기고 답이 당장 나오지 않는다면 때를 기다리면서 차근차근 생각해야하지 않을까 싶다. 결론적으로 우리가 북한에게 우호적이라는 것은 보여주면서, 북한이 우리의 손을 잡기를 기다리는 거지.

북한은 분명 개발가능성이 많은 나라야. 하지만 지금의 경제난을 겪고 있는 것은 개방하지 않았기 때문이지. 우리나라도 경제성장이 더디지고 있는 시점에서 북한과의 이러한 관계개선과 교류를 통해 경제의 물고를 틀 수 있다고, 다시 한 번 한강의 기적이 일어날 수 있다고 생각해. 그래서 나의 세대보다 더 살기 좋은 나라에서 너가 살길 바란다.

Step 5

나오며

이공계 학생들에게
통일을 생각할 자유를 허하라

김영지

　　강원대학교 신산업개발 T-EMS 융합학과에서 '남북관계와 국제개발협력'이란 수업이 개설된 배경은 두 가지로 살펴볼 수 있다. 우선 신북방, 신남방 지역과의 관계를 본질적으로 풀어나가기 위해 한반도의 남북관계를 이해하는 것이 중요하기 때문이다. 이와 더불어 국제개발협력의 방법론을 통해 향후 이공계 전문인력의 신북방, 신남방 지역 진출 시 문제해결역량을 증진시키기 위함이다.

　　그러나 북한, 통일, 평화, 남북관계 등과 관련된 이슈에 대하여 이공계 학생들이 접해보고 생각할 기회가 흔치는 않은 것이 사실이다. 현실적인 측면을 감안해 보았을 때 이러한 주제들에 대한 논의를 상대적으로 활발하게 하고 있는 집단은 아무래도 이공계열 분야보다는 인문사회계열 쪽이기 때문이다. 따라서 교수자가 이러한 주제에 생소한(?), 혹은 생각할 겨를이 없는(?) 이공계 집단을 대상으로 한 학기를 강의하기 위해서는 수업 설계에 대한 진지한 고민이 필요할 수 밖에 없었다. 수업안에서 이루어진 논의들을 압축적으로 정리하고, 재미와 흥미를 느끼게 하면서도, 학습과정에서 실용적 가치를 발견할 수 있도록 돕기 위해서는 기본적인 내용에 대한 이해를 도모함과 동시에 사고를 유연하게 확장하는 융합적 사고력을 키우는 것이 무엇보다 긴요했다.

또한 전 세계적으로 대학 수가 늘어나고 있고 국내에서 취업난은 가중되고 있는 상황에서 단순히 전문지식으로만 무장하고 졸업하는 것은 경쟁력을 갖추는 데 어려움이 있을 수 있다. 본인의 전공분야에 대한 전문지식을 갖추고 이와 동시에 전 세계적인 관심과 노력이 필요한 문제들에 대해서 사고해 보고 계획과 전략을 세워 보며 의사결정에 대한 훈련을 배우는 것 또한 매우 중요하다.

이러한 배경에서 한 학기 강의 과정 동안 학생들에게 해당 분야에 대해 협소하게 생각해 왔던 루틴(routine)에서 벗어나 보다 넓은 시각에서 사고하기를 지속적으로 강조하였고 문제를 찾아 독창성(originality)있는 해결방안을 강구할 것을 주문했다. 문제를 찾고 독창성을 발휘하기 위해서는 본인만의 시각과 경험에서 시작하는 것이 좋은 출발점이 되곤 한다. 이러한 맥락에서 발제와 에세이 쓰기는 하찮은 작업이 아니라 누구도 눈여겨 보거나 중요하게 고민하지 않은 문제를 생각할 수 있는 훌륭한 통로가 되는 것이다.

독자들은 본문 내용을 통해 이공계생들도 평소 해당 주제에 대하여 진득하게 생각할 시간이 없을 뿐이지, 충분한 시간이 주어지고 학습훈련이 이루어진다면 얼마든지 다양한 상상을 시도할 수 있다는 것을 실감했을 것이다. 에세이에서 드러난 학생들의 생각을 가만히 살펴보면 인문사회계열 학생들에게서는 발견할 수 없는 학문적 접근태도와 새로우면서도 구체적인 아이디어, 생각구조 등을 발견할 수 있는 것이다.

주관적인 느낌일 수 있으나 한 학기 동안 관찰한 학생들의 모습은 다소 빡빡하다고 느낄 수 있는 학습량을 소화하면서도 궁극적으로는 자유롭고 행복해 보였다. 이공계생들에게는 생소한 발제와 토론, 에세이 쓰기 과정에서 학생들은 나름의 생각을 자기주도적인 방식으로 정리해 나갔다. 또한 본인들의 세부전공과는 다른 백그라운드를 가진 다른 학우들과의 아이디어들을 경청하고 연결하는 과정에서 '창의성'을 마음껏 발휘하고 있었다.

일반적으로 학위과정에 있는 학생들은 강의실에서 교수님의 설명을 노트에 열심히 필기하고 성실히 과제를 수행한다. 그러나 졸업 후 학생들은 본인 스스로를 가르치는 선생님이 되어야 한다. 무엇을 어떻게 해야 하는지 스스로가 판단해야 하는 시기가 분명히 오기 때문이다. 그런 의미에서 실제 학생들의 삶은 정해진 답이 없는 문제와 씨름해야 하고 A+ 같은 확실한 성적을 받는다는 보장이 없는 삶의 방향성을 본인이 설정해야 한다. 애석하게도 직면하는 삶의 문제에서 정답은 하나가 아닐 수도 있고 창의적인 문제해결력은 태생적으로 타고나도 어려울 수 있는데 연습이 되지 않으면 발현되기란 여간 쉽지 않을 것이다. 이런 측면에서 '창의성'을 발현해 나가는 학생들의 모습을 순간 순간 마주할 때마다 어찌 예뻐 보이지 않았으랴.

분명 '통일'은 현재 한반도가 직면한 가장 난이도 있는 문제 중 하나로, 고차원적 사고와 문제해결능력이 필요한 영역이다. 오죽 어려웠으면 아직까지 풀리지 않았고 어떤 이들은 포기를 했을까. 그러나 '백지장도 맞들면 낫다'라는 말도 있듯이 기존에는 생각지 못한 다양한 이해관계자들의 참여로 에너지와 통찰을 불어 넣을 때 새로운 변곡점을 맞이할 수 있을 것이다.

궁극적으로 이 책은 남북관계와 국제개발협력과 관련된 새로운 렌즈를 제공할 것이다. 이공계 친구들이 이 분야와 관련된 주제들에 대해 나름의 상상력을 발휘하여 날 것 그대로의 생각을 보여준 것이 기본적인 통념으로는 생각지 못한 또 다른 아이디어로 연결될 수 있는 훌륭한 밑거름이 될 것이고 그 자체로 훌륭한 컨텐츠가 되었다고 판단한다.